Marek Halter est né en 1936 à Varsovie, en Pologne, d'une mère poétesse yiddish et d'un père imprimeur. Sa famille fuit le ghetto de Varsovie en 1940, pour chercher refuge à Moscou, puis en Ouzbékistan. En 1946, il retourne en Pologne avec ses parents et, quatre ans plus tard, la famille obtient un visa et arrive à Paris. Il fait de la pantomime avec Marcel Marceau puis, à l'âge de 17 ans, est admis à l'École nationale supérieure des beaux-arts. En 1967, il fonde et préside le Comité pour la paix négociée au Proche-Orient. Il publie son premier livre, *Le fou et les rois* (prix Aujourd'hui 1976). En 1983, *La mémoire d'Abraham* (prix du Livre Inter) connaît un succès mondial. Sa trilogie consacrée à la modernité des femmes de la Bible (*Sarah*, *Tsippora* et *Lilah*) parue en 2004 aux éditions Robert Laffont est vendue à 500 000 exemplaires. Après un livre consacré à *Marie*, il publie un roman très remarqué, *La reine de Saba*, qui a reçu le prix Festi-Live 2009 Femmes de Paix. Marek Halter est l'auteur d'une vingtaine de romans, de récits et d'essais. Il réalise plusieurs documentaires et un film primé au festival de Berlin (1995), *Tzedek, les Justes*.

Marek Halter collabore à de nombreux journaux dans le monde et milite sans relâche pour les droits de l'homme, la mémoire et la paix.

LA REINE DE SABA

MAREK HALTER

LA REINE DE SABA

ROBERT LAFFONT

©2008, Éditions Robert Laffont, S.A., Paris.
ISBN : 978-2-266-19530-0

« On jouit moins de tout ce que l'on
obtient que de ce que l'on espère. »

Jean-Jacques Rousseau

« Un après-midi, à l'heure de la sieste, le roi Salomon somnolait dans son fastueux jardin de Jérusalem. Roi de Juda et Israël, il l'était aussi des fleurs, des sources et des oiseaux. Aussi comprenait-il leurs langages. C'est ainsi qu'il entendit ce qui suit.

Sur une branche de l'arbre au-dessus de lui, se tenait en majesté la huppe de son jardin. Une huppe royale, coiffée d'une tiare éblouissante de plumes rousses tachetées de noir. Son œil, petit et rond, roulait comme une bille. Elle se figea : sur la branche d'un arbre voisin apparut une consœur. Une consœur ordinaire, huppe de plumage blanc, la coiffe d'un jaune si pâle qu'il se diluait dans le bleu du ciel.

La huppe royale caqueta, haute du bec :

– D'où viens-tu, ô huppe, esclave de ton maître ?

Le plumage de la huppe ordinaire s'obscurcit.

– Et toi, ô huppe-huppe, ma sœur ? Que fais-tu sur cette branche, esclave de ton maître royal ?

– J'attends les nouvelles du monde.

– Sans bouger ? Sans te déplacer ?

– Sans bouger, sans me déplacer.

– Voilà pourquoi, ô huppe-huppe ma sœur, il ne t'arrive jamais rien d'extraordinaire.

Avec un battement de paupières, la huppe ordinaire allongea son long cou vers sa sœur. Le bec à peine entrouvert, elle se laissa aller à la confidence :

– Quant à moi, très chère huppe-huppe, en survolant le pays de Kouch, j'ai aperçu la plus belle des reines. Une reine de splendeur, tu peux en être certaine. Ton maître ne trouvera pas sa pareille parmi les trois cents légitimes et les sept cents concubines de son harem.

– Cette apparition aurait-elle un nom ? s'enquit du bout du bec la huppe pas ordinaire.

– Makéda, fille d'Akébo et reine de Saba.

Sous l'arbre, Salomon, fils de David, se mit à espérer. »

M. H.

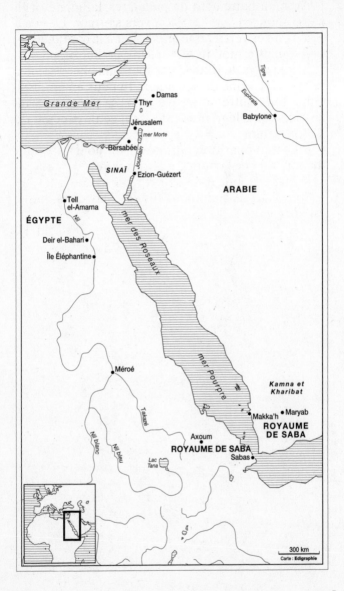

Première partie

1

Maryab, palais Salhîm

C'était une aube fraîche. La pluie de la nuit maintenait des brumes épaisses, voilant encore l'immensité de la plaine. Les dalles de la grande terrasse luisaient. Ainsi que les jours précédents, Akébo le Grand s'était éveillé avant ses serviteurs et tout le peuple du palais. On eût dit qu'Almaqah, le dieu de toutes les volontés, veillait lui-même à ce qu'il soit debout pour le premier rayon du soleil.

Si cela était, Akébo lui en rendait grâce. La saison des pluies s'achevait. Le baiser du jour sur les murs de Maryab était redevenu un bonheur et un apaisement.

Durant cinq lunes, Almaqah avait fait gronder les orages. La foudre avait zébré sans relâche les ciels obscurs. Les pluies avaient inondé les sols et gonflé les wâdis comme si les larmes de l'univers entier s'y ruaient.

Disciplinés et infatigables, les hommes de Saba avaient accompli leur devoir. Courant d'une digue à une vanne, renforçant les parapets et les môles, nuit et jour dégageant les limons, déblayant les canaux, ils avaient apaisé la fureur des crues, la canalisant vers les champs et les vergers. Une fois encore, la toute-puissance d'Almaqah n'avait pas engendré la destruction mais la manne céleste de l'ensemencement.

À présent c'en était fini. Depuis quelques jours, nuages, foudres et pluies se retiraient sur les à-pics des montagnes qui cernaient la plaine de Maryab. Sous le feu de Sham, dieu brûlant du soleil, le bleu du ciel reprenait la couleur de l'infini. Le bonheur pouvait danser dans le cœur d'Akébo. Il avait assez vécu pour savoir qu'il n'était pas de plus grande splendeur au monde que la caresse du soleil sur les montagnes et les plaines de Saba. Le lever du jour était le cadeau offert aux hommes sages par les dieux rassasiés.

Serrant son manteau de laine rêche sur son torse nu, il s'avança jusqu'à la murette de pierre qui bordait la terrasse, à l'aplomb de la falaise ouest. La lumière était encore timide. Aucune ombre ne se dessinait. L'humidité des dalles étouffait le frôlement de ses sandales. Pourtant, lorsqu'il posa la main droite sur les briques vernissées, les cornes des guetteurs retentirent.

Dans les tours de guet, en surplomb du palais et des murailles de la ville, on l'avait vu. Les gardes soufflèrent trois feulements puissants. Ils annonçaient au peuple de Maryab qu'Akébo le Grand était debout, les yeux ouverts sur son royaume.

Ses lèvres frémirent de satisfaction. Sans lever le visage, il dressa haut la main gauche en réponse aux guerriers de faction.

Cette main qu'il pointait vers les brumes, tous la reconnaissaient de loin. Une main qui chauffait leur ardeur dans les combats. Une paume de fer avec seulement deux doigts : le pouce et l'index. Entre ce pouce et cet index, nul ne l'ignorait, Akébo pouvait briser le cou d'un homme aussi aisément qu'une cosse de caroube.

Le feulement rauque des cornes se dissipa dans les lambeaux de brume. On eût cru que le ciel se pliait, lui aussi, aux signes destinés aux serviteurs. Une bourrasque se leva, venant de l'est. Elle repoussa la laine de l'humidité qui stagnait entre les murs des jardins, dans les bosquets et le long des clôtures. Encore laiteux, le soleil s'insinua entre les rouleaux de brume, les déchirant, les écartelant jusqu'à ce que les doigts de Sham dorent enfin les tours du palais, en étirent l'ombre sur les toits de la ville. Alors, les verts infinis qui modelaient le plateau jusqu'aux contreforts des montagnes se déployèrent un à un, sertis par les miroitements des canaux d'irrigation, ainsi que les pièces innombrables d'un joyau à l'entrelacs d'argent.

Akébo plissa les paupières. La richesse de Saba s'éveillait.

À l'entour de la ville des hommes déjà poussaient des mules bâtées sur les chemins de terre encore humides qui sinuaient entre les champs et les bosquets de balsamiers, de cinnames et de lubâns. Ici et là, dans des enclos de roseaux et d'oponces, se pressaient des troupeaux de chameaux à laine noire. Les toitures de palmes des granges, fraîchement renouvelées, brillaient d'un vert tendre sur l'ocre des murs de torchis.

Dans quelques heures le soleil lèverait les parfums, et jusqu'au soir même les insectes danseraient à cette ivresse. Dans moins d'une lune, le peuple de Saba commencerait les premières récoltes de feuilles d'aloès, aux sucs prometteurs de vertiges. Puis viendrait le temps de la myrrhe et de l'encens. L'or de Saba était au-dessus du sol aussi bien que dessous. Il pouvait être vert autant que scintillant.

Akébo tressaillit. Une main menue venait de se fermer sur son index et son pouce.

– La trompe m'a réveillée.

Makéda ! Son enfant chérie et unique. Tout à la beauté qui s'offrait devant lui, Akébo ne l'avait pas entendue venir.

– Bonjour, ma fille.

– Bonjour, mon père. Je savais que tu étais là. J'ai couru avant que Kirisha veuille me mettre ma robe de jour.

De fait, elle était pieds nus, son petit corps élancé recouvert d'une simple tunique de nuit. Sa chevelure épaisse, aux boucles drues et serrées teintées de reflets de cuivre, lui couvrait les épaules en désordre. Assurément, ce n'était pas ainsi qu'une jeune princesse devait se présenter devant son père.

Akébo sourit au lieu de gronder.

Avait-il jamais fait autre chose lorsqu'il s'agissait de Makéda ?

La beauté de sa fille équivalait la beauté de la plaine de Maryab. De plus, à six ans, son caractère était déjà le miroir de celui de son père. Comment se plaindre du cadeau que lui avait fait Almaqah ? Même si cela avait été au prix de la plus terrible perte.

Même si, en secret, une nuit, il avait versé des larmes. Même si les dieux n'offraient rien aux humains qu'ils ne puissent reprendre ou détruire.

Ainsi allait la vie des hommes : le chaud alternait avec le froid, l'obscur avec l'éblouissant. Et les larmes naissaient entre les dents du rire. La sagesse consistait à ne jamais oublier ce que la douleur nous enseignait.

Comme si elle devinait les pensées de son père, Makéda serra un peu plus fort de ses doigts fragiles sa puissante main amputée.

– Cette nuit, annonça-t-elle, maman est revenue me voir dans mon sommeil. Elle te fait dire qu'elle est heureuse. Elle compte le temps qui la sépare de nous.

L'émotion durcit les traits d'Akébo. Il ne répondit pas. Makéda ajouta avec un soupir :

– Plus que trois jours et deux nuits !

Akébo approuva d'un grognement.

Il partageait l'impatience de sa fille. Plus que trois jours et les étoiles d'Almaqah se placeraient de part et d'autre de la lune. Il serait temps alors d'entrer dans l'enceinte du nouveau temple. Main dans la main, père et fille, roi et princesse, ils fouleraient le sable de Mahram Bilqîs. Le plus grand des temples qu'un homme de Saba eût élevé à son dieu, le plus beau des sanctuaires qu'on eût bâti pour accueillir l'âme d'une défunte : Bilqîs. Bilqîs, mère de Makéda, fille de Yathî'amar Bayan, épouse d'Akébo le Grand. Bilqîs, mille fois aimée et mille fois pleurée.

Malgré les pluies et les coups de la foudre, des centaines d'ouvriers en avaient achevé les murs énormes, taillé les pierres, dressé les colonnes avant que la saison des récoltes commence. Élevé à un galop de cheval de la ville, tout près du lit du wâdi Dana et au carrefour de tous les chemins parvenant à Maryab, le temple imposerait au marchand, au voyageur, au seigneur d'y déposer ses offrandes avant de franchir les murailles de la cité.

La main de Makéda tira sur celle d'Akébo. Il détourna le regard du spectacle de la plaine où le soleil commençait déjà à creuser les ombres.

– Viens avec moi.

Il se laissa faire. Il savait où elle l'entraînait. Une sorte d'alcôve au toit en forme de dôme s'ouvrait à l'opposé de la terrasse. Elle contenait une maquette du temple, modelée en terre cuite. On en avait suivi le plan exact pour la construction. Fascinée, Makéda avait passé des heures entières à la contempler, alors que la pluie lui interdisait d'aller se promener sur le chantier.

La copie de terre cuite permettait d'embrasser d'un seul coup d'œil, comme un oiseau, l'immense place. Ample à l'ouest et creusée à l'est, sa courbe ovale était pareille au ventre d'une femme enceinte.

Akébo avait veillé lui-même à ce que cette forme lui rappelât précisément le ventre de Bilqîs alors qu'elle portait Makéda.

Quant à sa longueur, les prêtres l'avaient fixée en prenant pour premier repère le talon droit du roi et, pour l'autre, la pointe d'une flèche tirée avec son arc le plus dur. La flèche avait volé presque treize toises avant de se ficher dans le limon.

Le mur était le plus énorme jamais construit pour un temple : sept fois la hauteur d'un guerrier. Infranchissable !

Makéda fit basculer le minuscule vantail de bronze à l'échelle de la maquette qui ouvrait l'enceinte. Elle fit glisser à l'intérieur un taureau de bronze à peine gros comme son doigt.

— Les prêtres iront devant avec les souffleurs de corne, expliqua-t-elle, comme si son père ne savait encore rien de la cérémonie à venir et qu'elle-même ne l'avait pas déjà racontée quelques dizaines de fois. Mais nous serons juste derrière le taureau.

Elle poussa l'animal de bronze sur le sable répandu dans l'espace de la cour.

— Derrière nous, il y aura les gens du palais, les prêtresses et les porteurs des statues pour le sanctuaire. Et encore derrière, marcheront les femmes avec les fleurs, la myrrhe et les encens. Et quand nous serons tous à l'intérieur, il faudra donner l'ordre de refermer les portes.

Ce qu'elle fit aussitôt sur la maquette.

— Les autres resteront dehors, et voilà !

Son doigt désigna le sanctuaire d'Almaqah élevé sur la partie incurvée de l'enceinte.

— Il n'y a que nous qui pourrons nous approcher…

Un péristyle riche de trente-deux colonnes de granit alignées par rang de huit. Chacune serait alors flanquée d'une statue de bronze à l'image des puissants de Saba.

– Les porteurs des statues iront se mettre en rangs devant les vasques d'offrandes. Himyam fera signe aux prêtresses et elles allumeront les feux de parfums…

Elle posa son doigt à l'ouest du sanctuaire.

– Moi, je me mettrai là, à la place de l'étoile jeune, et toi – elle posa un doigt à l'angle opposé du sanctuaire –, toi, tu conduiras le taureau à la place de la vieille étoile.

Sans quitter sa fille du regard, Akébo devina que les serviteurs se pressaient maintenant sur la terrasse. Ils n'osaient approcher sans son ordre. Il ne leur accorda aucune attention, poursuivit le jeu avec Makéda.

– Te souviens-tu des paroles que tu devras prononcer aussitôt que les fumées s'élèveront ?

Makéda réprima un haussement d'épaules. Son ton vibra d'ironie. Cette question était une insulte à son savoir.

– Moi, Makéda, fille de Bilqîs, fille d'Akébo le Grand, fils de Myangabo, moi, Makéda, princesse de Saba, je suis devant ton sanctuaire, ô Almaqah, Tout-Puissant de la vie, Tout-Puissant de la colère du ciel. Mon père est ton sang sur terre. Il te fait l'offrande de ma naissance comme il te fait l'offrande de ce temple pour que ma mère Bilqîs, ta bien-aimée servante, demeure assise à la droite de ton trône. Pour toujours et toujours…

Makéda avait lancé ses derniers mots en cherchant le regard d'Akébo. Ses yeux brillaient d'une émotion qu'elle s'empressa de vaincre. Elle retira le taureau de bronze de la maquette et le brandit vers le visage de son père.

– Moi, je sais très bien ce que j'ai à dire, mais toi, tu devras tuer le taureau d'un seul coup de hache !

– Et toi, jeune fille, tu devrais savoir qu'une princesse de Saba ne se promène pas en robe de nuit dans le jour ! Qui plus est sans coiffure, les cheveux en bataille comme une paysanne au retour des champs !

D'un même élan, Akébo et Makéda se retournèrent vers la voix qui brisait leur jeu. Avant même de découvrir son long visage sombre éclairé par la broussaille neigeuse des sourcils et de sa barbiche, ils avaient reconnu Himyam. Prêtre d'Almaqah, fidèle conseiller d'Akébo, il était aussi immense que maigre. Sa peau était d'un noir absolu, tout comme son regard. Ses dents, jaunies, gâtaient son sourire et lui donnaient toujours une expression inquiétante.

Nul ne savait son âge, mais sa vigueur paraissait être éternelle. Akébo le soupçonnait d'être beaucoup plus jeune qu'il n'en avait l'air, peut-être à peine plus âgé que lui-même. Himyam soignait son apparence de sage pour impressionner son monde. Ce qui leur convenait à tous les deux. Mais, surtout, au fil des années, Akébo avait pu s'assurer qu'Himyam possédait les trois qualités qui rendent un homme indispensable : il était fidèle, supérieurement intelligent et intransigeant.

De son bâton d'ébène torsadé dont il ne se séparait jamais, Himyam invita une belle jeune femme respectueusement en retrait de l'alcôve à s'approcher.

– Il est temps que Kirisha prenne soin de ta fille, seigneur, dit-il avec un regard entendu vers Makéda.

– Je me doutais bien que tu viendrais me chercher, répliqua la fillette sans se laisser impressionner.

– C'est donc que tu savais que tu étais en faute.

– Ou qu'il n'est pas bien difficile de deviner ce que tu vas faire.

Akébo ne put retenir un rire où perçait toute sa fierté pour sa fille. Himyam se contenta de hocher la tête, le visage tranché par cette grimace qui pouvait tout aussi bien être un sourire qu'une menace.

Makéda se détournait déjà. Elle glissa sa main dans celle de Kirisha. Elle lui sourit gentiment, l'entraîna vers la terrasse, disant :

– Aujourd'hui, tu es la plus belle des femmes de Saba, Kirisha. Et moi, j'ai réfléchi : je sais quelle tunique je veux mettre pour te ressembler.

2

Maryab, palais Salhîm

Akébo et Himyam regardèrent en silence disparaître Makéda et la jeune concubine. D'un signe, Akébo ordonna aux serviteurs de vaquer à leurs tâches. Alors qu'ils se dispersaient après un profond salut, Himyam remarqua :

– Ta fille est intelligente. Elle ouvre les yeux plus que toi, seigneur.

– Que veux-tu dire ?

– Tu ne vois qu'elle, par le regard comme par le cœur.

– Où est le mal ? Elle le mérite.

– Le monde est plus vaste que tes sentiments, et si tu n'y prends garde il se refermera sur toi.

Akébo secoua la tête avec un brin d'agacement. Deux serviteurs s'approchaient avec des vêtements. Sans façon, Akébo ôta son manteau de laine. Il apparut nu, un simple pagne serré d'une corde lui couvrant les reins.

– De quoi veux-tu me convaincre que je ne sais déjà, Himyam ? demanda-t-il après avoir enfilé une tunique souple, rayée de bleu et d'or.

– Que le temps va plus vite que ta volonté.

– Ah ?

Himyam eut un regard pour la maquette.

– Deux nuits et trois jours avant que tu puisses déposer tes offrandes dans le nouveau temple. C'est assez pour que rien n'advienne comme prévu, si tu t'obstines.

Le visage d'Akébo se referma. Sans répondre, il attrapa la cotte de cuir aussi souple qu'une peau d'enfant qu'on lui tendait. Il l'endossa, ceignit une large ceinture à passementerie d'argent, agrafée à un baudrier. Le manche d'or, large et plat, d'une dague à double tranchant dépassait.

Toujours silencieux, il congédia les serviteurs, refusant le plateau de boissons et de nourritures que des femmes apportaient. Effleurant l'enceinte de terre cuite de sa main mutilée, il fit le tour de la maquette comme s'il voulait en tirer les mots dont il avait besoin. Son corps de guerrier était si tendu que cela était palpable dans l'air.

Himyam évita de porter les yeux sur lui et referma les mains sur le large pommeau d'argent de son bâton.

– Avec cette cérémonie, ton deuil de Bilqîs s'achèvera…

– Tu sais qu'il ne s'achèvera jamais.

– Celui de l'homme, peut-être pas. Mais après six années, le deuil du roi de Saba est clos. Il est temps pour toi d'accueillir une nouvelle épouse dans ta couche, seigneur Akébo.

Akébo soupira.

– Makéda a raison. Parfois tu es très prévisible, grand muka d'Almaqah.

– Est-ce pour autant que j'ai tort ?

– Himyam, je n'ai pas besoin d'enfanter un fils, pas plus demain qu'hier. Makéda me suffit pour descendance. Pour moi et pour le peuple de Saba, elle sera fille et fils, princesse et prince. Et reine et roi à l'heure venue. Ainsi en ai-je décidé.

– Et moi, je maintiens que tu t'aveugles. Ton cœur est trop plein de Bilqîs et de ta fille. Tu es roi, grand Akébo, mais tu es aussi, comme nous tous, progéniture d'Almaqah. Tu lui dois ce que tu lui dois.

– Oserais-tu dire que je suis en dette envers mon dieu ?

Akébo avait grondé, fronçant les sourcils. La colère pinçait ses lèvres. Himyam demeura imperturbable. Akébo prit sur lui pour poursuivre calmement :

– Laisse-moi tuer le taureau dans l'enceinte sacrée et faire mon offrande. Ensuite, nous en reparlerons. D'ici là, je n'ai qu'une épouse dans mes pensées.

Himyam secoua la tête. Le sourire grimaçant plissait ses joues aux poils épars.

– Il y a aussi une ruse qui s'épuise.

– Que veux-tu dire ?

– Almaqah ne t'offre pas ce temps. Les mukaribs de Kamna et Kharibat ne doutent plus que tu les as trompés. Leur sottise a beau être grande, elle ne les aveugle plus. Ils ont compris que tu entrerais dans le temple de Bilqîs la main dans la main avec ta fille et non avec Kirisha, ta future épouse.

– Kirisha !

– Kirisha, petite-fille du seigneur de Kamna, qui fréquente ta couche depuis deux ans et s'entend à merveille avec ta fille. Ce qui n'est pas rien. Makéda vient de la déclarer la plus belle femme de Saba. Si elle devient ton épouse et enfante le fils d'Akébo le Grand, les clans du Nord auront l'assurance que leur sang d'hommes à peau claire se mêlera à ton sang d'homme noir… Comme ta richesse à la leur.

– Je n'ai jamais rien promis aux clans du Nord.

Himyam opina avec un rire sec.

– C'est vrai. Tu as seulement laissé filer les rumeurs. Mais une fois devant l'auge, même les ânes savent reconnaître le son coupé de poussière. Les seigneurs de Kamna et les mukaribs ne doutent plus de tes intentions véritables. Tu vas tuer le taureau de Bilqîs pour faire de ta fille la future reine de Saba. Kirisha ne sera jamais ta seconde épouse.

– Nous parlerons, grogna Akébo avec un haussement d'épaules. Ils ne veulent pas mon sang, seulement la richesse de Maryab. Et ce sont des pleutres.

– Ne sois donc pas si sûr de toi !

La sécheresse du ton d'Himyam sembla vider Akébo de sa colère. Ses paupières se fermèrent à demi tandis qu'il affrontait les pupilles sombres du vieux sage.

– Que sais-tu ?

– Ils ont réussi leur grande alliance. Le seigneur d'Al-Lisan se joint à eux. C'est tout le nord de Saba qui se lie contre toi. Les vieilles haines les unissent : contre la couleur de notre peau et nos ancêtres du Nil ; contre Almaqah, notre Puissant. Ils veulent dresser leur dieu serpent, Arwé à la langue fourbe, sur la plaine de Saba. Ils jugent que c'est l'heure.

– Ils se trompent : il est trop tard. Je n'ai pas attendu tes conseils. Les routes de Maryab sont gardées. En trois jours, ils ne peuvent ni forcer la ville ni atteindre le temple. Leur armée est faible, sans entraînement. Le taureau mort et les offrandes dans le sanctuaire…

Himyam frappa durement son bâton sur le sol, coupant la parole d'Akébo sans plus de politesse. Le regard intense, il s'approcha de son roi à le toucher, chuchotant avec force :

– Écoute-moi donc ! Les clans du Nord ont envoyé des hommes dans la ville. Depuis des jours. Peut-être depuis plus d'une lune. Certains ont travaillé au chantier du temple. En racontant discrètement la même histoire à qui voulait l'entendre : la mort de ton épouse Bilqîs était une punition d'Almaqah. Une punition dont tu ne tiens aucun compte. Et ce sanctuaire est une provocation. Almaqah va déchaîner sa colère sur Maryab. Ils rappellent aussi que ta lignée vient de l'autre côté de la grande mer, du pays de Kouch. Tu n'es qu'un usurpateur qui va attirer le malheur sur Maryab !

– Ce sont les pires mensonges qu'on puisse entendre !

– Et alors ? Un mensonge bien tourné n'est-il pas plus convaincant qu'une vérité ? Tes ennemis agitent la peur. Connais-tu un meilleur moyen pour dresser un peuple contre son seigneur ?

– Comment l'as-tu appris ?

Le sourire d'Himyam découvrit ses mauvaises dents.

– J'ai des oreilles où il le faut, murmura-t-il.

Akébo le toisa un instant. On ne savait ce qui le contrariait le plus, de découvrir que son fidèle conseiller en connaissait plus que lui sur les pensées de son peuple ou de la nouvelle qu'il apprenait.

Himyam ne le laissa pas songer trop longtemps.

– Tu peux encore retourner les choses à ton avantage. Autrement que par les armes et le sang.

Akébo haussa un sourcil interrogateur.

– Seigneur, avec tout le respect que je te dois, je te demande de peser mes mots. Que cela te plaise ou non, contre les clans alliés, tu es faible. S'ils parviennent à soulever le peuple contre toi, tu le seras cent fois plus. Tu pourras te battre, longtemps sans doute, mais sans vaincre. Tu seras seul contre eux tous. Tu répandras le sang sans pouvoir en tirer la puissance qui assure un règne. Et si tu y perds la vie, c'en sera fini de ta fille : elle ne sera que la princesse du malheur de Saba.

– Je vois où tu veux me conduire.

– Et pourquoi non ? Montre-toi plus serpent qu'Arwé. Déclare aujourd'hui que Kirisha, fille du seigneur de Kamna, devient ton épouse, seconde après Bilqîs la bien-aimée. Elle t'a été offerte par son clan : ils ne peuvent plus rien y redire. Fais savoir que tu entreras dans le sanctuaire de Mahram Bilqîs en lui tenant la main pour qu'Almaqah notre Unique scelle vos noces et te donne un fils avant le prochain hiver. Alors, l'alliance du Nord connaîtra sa fin. Jamais le seigneur de Tamna ne voudra combattre sa propre descendance. Il souhaitera même être ton meilleur allié pour que ses héritiers grappillent ton héritage. D'eux tous, c'est lui le plus redoutable ! Ensuite, le temps redeviendra ton allié. Tu pourras dénouer ce que tu as noué sous la contrainte.

Akébo eut un signe d'approbation. Il glissa les deux doigts de sa main amputée sur son visage mais demeura silencieux.

Himyam savait qu'il devait maintenant se taire. Akébo n'avait pas besoin qu'on lui explique les choses longtemps. Il détestait l'insistance.

Le seigneur de Saba héla l'une des servantes qui patientait sur la terrasse. Il se fit servir un bol de lait de chèvre, revint tourner autour de la maquette du temple qui fascinait tant sa fille. Il la contempla longuement avant de secouer la tête.

— C'est un plan ingénieux, soupira-t-il enfin. Je ne doute pas qu'il réussisse. Mais je ne le suivrai pas.

Il se retourna d'un bloc pour affronter celui qui était peut-être son meilleur ami.

— Ne m'en veux pas, Himyam. J'ai promis à Bilqîs, j'ai promis à Makéda. Je n'aurai pas d'autre épouse et je n'aurai pas d'autre descendance. Quoi qu'il m'en coûte. Même la beauté de la plaine de Maryab ne vaut pas que je revienne sur mes promesses.

Himyam écouta sans ciller. Ses lèvres ne s'ouvrirent pas pour un commentaire. Akébo le jaugea du coin de l'œil.

Le silence et l'immobilité du sage n'étaient pas une protestation. Himyam avait dit ce qu'il avait à dire. Le choix d'Akébo était le choix de son maître. Il ne le disputerait pas. Ainsi allait le respect entre eux. Himyam, déjà, devait réfléchir aux conséquences de cette décision et s'y préparer.

Akébo passa une nouvelle fois les deux doigts de sa main amputée sur ses joues que la lame n'avait pas rasées depuis plusieurs jours.

– Le conseil se réunira comme il est prévu, ordonna-t-il d'une voix sourde.

3

Maryab, palais Salhîm

Te voilà si belle, mon amie,
tes joues comme des pétales de cerisier
entre les colliers,
et ton cou, ô cette grâce de gazelle
entre les perles,
te voilà si belle, mon amie…

Entourée de servantes et sous l'œil attentif de Kirisha, Makéda prenait son bain dans la vasque de pierre rose de la salle des thermes. Elle n'était pas très profonde, à peine une demi-hauteur d'homme, mais assez large pour contenir une douzaine de personnes. Makéda y chantonnait, jouant avec une poupée de bois peint. Ses doigts caressaient les minuscules gemmes du collier et le diadème d'or incrusté dans la chevelure réalisée avec ses propres cheveux.

Les servantes la regardaient, attendries. Elles se laissaient bercer par ses chansons qui les faisaient rêver. Makéda n'était encore qu'une fillette, son corps ne portait qu'à peine les promesses de la femme qu'elle deviendrait. Pourtant, la fille de leur seigneur n'était pas une enfant comme les autres, et elles en étaient fières.

– D'où te vient ce chant ? s'étonna Kirisha.

– De ma tête ou de mon cœur, je ne sais pas.

Makéda avait répondu d'un ton moqueur. Elle lança sa poupée à l'autre bout de la vasque avec une grimace de mépris.

– Mais ne va pas croire que je l'ai inventée pour ce stupide morceau de bois.

– Makéda...

Makéda leva les yeux sur la jeune femme. Un regard sévère, presque dur et qui ne paraissait plus celui d'une enfant. Avant que Kirisha n'ajoute une parole, elle se remit à fredonner :

Nous te ferons des colliers d'or,
mon amie, ma belle,
Ô ton parfum,
comme il me berce la nuit.
Quand je pense à toi,
tu es la fumée de myrrhe
qui monte du désert...

Les servantes applaudirent, ravies. Kirisha, les yeux brillants, demeurait figée. Makéda se laissa glisser au fond de la vasque, les paupières closes et son petit corps nu ondoyant sur la pierre rose comme une algue sombre et dorée. Elle s'y maintint si longtemps que Kirisha tendit une main pour la tirer du bain.

Dès qu'elle la frôla, Makéda jaillit, lui agrippant le bras, murmurant en la regardant bien en face :

– Ce n'est pas pour la poupée, c'est pour toi que j'invente ces chansons.

– Moi ?

– Tu es la plus belle et celle que j'aime.

Les servantes pouffèrent. Kirisha, émue, caressa la joue humide de l'enfant.

– Tu seras plus belle que moi quand tu seras grande.

– Sûrement. Si Almaqah le veut bien.

Kirisha approuva d'un battement de cils.

– Viens dans le bain avec moi, ordonna brutalement Makéda.

Kirisha protesta. Sans grande conviction. La fille d'Akébo n'allait pas céder et son rôle de gouvernante était aussi de lui obéir.

Makéda ne la quitta pas des yeux tandis qu'elle se mettait nue et entrait dans l'eau.

Quand elle s'y fut installée, les perles d'eau glissant sur sa poitrine sombre, Makéda chantonna :

Nous avons une sœur petite,
une fille du désert
qui se réveille dans l'encens.
Nous avons une sœur petite,
et sans seins,
qu'allons-nous faire d'elle ?

Kirisha éclata de rire et l'éclaboussa.

– Dis-moi la vérité : d'où te viennent ces chansons ? Ce n'est pas possible que tu inventes cela toute seule !

– Et pourquoi ?

Le sérieux de Makéda troubla Kirisha.

– C'est vrai, dit encore Makéda. Un jour, je serai aussi belle que toi. J'en suis sûre. Pas plus belle. Mais pareille.

– Plus belle, je le sais.

– Tu ne dois pas croire que je dis ça parce que je suis jalouse. Sûrement pas. Je t'aime. Après mon père, c'est toi que j'aime le plus.

Kirisha resta coite, les sourcils froncés, le sourire figé et incertain.

Sans crier gare, Makéda replongea dans la vasque. Cette fois, ce n'était pas pour faire la morte. Sous l'eau, elle vint s'agripper à Kirisha. Elle resurgit à la surface en l'enlaçant. Elle posa sa tête ruisselante sur la rondeur de l'épaule, lui embrassa les joues, le cou et la poitrine avec une fougue violente et rieuse. Kirisha entra dans le jeu et lui rendit ses baisers. Un instant leurs rires, accompagnés des gloussements des servantes, résonnèrent contre les voûtes des thermes tandis que l'eau inondait les dalles de la salle.

Quand elles se furent apaisées, se tenant toujours enlacées, Makéda murmura en reprenant son souffle :

– Ces dernières nuits, ma mère est venue me visiter dans mon sommeil. Elle vient me préparer pour la cérémonie du grand temple, après après-demain. Je dois y être parfaite.

Kirisha approuva d'une caresse.

– Tu le seras. Et mon seigneur Akébo le sera aussi. Il tranchera la tête du taureau d'un seul coup de lame.

Elles se turent, observant les servantes qui s'affairaient, préparant les huiles et les linges propres. Peut-être imaginaient-elles la tête du taureau furieux qui roulait dans la poussière de l'enceinte d'Almaqah.

Makéda brisa le silence.

– Ma mère était belle comme toi.

Ce n'était pas une question, cependant Kirisha la corrigea.

– Plus belle. Aucune autre femme n'a été aussi belle que la reine Bilqîs.

– Non. Belle exactement comme toi. Je le sais.

– Et comment le saurais-tu ?

Kirisha s'en voulut aussitôt de ces mots. C'était comme si elle avait dit : « Toi qui ne l'as jamais vue, qui es née de son ventre mort ? » D'une voix plus douce, posant ses lèvres sur la tempe de Makéda, elle ajouta :

– Toi seule, sa fille, pourras être aussi belle qu'elle.

– Tu te trompes. Je sais comment elle est, puisque je la vois toutes les nuits depuis une lune. Elle a la même peau blanche que toi, la peau des femmes du Nord. Et je sais aussi qu'elle t'aime autant que je t'aime.

Cette fois, Kirisha préféra se taire. Makéda lui fit face.

– Tu n'as pas à être modeste, Kirisha. Et rien à craindre. Ma mère sait que tu vas dans le lit de mon père et elle ne t'en veut pas.

Il y eut brusquement un grand silence dans la salle. On n'entendit plus que le clapotis de l'eau sous la paume de Makéda. Elle reprit :

– Moi aussi, bien sûr, je le sais. Et depuis longtemps. Tu vois, ça ne m'empêche pas de t'aimer. Même, si mon père voulait te prendre pour épouse, je serais très contente.

À nouveau le silence se posa sur l'eau du bain. Le visage de Kirisha était tendu. Sa peau nue se fripait et durcissait comme si le bain était soudain devenu glacé.

– Mais il ne le fera jamais, n'est-ce pas ? poursuivit Makéda.

Il y avait assez de tristesse dans sa voix pour que Kirisha admette sans détour :

– Il a promis qu'il n'aurait jamais d'autre épouse que Bilqîs.

– Et il est trop têtu pour ne pas accomplir une promesse.

– C'est bien ainsi. C'est sa grandeur de l'aimer encore, même si elle est près d'Almaqah.

Makéda protesta en claquant sa paume à la surface du bain.

– C'est pas vrai, ce n'est pas bien ! Je sais que tu es triste. Que ton cœur saigne. Et moi aussi, je te voudrais pour mère.

Elle s'écarta de Kirisha, glissa sur l'eau, chantonnant des mots à peine audibles :

Je te ferai entrer dans la maison de ma mère,
tu boiras le vin d'épice,
tu m'exerceras,
et je deviendrai ta douceur précieuse…

Les servantes s'étaient immobilisées, les linges dans les mains. Makéda atteignit l'autre côté de la vasque et se redressa, lançant :

– Un jour tu seras lasse de n'être que la concubine de mon père. Je te perdrai.

Si elle devina que les gouttes qui roulaient sur les joues de Kirisha étaient des larmes, elle ne le montra pas. Elle frappa à nouveau l'eau et cria encore :

– Ton clan ne voudra pas te laisser avec nous. Je te perdrai !

– Non, non, Makéda !

Kirisha s'élança vers elle dans un bouillonnement d'eau.

– Je sais comment se font ces choses, gronda Makéda. Inutile de me mentir. Ils viendront te chercher, parce que mon père ne te prend pas pour épouse.

Kirisha agrippa les mains de l'enfant et les pressa contre sa poitrine.

– Ne t'inquiète pas, ma bien-aimée. S'il le faut, je me cacherai de mon père et de mes frères. Je resterai avec toi jusqu'à ma mort.

4

Maryab, palais Salhîm

Le soleil atteignait son zénith lorsque Akébo le
Grand vint prendre place dans la salle de son
conseil.

La pièce n'était pas très grande. Sculptée en
ronde bosse, une longue plaque de porphyre déco-
rait un des murs d'une colonne de guerriers sur
leurs chameaux de combat. Les fourrures des bêtes,
les tuniques et les visages des combattants étaient
rehaussés de couleurs vives. En face, deux larges
ouvertures, aux cintres de briques soutenus par des
piliers de cèdre, permettaient une vue immense sur
la ville et la plaine. Il n'y avait pour meuble qu'un
siège aux montants de bois d'ébène et aux accou-
doirs de joncs d'or. Il était posé sur une marche de
granit et recouvert d'une tapisserie aux points serrés.

Une douzaine d'hommes se tenaient là. Ils appartenaient aux plus nobles familles de Saba. Leur
richesse et leur lignage en faisaient les maîtres du
royaume après Akébo. Les uns possédaient les plus
beaux champs ou les plus beaux troupeaux, les
autres les caravanes et les caravansérails ou s'assuraient du péage de l'eau contre l'entretien des
ouvrages d'irrigation. Tous s'inclinaient devant le

plus puissant sous la paume des dieux : Akébo. Tous lui étaient redevables de leur richesse, car ils lui étaient redevables de la paix de leur terre, de l'importance de leur commerce comme des faveurs d'Almaqah.

C'est ainsi qu'il entra dans la salle, en tout-puissant. Sept gardes en armes le précédèrent et s'alignèrent le long du mur sculpté. Les nuques se ployèrent.

Un murmure lui souhaita longue vie et l'éternelle protection d'Almaqah. Il répondit de même. Son regard cherchait les visages un à un, en sorte que ses mots paraissaient adressés à chacun avec amitié.

Les salutations achevées, Akébo monta sur la marche de granit et s'assit sur le siège. Aussitôt, Himyam le sage prit place derrière lui, rejoint par un homme jeune, bâti plus lourdement qu'Akébo et d'une peau d'un noir profond : Tan'Amar, le chef de sa garde. Un collier d'or encerclait son cou de taureau. Un ceinturon de la largeur d'une main barrait sa poitrine recouverte d'une toge de cuir aux bourrelets rehaussés d'argent. Une dague à longue lame y était agrafée. Le manche d'ivoire jaillissait du fourreau tel un croc de fauve.

La coutume voulait qu'en conseil les puissants se mettent à leur avantage, témoignant de la bonne marche des affaires. Il était rare que les nouvelles soient mauvaises, les difficultés non surmontées et les promesses absentes.

Comme d'ordinaire, Akébo laissa parler chacun un long moment. Il approuva en silence les avis qu'on lui prodiguait. Puis, alors que la séance touchait à sa fin, il tourna son regard vers un homme très jeune, à la peau pâle et au visage d'une grande beauté. Vêtu de la culotte bouffante des chameliers de guerre, les épaules couvertes d'un caftan de cuir aux épaulettes d'acier finement incrustées d'or, il respirait la richesse, l'orgueil et l'assurance.

– Shobwa, fais en sorte que les portes de la ville soient fermées ce soir deux heures avant la nuit. Elles n'ouvriront au matin qu'au son des trompes de mon réveil. Et aucune caravane étrangère à Maryab n'entrera ou ne sortira des murs sans mon autorisation.

Le ton d'Akébo était celui d'un ordre paisiblement donné, pourtant la mesure était rare et surprenante. La salle s'emplit d'un murmure que la voix de Shobwa surmonta.

– Pourquoi ces ordres, seigneur ? Que crains-tu ?

L'étonnement de Shobwa se teintait d'une ironie désinvolte.

– Nous sommes à deux nuits de la grande cérémonie dans le nouveau temple. Je souhaite que chacun puisse s'y préparer en paix.

– Il n'y a rien à redouter, seigneur. Le peuple de Maryab est dans l'attente heureuse de l'offrande du taureau dans l'enceinte nouvelle. Il sait que tu apporteras la prospérité sur Saba. Puisse la main d'Almaqah, par ta volonté, s'étendre sur nous.

L'intonation de Shobwa n'était pas celle d'un officier devant son roi. Akébo ignora l'arrogance.

– Que sais-tu des étrangers venus se louer pour les travaux du temple ?

– Rien de spécial. Aujourd'hui, les travaux sont achevés. Je suppose qu'ils offriront leurs bras pour les récoltes… Ou qu'ils partiront avec les prochaines caravanes. Qu'y aurait-il à savoir d'eux ? Ce sont des hommes ordinaires et sans importance.

– En es-tu si certain ?

Encore, la voix d'Akébo était demeurée limpide. Chacun cependant devinait que quelque chose n'allait pas. Akébo le Grand n'avait pas coutume de poser des questions inutiles et, plus qu'aucun autre, il détestait le bavardage. En outre, la réputation de Shobwa n'était plus à faire : sa beauté et son ambition n'avaient d'égal que sa cruauté lors des combats et son indolence dans l'exercice de sa charge. « Un guerrier fou et un mauvais chef. » Telle était la rumeur dans les rangs des combattants, mais cela le faisait craindre.

Toutefois, la puissance de son clan, tout au nord de Saba comme dans les régions désertiques au-delà, avait imposé à Akébo d'en faire son allié. Ainsi Shobwa avait-il, malgré son peu d'expérience et sa mauvaise réputation, obtenu le commandement très envié de la garnison de Maryab.

Il leva un sourcil dans une moue d'étonnement. Il suffisait de peu de chose pour que la séduction de son visage tourne à la morgue.

– Je sais ce que je vois. Mais peut-être vois-je mal ? Mon rôle n'est pas d'espionner les habitants de Maryab.

Akébo approuva sans montrer d'humeur. Derrière lui, cependant, Tan'Amar referma le poing sur le manche de sa dague, le regard brillant de colère. Un simple geste qui glaça l'air de la pièce.

Un vieux conseiller, Yahyyr, s'avança d'un pas. Depuis longtemps son clan obtenait les plus belles récoltes de myrrhe. Il avait souvent mis sa richesse au service d'Akébo, qu'il considérait comme l'un des siens.

– Si tu crains quelque chose, seigneur Akébo, tu peux demander notre aide. Nous sommes là pour ça.

Akébo lui répondit d'un battement de paupières, l'affection passant sur ses traits. Il paraissait tranquille comme celui qui se sait inébranlable et dans la maîtrise de sa puissance. C'est pour tous qu'il déclara :

– Il faut toujours craindre, puissant Yahyyr, même sans raison particulière. En ces jours-ci, tout est bonheur pour moi. Bientôt, j'offrirai une fois de plus mon nom, mon bras et mon sang à Almaqah le Premier. Ma chère Bilqîs siégera à son côté dans l'immensité de son palais éternel. Mais qui ignore qu'ici même, sur cette si belle terre de Saba, il en est qui remettent leur âme et leur volonté à la double langue du serpent ? La jalousie renaît à chaque printemps, Yahyyr, comme revient la saison sèche. Le serpent et ceux qu'il séduit haïssent les trois piliers de l'homme : la sagesse, la paix et l'amour.

Akébo le Grand n'eut pas besoin d'en dire davantage. Chacun devinait ce qu'il fallait comprendre et quelles conséquences tirer de ces paroles.

Avant que d'autres questions s'élèvent, Akébo rompit le conseil et quitta la salle avec le même calme qu'il y était entré.

*
* *

– Le serpent, je le vois chaque fois que je me trouve devant la face de Shobwa !

Ils se tenaient dans un petit jardin suspendu, quatre étages en surplomb de la cour du palais. L'un des lieux les plus discrets de tout le bâtiment. Tan'Amar y laissait échapper sa rage sans rien en retenir. Himyam lui accorda son sourire ambigu. Rien ne le réjouissait plus que la fougue et la colère de Tan'Amar.

Sous l'apparence d'un taureau noir et les grondements d'un fauve se cachait une intelligence sans détour. D'un vert d'eau paisible, le regard de Tan'Amar possédait la même légèreté inattendue que cette montagne de muscles qui lui servait de corps et qu'il mouvait pourtant avec une souplesse de félin. En outre, aucun homme au monde n'était plus fidèle à Akébo. Une fidélité infinie et sans prix.

Vingt années plus tôt, alors qu'il n'était qu'un jeune prince, Akébo courait le pays de Kouch, de l'autre côté de la mer Pourpre, le long du Nil. Il accomplissait une grande chasse de plusieurs saisons dans le pays de ses pères. Un jour qu'il suivait la trace d'un couple de lions dans la savane, il entra dans un village qui n'était que cendres et cadavres. Les hyènes et les vautours y festoyaient. La puanteur de la mort coupait la respiration. Éventrés, à demi dépecés, des cadavres d'hommes de tous âges pendaient aux branches des plaqueminiers. Seule une folie inhumaine avait pu perpétrer pareil massacre.

Akébo avait pourtant deviné que le corps d'un petit enfant, pendu par les pieds au milieu de cette puanteur, était celui d'un être encore vivant. Il l'avait fait descendre et ranimer.

Dans les semaines qui suivirent, sa chasse était devenue celle aux meurtriers. Quand il les eut retrouvés, il les contraignit à offrir de dignes sépultures à leurs victimes et à reconstruire chaque maison détruite, bien que personne ne puisse plus en passer le seuil. C'était garder, sous les yeux de tous, la mémoire du pire des forfaits, assura-t-il. Après quoi, les assassins avaient dû s'infliger eux-mêmes l'ultime châtiment, s'engloutissant ainsi dans un néant infernal et éternel.

L'enfant sauvé avait été nommé Tan'Amar : « né de l'ombre ». Il avait assisté à cette justice.

Tandis que ceux qui avaient détruit son passé s'effondraient en hurlant, il était venu glisser sa main de petit garçon dans celle d'Akébo, qui l'avait conservée jusqu'au crépuscule.

Maintenant, Himyam disait :

– Tu as raison, Tan'Amar. Il est probable que le serpent s'agite depuis longtemps dans la cervelle de Shobwa. Son clan peut aisément en faire un traître à l'intérieur de Maryab.

– Alors pourquoi lui laisser le commandement de la garnison ? Ordonne et il sera à genoux devant toi avant la nuit, seigneur Akébo.

– Je n'en doute pas. Mais laisse vaquer Shobwa.

– Je ne comprends pas ta volonté, seigneur.

– Avant trois jours, je ne veux pas que coule à Maryab un autre sang que celui du taureau dans l'enceinte du temple, trancha Akébo.

– Je peux couper le souffle de ce serpent sans qu'il verse une goutte de sang ! insista Tan'Amar.

– N'en sois pas si convaincu, intervint Himyam. S'il est vrai que Shobwa enfante une trahison, il prend aussi ses précautions. Tu ne le verras plus seul avant longtemps. Et les promesses ont dû pleuvoir sur sa garnison afin qu'elle lui soit acquise.

Akébo lut le désarroi sur les traits affectueux de Tan'Amar. Sans oser poser la question, le jeune homme se demandait comment son maître, si avisé en toutes circonstances, avait pu se laisser tromper aussi facilement.

– Fais en sorte que le palais soit sûr, ordonna Akébo sans répondre à cette question muette. Surtout, que nul n'approche Makéda. C'est à elle plus qu'à moi qu'ils s'en prendront.

5

Maryab, palais Salhîm

C'était le cœur de la nuit. L'obscurité était limpide, la voûte du ciel sans nuages. Le silence étouffait les vols des chouettes sur les toits de la ville. Le calme de Maryab était absolu. Il était tentant de croire que les menaces qui avaient tendu les esprits tout le jour précédent n'étaient qu'imagination. Tan'Amar n'avait cependant pas l'intention de se laisser abuser.

Il avait placé ses guerriers à chacune des portes du palais, sur les murs de ronde et dans les nombreux escaliers qui transformaient l'immense bâtisse en labyrinthe. Tous cuirassés et casqués, la lance à la main. Un demi-millier d'hommes aussi fidèles à leur maître que Tan'Amar lui-même. Chacun conscient que leur mort, si elle était offerte pour la vie d'Akébo leur seigneur, ne serait que l'assurance d'entrer dans l'éternité d'Almaqah.

Guettant chaque bruit tel un chasseur à l'affût, Tan'Amar allait d'une terrasse à l'autre. Des torches et des cuves de bitume en feu éclairaient les murs et les passages les plus importants. La grande porte du palais était illuminée d'un rougeoiement intense. Tan'Amar s'y trouvait sur le chemin de ronde. Il quittait le halo de lumière dansante lorsque la voix d'Himyam le surprit.

– Rien avant l'aube, Tan'Amar. C'est toujours leur tactique. Sois patient.

Le vieux sage se tenait dans l'obscurité, sa silhouette plus chétive qu'en plein jour et son visage tout à fait invisible.

– Maître Himyam !

– Les clans du Nord ne s'en prendront jamais à nous la nuit. Je ne vois pas plus ton visage que tu ne vois le mien. Dans l'obscurité, leurs yeux de serpent auraient trop peur de nous perdre.

Le vieux sage eut un petit rire, presque silencieux. La moquerie aurait pu tirer un sourire à Tan'Amar. Il savait qu'Himyam avait raison. Mais l'inquiétude le portait au sérieux.

Ils se turent et écoutèrent le silence. De temps à autre on percevait le frottement des sandales des gardes. Ou le choc d'une lance, d'un fourreau d'épée, résonnait contre la pierre.

Himyam reprit soudainement la parole :

– Tu te demandes comment notre seigneur a pu se laisser trahir par Shobwa et les clans du Nord.

C'était à peine une question. Tan'Amar se douta que le vieil homme était venu sur le chemin de ronde pour parler de cela. Il fut heureux de pouvoir libérer les mots qui lui pesaient sur la poitrine depuis trop d'heures.

– Shobwa pue la trahison depuis qu'il est né. Le seigneur Akébo le sait mieux que nous. Comme nous savons que les mukaribs de Kamna et Kharibat nous jalousent un peu plus à chaque saison. Mais on a tout de même laissé à Shobwa la main sur la garnison de Maryab.

Dans le noir, Himyam esquissa un de ses sourires grimaçants. Tan'Amar prenait soin de dire « on ». S'incluant dans la faute.

– La réponse est : Akébo a rusé avec les puissants du Nord, puis il s'est endormi sur sa ruse. Voici trop longtemps qu'il ne pense qu'à Bilqîs et à sa fille. Nous le savons aussi. Il a laissé le temps au serpent de s'éveiller.

– Cela n'a pas l'air de t'étonner, ni de te peiner beaucoup.

– La vie d'un homme, même d'un homme sous la paume d'Almaqah comme notre maître, contient un temps pour tout. Un temps pour vaincre, un temps pour vivre de sa victoire. Akébo a usé des deux. Il est parti des bords du Nil et nous a conduits ici, dans la myrrhe et l'encens. Maintenant est venu le temps d'un autre festin.

Tan'Amar secoua la tête en grommelant.

– Si tu crois que ce qui nous attend va être un festin !

Il s'approcha du mur tandis que, dessous, les gardes échangeaient leurs places, comme ils en avaient la consigne, afin de ne pas se laisser engourdir par la fatigue. Comme le vieux sage demeurait silencieux, Tan'Amar gronda encore :

– Tu parles par énigmes pour moi, maître Himyam. Tu m'expliques et je comprends encore moins.

La voix d'Himyam ne fut qu'un murmure :

– Tu es un bon guerrier, ami Tan'Amar. Lui, il est un roi. Ce que tu ne comprends pas, c'est la sagesse de notre seigneur Akébo.

– Que veux-tu dire ?

– Qu'il se moque aujourd'hui de la richesse de Maryab. Son royaume de Saba ne se réduit pas à cette ville et à cette plaine. Il s'étend de l'autre côté de la mer Pourpre. Les clans du Nord ne menacent que Maryab. Verser le sang pour ces murs n'engendrera aucun futur. Le seigneur Akébo veut transmettre sa puissance à sa fille Makéda. Elle n'a pas sept années. Il ne veut pas la mettre en danger et doit montrer plus de patience que le serpent.

Tan'Amar soupira, prit son temps pour lâcher :

– Ce que je comprends, c'est que nous ne combattrons pas mais que nous fuirons Maryab comme des pleutres.

– Ne t'aveugle pas sur la gloire que tu tirerais à combattre la vanité des puissants du Nord.

Tan'Amar préféra se taire. Il n'avait plus envie d'entendre Himyam. Mieux valait reprendre ses rondes et passer sa mauvaise humeur sur les ombres de la nuit.

Il fit un mouvement pour s'éloigner, mais Himyam dressa son bâton et le retint.

– Sois vigilant, Tan'Amar. Shobwa veut nous enfermer dans le palais en attendant que les armées des mukaribs de Kamna et Kharibat parviennent sous les murailles. Seul, il n'aura pas le courage de t'affronter de face ni ne fera donner sa garnison : les hommes n'oseraient pas lever une dague contre nous. Ils se contenteraient de nous tourner le dos. Mais Shobwa sait comment rendre le peuple furieux avec quelques mensonges.

– Ça ne marchera jamais. Le peuple de Maryab aime Akébo. Il n'a pas à se plaindre de nous. Pourquoi se révolterait-il ?

– Détrompe-toi, mon garçon : le peuple n'aime jamais les puissants. Il les craint trop. Il se tait et se soumet à la peur. Il va où souffle le vent. Shobwa fait courir de mauvaises rumeurs. Les mukaribs menacent Maryab d'une colère du serpent Arwé. Je connais leurs pratiques. S'il le faut, ils saboteront les digues et assécheront les champs en accusant Almaqah et Akébo ! Quand il s'agit de mentir, Shobwa est un dieu.

– Shobwa ! soupira Tan'Amar avec colère. Je fais la promesse devant toi, maître Himyam : un jour viendra où je lui couperai le souffle. Même si je dois revenir des bords du Nil pour ça !

6

Maryab, palais Salhîm

Incapable de rester sur sa couche, Akébo le Grand se leva. Un large croissant de lune surgissait au-dessus des montagnes. Sa lueur blafarde se répandait sur la terrasse.

Akébo jugea qu'il restait à peine trois heures avant l'aube. Les meilleures heures pour lancer une attaque. Si Shobwa en avait l'intelligence et le courage.

Mais il doutait que les choses se passent ainsi.

Il n'avait pas dormi de la nuit, guettant les bruissements de l'obscurité d'une oreille distraite. Non qu'il eût la moindre crainte. Tan'Amar veillait. C'était comme s'il veillait en personne.

Le regret et la colère contre lui-même le maintenaient éveillé. Il avait désormais la certitude que c'était sa dernière nuit à Maryab et qu'il ne tuerait pas le taureau dans le temple de Bilqîs.

Malgré la beauté de la ville et de la plaine, abandonner Maryab lui était indifférent. Le monde possédait plus de richesses et de splendeurs que l'imagination des hommes pouvait en concevoir. Mais après tant d'efforts pour ériger le temple dédié à son épouse défunte et éternellement bien-aimée, qu'il ne puisse y consacrer le nom de Bilqîs par l'offrande du taureau l'emplissait de tristesse, de rage et de honte.

Il contemplait les étoiles d'Almaqah, deux diamants scintillants tout près de la pointe du croissant. Toutes proches mais encore si loin ! Deux jours et une nuit ! Deux jours avant qu'elles n'atteignent leurs places sacrées de part et d'autre de l'orbe de la lune. Deux jours de paix que les mukaribs de Kamna et Kharibat et leur valet Shobwa ne lui accorderaient pas.

Himyam avait raison une fois de plus. Il s'était laissé bercer par sa confiance. Il avait cru qu'il assurait au peuple de Maryab assez de prospérité et de sécurité pour que la jalousie des clans du Nord ne corrompe pas les esprits ni ne ruine la paix. Il avait méprisé les sourires répugnants de Shobwa. Il s'était cru fort et inatteignable ! Une faute impardonnable lorsqu'elle venait d'un roi si fier de sa sagesse !

Almaqah lui infligeait une rude leçon.

Lui qui s'enorgueillissait d'élever Makéda par son exemple ! Il osait à peine imaginer la rage, la déception de sa fille qu'il allait devoir affronter.

Un instant encore, Akébo fixa la progression de la lune. Elle blanchissait de plus en plus la terrasse, comme si elle la recouvrait de la pâleur des morts.

Il se détourna brutalement. En simple pagne il marcha jusqu'à la chambre de Makéda. Les serviteurs somnolant se réveillèrent sur son passage, engourdis et ne sachant s'ils devaient le suivre. Parvenu sur le seuil, il s'immobilisa. Des contrevents ajourés maintenaient une dense obscurité dans la pièce, cependant on pouvait deviner les longs voiles qui protégeaient la couche des insectes.

Au fond de la pièce, à peine visible, Akébo discerna les contours du second lit. La tache claire de la tunique de Kirisha bougea. Elle ne dormait pas.

Elle avait perçu sa présence. En silence, elle fut debout et le rejoignit.

– Ta fille dort, seigneur.

Elle chuchotait. Il répondit sur le même ton :

– Tu vas devoir la réveiller. Nous quitterons Maryab avant le jour.

La bouche de Kirisha frémit. Elle lui offrit ses yeux. Akébo ne douta pas qu'elle fût capable de lire sur son visage toutes les pensées qui le traversaient, les regrets comme les désirs.

Des serviteurs s'étaient approchés. En les voyant immobiles et silencieux, le regard rivé l'un à l'autre, ils se détournèrent et attendirent dans l'ombre qu'on les appelle.

Après un temps qui parut lourd et long, Akébo leva la main droite, celle qui tenait les épées et caressait pendant l'amour. Il effleura la joue de son amante. Kirisha ferma les paupières. Elle pressa sa tempe contre la paume d'Akébo. Sa poitrine tremblait sous la tunique de nuit et ses yeux contenaient des larmes quand elle les releva. Elle dit :

– Si tu pars maintenant, seigneur, tu ne pourras pas honorer ton épouse dans le sanctuaire et la placer à la droite d'Almaqah dans son jardin éternel.

Akébo approuva d'un signe imperceptible du front.

– Et c'est moi qui suis la cause de ce départ, ajouta Kirisha, la gorge nouée.

– Non ! D'aucune manière. Ton clan, celui du seigneur de Kamna, oui, un peu. Mais plus encore ma sottise et mon orgueil. Voilà ce qui en est la cause et pourquoi Almaqah me punit. Ne te reproche rien.

Kirisha le dévisagea. Palpitante, muette, les pupilles immenses, comme une femme qui étouffe.

Ils entendaient le souffle de Makéda derrière eux, sous le voile. Akébo songea qu'ils étaient comme les étoiles d'Almaqah près de la lune. Si proches et si loin. Il leur aurait suffi d'une très légère inclinaison pour joindre leurs lèvres. Le désir en mordait leurs reins jusqu'au vertige, mais ils savaient pourquoi ils ne le pouvaient.

Kirisha fit un pas de retrait. Elle baissa les yeux.

– J'ai choisi, chuchota-t-elle. J'ai promis à Makéda : je serai sa servante pour la vie.

Akébo ouvrit la bouche. La referma sans trouver de mots pour répondre.

Kirisha laissa passer un instant avant de murmurer :

– Je sais où est ma place. Je n'attends rien d'autre. Même si mon cœur est plein de toi autant que de ta fille.

– Je suis le roi d'une seule épouse, ainsi le veut Almaqah, marmonna Akébo avec embarras. Tu n'as pas à faire une promesse de servante. Tu es digne d'être aimée bien autrement que je t'aime et d'être mère d'un puissant.

Kirisha esquissa un sourire à travers ses larmes. Lui revinrent les paroles d'une des chansons lancées dans le bain par Makéda. Elle saisit les mains d'Akébo, la paume amputée comme la main du vainqueur. Elle les réunit dans les siennes, si fines, et les pressa entre ses seins en murmurant :

Je te ferai entrer dans la maison de ma mère,
tu boiras le vin d'épices,
tu m'exerceras,
et je deviendrai ta douceur précieuse…

– Ta fille invente les mots de la beauté, dit-elle encore. Elle fera notre bonheur sans que nous ayons besoin d'être des époux.

7

Maryab, palais Salhîm

Il restait une heure avant l'aube lorsque le vieux seigneur Yahyyr vint avertir Himyam que la garnison avait déserté les portes de Maryab et les barrières des routes. Shobwa portait lui-même la nouvelle dans les maisons nobles amies des clans du Nord. Il n'attendait que les lueurs du jour pour enflammer la populace, clamer que les mukaribs de Kamna et Kharibat approchaient, que la colère du serpent Arwé menaçait Maryab si Akébo y demeurait.

Himyam accueillit l'information avec calme. Tout était prêt. Deux caravanes s'étaient déjà éloignées au cœur de la nuit avec les coffres et les serviteurs. La soudaineté des ordres avait surpris chacun, assurant le secret et coupant court aux lamentations.

Tan'Amar avait de son côté trop à faire pour attiser sa colère. La garde royale était sur le pied de guerre, silencieuse et efficace. Une centaine de guerriers devaient demeurer jusqu'à l'aube aux portes principales du palais, comme si de rien n'était. Cependant, invisibles depuis la ville, cinq cents chameaux de combat vifs et endurants se regroupaient à l'entrée du Jabal Balaq. Un défilé à l'ouest du nouveau temple qui s'enfonçait entre des falaises infranchissables. Il conduisait à la route de la mer

Pourpre : sept journées de chevauchée avant d'atteindre le port de Makawan.

Le palais possédait plus d'une porte discrète par laquelle il était aisé de se retrouver hors des murs sans même emprunter une ruelle. Certaines ouvraient sur des souterrains qui débouchaient loin des courtines, dans des cabanes de briques crues à l'apparence de modestes resserres, dissimulées dans des bosquets de jujubiers. Des issues bien utiles lors des sièges.

Il était convenu qu'Akébo, Makéda et Tan'Amar utiliseraient un passage, Himyam et Kirisha un autre, chacun avec des escortes d'une demi-douzaine d'hommes. Des chameaux harnachés pour une course sans retour attendaient dans les champs d'orge voisins.

Mais gardes et chameaux durent patienter plus que prévu. Makéda, fille d'Akébo le Grand, se refusait à partir.

Lorsque, réveillée, elle avait appris qu'il fallait fuir, Makéda avait hurlé de colère. Kirisha n'avait pu la faire taire. Akébo dut venir s'agenouiller devant sa fille.

– Tu m'as fait une promesse et tu ne la tiens pas ! l'accusa Makéda, les joues ruisselantes. Tu as fait une promesse à ma mère ! Des mensonges ! Des mensonges ! Et tu nous obliges à fuir comme des crapauds !

– Je te veux reine et je te veux en vie.

– Je ne serai jamais reine, j'aurais trop honte ! Mon père est un lâche. Je te déteste.

Akébo était désemparé. Il savait qu'il ne trouverait jamais les mots pour convaincre Makéda qu'il prenait la bonne décision. Il dit seulement :

– Nous reviendrons et nous accomplirons notre promesse. Bilqîs ta mère sera aux côtés d'Almaqah.

– Je ne te crois plus. Tu ne tueras pas le taureau.

Himyam s'en mêla, Kirisha supplia. Rien n'y faisait. Makéda tempêtait et déchirait tous les vêtements qu'on lui tendait, filant dans les pièces pour qu'on ne l'attrape pas. Elle retardait tant la fuite que le ciel blanchissait à l'est.

– Une reine doit savoir être patiente, gronda Akébo sans plus de calme. Rien ne compte plus au monde que toi et les promesses que je te fais. Elles sont inscrites dans le ciel d'Almaqah comme dans mon cœur. Si tu ne sais le voir, c'est toi qui n'es plus digne de ton père.

La voix d'Akébo contenait la rage et la puissance des ordres précédant les combats. Makéda en parut ébranlée. Elle sécha ses yeux avec une grimace de dégoût et s'enfuit à nouveau dans les couloirs. Personne ne put la retenir avant qu'elle se précipite sur la grande terrasse. Elle se jeta dans l'alcôve où elle avait tant admiré la maquette du temple nouveau et renversa l'ouvrage de terre cuite. Devant les serviteurs et Kirisha elle le brisa et le piétina.

Lorsque Akébo la rejoignit, elle leva la main. Elle tenait l'effigie de bronze du taureau.

– Je le garderai toujours avec moi, lança-t-elle. Je n'oublierai jamais.

Quand la course silencieuse des chameaux fut enfin lâchée dans le défilé du Jabal Balaq, le ciel était blanc. Des clameurs résonnaient dans Maryab.

Au pied des collines, l'enceinte énorme du temple de Bilqîs ressemblait à la carapace d'un monstre encore assoupi, indifférent au sort des hommes.

Deuxième partie

1

Axoum

Il commençait à pleuvoir. La nuit n'était pas loin. Accroupie sur le rebord d'une fenêtre, Makéda observait le soir tomber sur l'immense plaine d'Axoum, à peine ponctuée de quelques collines.

Le jardin que cernaient les longs murs de l'enceinte bruissait du frappement des gouttes sur le feuillage. Makéda ferma les paupières pour mieux entendre. Une brise fraîche soufflait avec l'humidité. Elle serra sa tunique sur sa poitrine, balançant doucement le buste comme si elle percevait un rythme dans la rumeur de la pluie. Elle rouvrit les yeux, contempla quelques secondes les rouleaux de nuages charbonneux. Le chant glissa entre ses lèvres telle une plainte.

Regarde, regarde, mon ami,
l'hiver est fini,
la pluie qui vient n'est plus celle d'hier.
Oh viens,
temps des fleurs,
des chansons qui dansent
comme des fumées,
amours des tourterelles.
Oh viens,

première figue du figuier,
sucre de mon souvenir du pays de myrrhe
et des longues pluies
de l'hiver.

Quand elle se tut, un rai de soleil crépusculaire jaillit loin à l'horizon, souligna les crêtes des montagnes et enflamma de pourpre le ventre des nuages. À deux lieues du palais, les hautes façades de la ville dessinaient une marqueterie d'ocre et de blanc devant l'obscurité menaçante. Quelques instants, les champs et les forêts brillèrent d'un éclat violent. Sur les pentes de collines proches, dans la terre noircie des parcelles défrichées, s'échappait la fumée des fours de charbon de bois, vacillante et incertaine comme si elle hésitait entre le poids de la pluie tiède et le désir de se perdre dans la pénombre grandissante.

Le caquètement grotesque d'un couple de perroquets verts jaillit brusquement dans le dos de Makéda. Elle sursauta, mais sans se retourner, devinant qui s'approchait sans que les servantes la préviennent.

Tout en guettant le frôlement des sandales sur le sol de briques, elle suivit des yeux une caravane d'éléphants et de chameaux débâtés. Poussée par une poignée d'hommes indifférents à la pluie et à l'ombre qui les rattrapait, elle disparaissait sur la bande brune de la route sinuant entre les champs de l'ouest.

Lorsque le frottement des sandales fut tout proche, elle demanda :

– As-tu remarqué l'efficacité de mes nouveaux gardiens, Kirisha ?

Kirisha accrocha les lampes à huile qu'elle apportait aux suspensoirs de bronze avant de répondre en riant :

– Leur plumage est magnifique, mais les dieux leur ont donné la voix la plus laide qu'un oiseau ait jamais eue.

– C'est un cadeau de mon oncle Myangabo. Il est de retour de chez Pharaon.

– Je sais. On déverse encore les présents qu'il a rapportés dans la grande salle. Elle ne semble pas assez grande pour tous les contenir.

La nuit progressait vite à présent. Les murs de la nouvelle Axoum paraissaient s'y engloutir l'un après l'autre. Makéda eut une grimace. Elle quitta le bord de la fenêtre et se retourna.

– Axoum ressemble de plus en plus à Maryab. Mon père a beaucoup fait pour que l'on apprenne à construire ici de belles et hautes maisons, mais parfois on croirait une illusion prête à s'effacer.

Kirisha la considéra en inclinant un peu la tête.

– Un jour, il te faudra cesser de regretter Maryab.

– Jamais.

– Makéda… Déjà dix années ont passé !

– Les jours de Maryab sont dans mon cœur et eux ne s'effaceront jamais, au contraire de cette ville.

Kirisha secoua la tête et sourit avec tendresse. La lumière du soir vieillissait son visage pâle. La flamme des mèches à huile creusait les rides qui cernaient désormais ses yeux et sa bouche. Ces dix années écoulées depuis qu'Akébo le Grand avait fait d'Axoum son palais et le cœur de son royaume avaient estompé sa beauté. Une beauté dont Makéda se souvenait avec une extrême précision.

Saisie d'une nostalgie qui ne venait pas de l'ombre du soir, Makéda eut un coup au cœur. Elle enlaça Kirisha, la serra contre elle, soufflant contre son oreille :

– Je n'oublie rien! Almaqah me l'interdit. Je ferme les yeux et c'est comme si tout ne s'était passé qu'hier…

C'était vrai. Enfant, pendant de longues années, elle s'était contrainte à se rappeler, afin que la fureur de la vengeance, promise au jour de leur fuite, demeure bien vivante. Chaque nuit, étendue sur sa couche, elle revoyait la lueur de l'aube qui blanchissait le ciel au-dessus des murailles de Maryab en ce matin maudit.

Elle revoyait la beauté, l'opulence des jardins, l'enceinte close du temple de Bilqîs, la porte de bronze qu'elle n'avait pu franchir. Elle entendait les cris venus de la ville qui résonnaient dans le ciel glacé. Elle voyait le visage tendu de Tan'Amar, la bouche dure d'Himyam et le calme de son père. Et encore les yeux pleins de larmes de Kirisha, que la douleur ne parvenait pas à rendre laide.

À chacune de ces pensées, un sanglot de rage lui serrait la gorge.

Puis il y avait eu le grondement feutré des chameaux se ruant dans le défilé Jabal Balaq. Une course comme elle n'en avait jamais connu, les chameaux pressés les uns contre les autres dans la poussière, le cou tendu par l'effort, les hommes ne donnant de la voix que de loin en loin, l'air chaud et odorant qui piquait les yeux, asséchait la bouche.

Elle était assez petite pour que son père puisse la tenir contre lui, serrée sur sa poitrine. Elle s'était agrippée aux deux doigts de sa main amputée, réconfortée, malgré sa rage, par sa chaleur, son odeur, cette puissance qui l'enveloppait et lui permettait d'oublier que cette course était une fuite.

Mais aux bivouacs, la colère lui revenait tout entière.

Elle n'avait pas ouvert la bouche durant trois jours malgré la tristesse qui durcissait le visage de son père. Elle avait refusé les caresses de Kirisha, tourné le dos à Himyam et à Tan'Amar.

Bien sûr, le traître Shobwa et les mukaribs du Nord ne s'étaient pas aventurés à les poursuivre. Alors, Makéda avait considéré cette lâcheté comme une humiliation supplémentaire. Son père fuyait devant des faibles.

Ce n'est que quand ils se furent embarqués sur une flottille de bateaux pansus comme des bœufs, traversant la mer Pourpre, qu'elle s'était mise soudain à hurler :

– Je reviendrai et je te tuerai !

Elle avait levé la main, brandissant l'effigie de bronze du taureau qui n'avait pas quitté sa paume depuis Maryab. Les côtes de Saba s'éloignaient, bleutées et tremblantes comme si la mer allait les dissoudre dans le ciel.

– Je te tuerai, Shobwa ! Je marcherai sur ton cadavre puant ! J'ouvrirai les portes de bronze d'Haram Bilqîs. S'il le faut, c'est moi qui tuerai le taureau !

La violence de ses paroles résonna sur la mer. On l'entendit sur les pontons des autres bateaux. Un long et grave silence pesa sur la nuque de tous, nobles, gardes ou serviteurs. Akébo demeura droit, sans un cillement bien qu'il y eût de l'insulte dans les mots de sa fille. Les lèvres d'Himyam avaient tremblé : ces vœux de guerre dans la bouche d'une enfant effrayaient. Sauf elle-même.

Ce n'étaient pas de vaines paroles. Elles s'étaient incrustées dans l'esprit de Makéda comme une pointe d'oponce sous la peau. Aujourd'hui encore, après dix années écoulées, elle ne doutait pas de tenir sa promesse, même si elle ignorait comment.

Elle baisa tendrement la joue de Kirisha. Elle s'écarta et murmura encore :

– Non, Kirisha, je n'oublie rien.

De la poche dissimulée dans la large ceinture qui serrait sa tunique, elle tira le taureau de bronze sauvé de la maquette du temple de Bilqîs.

– Il ne me quitte pas. Il contient mes souvenirs et mes promesses.

Kirisha secoua la tête, retenant un soupir.

– Oh, je sais qu'il ne te quitte pas ! Crois-tu que je sois aveugle et je ne m'en sois pas aperçue depuis longtemps ?

– Tu fouilles les tuniques ?

– Pas la peine. Mais moi je dis : C'est inutile. C'est mauvais, en vérité. Est-ce à ça que doit penser une belle princesse de ton âge ?

– Kirisha, je sais ce que tu vas me dire…

– Tant pis, je le dis quand même. Il y a mille ou trois mille filles dans Axoum et dix fois ce nombre dans le royaume de ton père. Tu les surpasses en beauté, comme si Almaqah avait atteint la perfection en dessinant ton corps. Tu es la fille d'Akébo le Grand… et regarde-toi : tu t'habilles comme une servante de caravanier. Des tuniques de chanvre sans couleur et usées. Des cheveux qui ne connaissent ni nattes ni peignes. Tu as seize ans, Makéda, l'âge où plus d'un homme noble et puissant aimerait faire de toi une femme et une épouse…

– Le fait est que certains y songent. Ici et ailleurs, n'est-ce pas ?

Le rire dansant et ironique de Makéda rebondit sur les murs de la petite pièce. Rire provocant de jeunesse et d'une beauté qu'elle savait déjà pleine et sûre. Sa silhouette conservait encore la grâce hésitante de l'adolescence, mais ses reins creusés sur une taille assez fine pour tenir entre des mains d'homme, ses épaules, comme suspendues au-dessus d'une poitrine haute qui déjà tendait les tuniques, possédaient cette élégance exubérante des femmes à l'aube de leur pouvoir.

Sous des paupières et des cils longuement arqués, qui s'ouvraient ainsi que des ailes, le noir de ses yeux brillait d'un éclat aigu. La peau si fine de ses tempes et de ses pommettes, l'arête nette du nez aux narines étroites, en portaient l'écho adouci. Les boucles drues et serrées d'une chevelure qu'elle s'obstinait à maintenir courte dessinaient un arc parfait au-dessus de son front et laissaient voir ses oreilles menues, étrangement fragiles, aux lobes presque transparents, piqués chacun d'une goutte d'or.

Makéda savait déjà que nul ne pouvait se tenir longtemps face à elle sans être envoûté par le dessin parfait de ses lèvres. Fermes, d'un rose de pétales encore éclairci par le satin sombre des joues et du menton volontaire, elles pouvaient être dures ou impérieuses aussi bien que d'une tendresse redoutable.

Un théâtre d'émotions dont déjà elle jouait à merveille, le masquant et le dévoilant de ses mains aux doigts si fins, si agiles dans leur danse qu'ils laissaient les hommes rêveurs, comme s'ils entre-voyaient, dans ses paumes claires, des promesses inaccessibles.

Les joues de Kirisha rosirent.

– Je remarque que tu es sans nouvelles du seigneur Yahyyr'an, fils de Yahyyr, ajouta encore Makéda sur le même ton de taquinerie. Tes sœurs et tes cousines nous oublient.

– J'ai honte. Je ne devrais pas cacher ces messages à ton père.

– Il ne veut plus rien savoir de Maryab. La politique et la guerre ne l'intéressent plus. L'exercice de sa sagesse est voué au commerce.

– Mais il voudrait certainement savoir qu'un seigneur de Maryab demande sa fille pour épouse.

– Il devrait apprendre dans l'instant qui suit que sa fille ne veut pas.

– Il sait déjà que sa fille n'est qu'un caprice vivant.

– Il y en a d'autres que Yahyyr'an. Et il est trop tôt pour penser aux époux. Veux-tu faire de moi une femme ordinaire ?

Kirisha s'abstint de répondre.

– Kirisha, ne vois-tu pas qu'il ne s'agit que de politique ? insista Makéda. À Maryab, Yahyyr'an est devenu, comme son père, un ennemi de Shobwa. C'est le seul charme qu'il possède à mes yeux.

– Il n'y a pas que lui que tu traites mal. Tan'Amar, tout immense et puissant qu'il soit, plie devant toi comme un chaton. Il accepterait le pire, si tu le lui demandais. Lui qui est comme le fils de ton père !

Cette fois, Makéda hésita.

– Tan'Amar, lui, je l'aime, admit-elle avec tendresse. Mais pas assez. Pas comme on doit aimer. Pas comme une reine doit aimer…

Le rire de Kirisha résonna dans la pièce.

– Je le répète : vaniteuse que tu es ! Car tu sais comment doit aimer une reine ?

– Bien sûr. Pourquoi ne le saurais-je pas ?

Son ton était sérieux et vibrant d'une proche colère.

– Il n'y a pas à Axoum ni dans tout le royaume de mon père un seul homme assez puissant et assez noble pour être digne de moi, déclara-t-elle.

Kirisha cacha son amusement en redressant les coussins de la couche. Makéda lui saisit le bras, l'obligeant à lui faire face dans le chiche halo de lumière.

– Dis la vérité : ne le vois-tu pas ?

Kirisha serra les lèvres sur un soupir.

– Peut-être. Mais sais-tu ce que cela signifie ? Que tu demeureras seule toute ta vie. C'est cela que tu souhaites ?

– Je serai comme toi : fidèle à l'amour qui me vient. S'il me vient.

Kirisha cilla mais demeura silencieuse. Makéda leva la main et lui caressa tendrement la joue, murmurant :

– Et toi, tu ne regrettes rien ?

Les paupières de Kirisha s'abaissèrent. Elle saisit la main de Makéda, la retourna pour déposer un baiser dans sa paume.

– Je sais que tu regardes mes rides et que tu commences à me trouver vieille. Quand tu étais petite, tu disais : « Un jour, je serai belle comme toi. » Moi, je te répondais : « Tu le seras plus encore. Belle comme ta mère Bilqîs. Le temps est venu où chacun peut le constater. Pour ce qui est de ton père, il ne m'a jamais donné l'occasion de regretter, et aujourd'hui que viennent les rides, il m'apprend à les aimer comme je l'aime, lui. »

Il y eut un bruit brutal dans la pièce voisine. Un plateau renversé et quelques mots de dispute entre les servantes. Makéda et Kirisha se turent, embarrassées par l'émotion qui les liait.

Makéda gonfla sa poitrine d'une respiration profonde, rangeant le taureau de bronze dans la poche de sa ceinture.

– Ne t'inquiète pas, fit-elle en relevant le visage. Je ne resterai pas toujours dans des tuniques qui enlaidissent. Mais pour l'heure, je n'ai pas choisi si je suis une femme d'amour ou une femme de guerre.

2

Axoum

De grandes vasques de bitume avaient été allumées dans la salle d'apparat. Les flammes crépitaient, jetant des ombres joueuses sur les murs. Il y avait bien assez de lumière pour admirer les splendeurs que les serviteurs avaient tirées des paniers et des coffres : des tigres ou des lions ailés avec des faces grondantes, des faucons à corps d'homme ou de femme, des disques où apparaissaient des visages humains, des vasques, des tapisseries, des vases de roche translucide et même un lit à montants d'ébène torsadés de serpents d'or. Car tout était d'or, d'onyx, de cornaline ou de sardoine.

Akébo et Himyam contemplaient ces merveilles sans un mot. Impressionnés et pourtant réticents. Himyam s'était incliné devant les portraits d'or, les scrutant avec attention. Il fut le premier à exprimer ce que tous deux ressentaient :

– Cette splendeur est-elle faite pour honorer Akébo le Grand, roi de Saba, ou pour rappeler que Pharaon sait transformer notre or en beauté car il est le plus puissant de l'univers ?

La moquerie de son ton disait la réponse qu'il apportait à sa propre question. Myangabo eut un gloussement appréciateur qui fit trembler sa tunique.

Frère d'Akébo, aîné de quelques années, Myangabo ne lui ressemblait aucunement. Sa silhouette et son visage rond attiraient la sympathie plus que la crainte. Sa chevelure drue, très frisée, était blanche comme neige, lui conférant un air de paisible sagesse. Il n'avait plus beaucoup de dents, mais son sourire, au contraire de celui d'Himyam, n'en devenait pas désagréable pour autant. Tout en lui convainquait d'une douceur dont il savait, en homme rusé, se servir.

Il détestait la guerre et excellait dans les ambassades. Mais ceux qui croyaient que cette apparence aimable pouvait être de la faiblesse ou du manque de courage se trompaient de beaucoup. Ils découvraient vite leur erreur à leurs dépens.

En outre, Myangabo n'avait qu'une fidélité. Il l'avait donnée depuis longtemps à son frère bien-aimé, Akébo le Grand. Pour lui, il serait mort sur le pal sans desserrer les dents. Il n'avait pas le goût d'emmener les hommes à la guerre. Le sang des ennemis ne lui procurait aucune satisfaction. Néanmoins, sous sa rondeur, le courage ne manquait pas.

D'un signe, il ordonna aux serviteurs d'apporter un long rouleau de cuir. Il en tira un tissage de papyrus qu'il fit dérouler. Les serviteurs durent le tenir à bout de bras. On approcha des vasques de bitume pour mieux voir.

Deux grands personnages de profil apparurent, peints en couleurs nettes et claires. Un homme, torse nu, les hanches fines ceintes d'un pagne blanc souligné d'or. Un casque en ogive qu'enlaçait un cobra, d'or lui aussi à l'exception de sa gueule béante, couvrait son front. L'autre personnage était une femme. La tunique laissait ses épaules nues. Elle couvrait ses jambes, mais sa poitrine, ferme et dressée, se devinait sous la souplesse blanche du tissu. Une coiffure haute et cylindrique lui agrandissait le visage. Ses traits étaient simples : une bouche sensuelle, des yeux immenses.

Une femme et un homme qui ne ressemblaient à aucun être humain de chair et de sang qu'on eût pu rencontrer sur la terre de Saba. De beaux visages, quoique sans autre expression qu'un grand vide.

Myangabo guettait la réaction de son frère. Akébo eut un grognement peu admiratif. Il recouvrit machinalement sa main amputée de sa main droite. Myangabo annonça :

– Voici Pharaon et son épouse. Ils tenaient beaucoup à ce que je t'apporte leur présence en image. Ils aiment les images qui les reproduisent. Ils en ont partout. Où que l'on aille dans leur palais, ils sont là, sur les murs ou dans l'or des sculptures, dans la pierre des porches ou le bois des portes, et jusque dans les piscines.

Myangabo s'interrompit avec un sourire. Un sourire qui n'était ni moqueur ni joyeux, mais dont il usait souvent pour laisser son interlocuteur songer à ce qui venait d'être prononcé et peut-être y répondre. Akébo et Himyam demeurèrent cependant silencieux, les yeux rivés sur le rouleau de papyrus. L'image de Pharaon et de son épouse frémissait comme la surface d'un ruisseau car les serviteurs peinaient à garder les bras levés. Les flammes des vasques de bitume dégageaient une fumée de plus en plus noire et pestilentielle. Elle envahissait le plafond de la salle que l'air pluvieux du dehors ne parvenait pas à aérer.

Myangabo toucha le coude de son frère, l'attira vers la grande porte.

– Tu te demandes si Pharaon et son épouse sont tels qu'on les voit sur cette image. La vérité, mon frère, c'est que je ne connais pas leur apparence. On ne les voit jamais que de loin, même nous qui sommes en ambassade. Ceux qui les approchent sont une poignée. Et encore, cette poignée-là ne rencontre que des serviteurs et des conseillers. Jamais un étranger. Pharaon ne nous parle que par la bouche de commis qui se comportent comme des rois. Mais, loin de Thèbes, la rumeur court que Pharaon a l'âge des rides, qu'il ne se déplace jamais sans de jeunes garçons pour le soutenir.

Akébo eut une moue de mépris.

– À quoi cela lui sert-il de fuir la vieillesse? Almaqah ne lui fera pas plus de cadeau qu'aux autres hommes.

Myangabo ne put retenir un couinement d'amusement. Sa bouche édentée s'ouvrit sur un rire que les flammes dansantes rendaient encore plus joyeux.

– C'est qu'Almaqah n'est pas son dieu, mon frère. Râ est son dieu : le soleil unique. Mais, surtout, Pharaon ne veut pas être un homme. Pour son peuple, et même pour nous, il veut être un dieu de chair à l'apparence d'homme aux côtés de Râ. Qui sait? Peut-être croit-il l'être. Tout comme son épouse.

– Un dieu gourmand d'or pour briller autant que son tout-puissant soleil, gloussa Himyam.

Le rire de Myangabo ne fit que croître, secouant son ventre rebondi.

– Oh, tu as la parole juste, comme d'habitude, sage de mon frère! Un homme-dieu très gourmand d'or, de myrrhe, d'encens, de bois noir et de bois rouge, d'aigles, de lions, de tigres, d'hommes et de peuples… Il n'y a que les chevaux qui ne satisfont pas sa gourmandise!

– Il n'a pas aimé mon présent? s'étonna Akébo en fronçant les sourcils. Mes plus beaux chevaux? Je les ai regrettés dès que je te les ai donnés…

– Pharaon admire les animaux qui sont des dieux comme lui. Pour le reste, il aime les éléphants et les chameaux, comme il aime les esclaves : pour construire des temples plus hauts que des montagnes dans le sable du désert. Il tient sous son pouvoir plus d'hommes à sacrifier que le royaume de Saba ne compte de sujets. Le cheval, il en use pour la guerre. Je ne sais comment, car je ne l'ai pas vu de mes propres yeux, mais on prétend qu'il en possède des milliers qu'il lie à des caisses.

Akébo eut un sursaut de dégoût.

– Des caisses ? C'est stupide.

– Je n'en sais pas plus. Sinon que les ennemis de Pharaon les craignent.

Bien qu'Himyam s'amusât encore à écouter ces mots, il retint ses gloussements. Akébo était d'une tout autre humeur. Son visage se confondait avec l'obscurité, pourtant la colère qui gonflait en lui se devinait aussi aisément qu'un vent de tempête.

Dans la salle derrière eux, la fumée noire des vasques de bitume devenait irrespirable. Akébo gronda un ordre. Les serviteurs s'empressèrent de recouvrir les flammes avec du sable. Les éclats d'or des présents de Pharaon s'éteignirent tout aussi bien que le bitume. Nul doute qu'Akébo le Grand n'était pas mécontent de ne plus les avoir sous les yeux.

Il annonça qu'il était grand temps de manger, serra l'épaule de Myangabo de son index et de son pouce de guerre.

– Pardonne-moi, mon frère, ton ventre doit te faire souffrir autant que celui d'un nouveau-né qui ne trouve pas le sein de sa mère, et moi, je retarde ton plaisir du jour.

Myangabo était réputé pour sa gourmandise. On le prétendait capable de manger de tout et à toute heure du jour ou de la nuit. L'allusion déclencha le rire des trois hommes et effaça la tension.

Les serviteurs approchèrent des torches ordinaires. Protégés de la pluie par l'auvent qui courait le long des murs, ils rejoignirent la première cour, grimpèrent l'étroit escalier qui conduisait à la terrasse royale. Le repas était disposé sur des tables basses dans une alcôve proche de la chambre d'Akébo et qui ouvrait en grand sur la terrasse, permettant de s'abriter du soleil tout autant que des intempéries.

De la cour des femmes, dans l'autre partie du palais, provenait un chant doux et balancé. On ne pouvait en comprendre les paroles mais la tendresse des voix faisait frissonner les nuques.

– Désormais, il n'est pas de jours sans que les femmes du palais chantent les mots qu'invente Makéda, grommela Akébo. Voilà ce que j'ai fait, moi qui ne suis pas un dieu mais seulement un roi. J'ai conquis un royaume et enfanté une fille qui passe son temps à inventer des chansons…

Cela était prononcé sur le ton du reproche. Himyam et Myangabo entendirent cependant toute la fierté qui vibrait dans la poitrine d'Akébo le Grand.

*
* *

Le repas était un festin arrosé de bière longtemps fermentée. Ils étaient assis sur de larges coussins à dosseret de bois. Silencieux depuis un long moment, écoutant et scrutant, au-delà de la terrasse, la nuit profonde comme un puits. Le chant des femmes avait cessé depuis longtemps. Le bruit de la pluie sur les dalles résonnait dans le noir. La bière et la faible lumière des torches qui les isolait dans cette mer de nuit les assoupissaient par instants.

Les serviteurs disposaient maintenant les gâteaux de miel et d'amandes, les marmelades de fruits rouges aux épices piquantes. Les galettes de dattes au fromage étaient encore tièdes.

Himyam n'avait guère mangé tandis que Myangabo avait avalé de tout, faisant ainsi honneur à sa réputation. De temps à autre, il observait le visage de son frère. Il connaissait le caractère d'Akébo comme un pêcheur connaît les fonds invisibles d'une rivière.

Considérant les gâteaux de miel sans tendre ses doigts boudinés vers eux, il déclara soudain :

– Sois sans crainte, mon frère. Pharaon aime nos bateaux qui descendent le Nil jusqu'à lui, chargés de jarres d'encens, de miel et de paniers lourds de cailloux d'or.

Akébo parut surpris par le son de sa voix et ne répondit pas. Himyam leva son bâton au-dessus de leur tête d'une manière un peu théâtrale.

– Et il les aimera tant qu'il ne pourra venir les chercher lui-même ici.

– Venir les chercher ici ? Que veux-tu dire ? s'étonna Akébo.

Myangabo répondit à la place du sage :

– Pharaon n'aime le commerce que lorsqu'il ne lui coûte pas trop. Himyam a raison, mon frère. L'avidité de Pharaon est un chameau qui ne sait pas trouver son maître et n'écoute que les caprices de sa bosse.

– Explique-toi.

– Pharaon supporte notre commerce mais n'aime guère le payer à son juste prix. Avant que notre caravane quitte Thèbes, les conseillers m'ont appris que la prochaine caravane devra acquitter un droit supplémentaire.

– Un droit ?

– L'eau du Nil est l'eau de Pharaon. Sur dix barcasses, une ira à Pharaon sans qu'il ait à en payer le contenu. Sinon, la caravane ne dépassera pas Méroé.

Akébo était trop stupéfait pour gronder.

– C'est du vol !

– C'est la loi du plus fort, répliqua doucement Himyam. La loi de Pharaon.

– En ce cas, pourquoi ces cadeaux que tu as rapportés ? Ils valent bien une ou deux barcasses de nos encens.

Myangabo approuva. Il avait retrouvé toute sa vivacité. Son regard brillant passa d'Himyam à Akébo.

– Mon frère, le commerce, quand on le fait avec Pharaon, est aussi plein de surprises qu'une guerre. Ces cadeaux sont le langage de Pharaon. Avec ses lions d'or et son lit d'ébène, il te dit : Deviens mon vassal et je serai bon pour toi.

– Moi ? Moi, son vassal ? Le commerce ne lui suffit pas ?

– Le royaume de Saba possède des biens dont Pharaon a besoin. Il n'aime pas dépendre d'un autre pour ce qui lui est précieux. Le commerce se fait un jour, se défait le lendemain. Si tu es son allié fidèle et le reconnais comme Puissant des Puissants, le commerce sera pour lui plus sûr.

Ce qu'Akébo avait pressenti en contemplant un peu plus tôt les présents venus d'Égypte devenait réalité par la bouche de son frère. Pour adoucir ses mots, en bon diplomate qu'il était, Myangabo ajouta :

– Pharaon ne s'offusque pas de notre peau noire. Il en a l'habitude. Ses plus vaillants guerriers viennent de l'ancien pays de Kouch. Homme blanc, homme noir, cela n'a pas d'importance pour lui.

Akébo balaya la remarque de la main.

– Dois-je comprendre qu'il me faut accepter ? Et pourquoi me soumettrais-je ? Je ne plie la nuque que devant Almaqah. Si Pharaon ne veut pas notre commerce sur le Nil, nous retournerons sur la mer Pourpre. J'ai fait construire un port pour cela. Nous savons qu'il existe des peuples du Nord aussi avides d'or et d'encens que Pharaon.

Devant la dureté du ton d'Akébo, Myangabo hésita à répondre. Himyam s'en chargea :

– Si tu ne deviens pas le vassal de Pharaon, il te fera la guerre.

– Ah ! nous sommes loin de son bras !

– Il a besoin de nos richesses. Son bras sera assez long pour trouver nos têtes.

Il y eut un court silence. La pluie s'apaisait. Les hululements sourds des chevêches résonnaient autour du palais. En tendant l'oreille on percevait les jappements des charognards nocturnes dans les collines.

Avec la griffe de ses doigts de guerre, Akébo saisit un gâteau de dattes fourré de fromage. Il mâcha sans laisser paraître d'émotion, se gratta la barbe et dit enfin en soupirant :

– Qui a envie de la guerre ? Pas moi. Je deviens trop vieux pour en désirer la folie. Ma fille me le reproche assez.

– Quel regret éprouveras-tu ? approuva Himyam. La vanité d'être fort où tu ne l'es pas ? Une vraie folie ! Si nos caravanes parviennent à Méroé, les armées de Pharaon peuvent venir de Méroé jusqu'à nous.

– Et ne pas commercer avec Pharaon, c'est commercer avec personne, ajouta Myangabo d'un ton paisible. Sans doute y a-t-il des peuples gourmands au nord de la mer Pourpre. Et tu as fait ériger les digues de Sabas pour charger nos bateaux et leur offrir un havre après de longues routes. Mais ils ne sortent jamais du port et ne naviguent jamais de crainte de se faire piller dès qu'ils prennent le vent. Comme tu le sais, pendant que tu construisais les maisons d'Axoum et augmentais notre richesse grâce au commerce avec l'Égypte, les mukaribs de

Kamna et Kharibat en profitaient pour bâtir une flotte plus importante que la nôtre et qui ne vit que de rapine.

C'était rappeler avec douceur et affection une vérité cruelle. Il n'était que Myangabo et Himyam à pouvoir le faire. Depuis dix ans, Akébo n'avait pas remis le pied sur le sol de Saba. Le royaume était désormais coupé en deux par la mer Pourpre. Shobwa le traître se pavanait dans Maryab, peut-être jusque dans le grand temple de Bilqîs, jamais consacré à Almaqah. Il criait à qui voulait le croire qu'il était l'autre roi de Saba !

En dix ans, Akébo avait élevé Axoum au rang d'une ville royale et les hirondelles pouvaient se poser sur des terrasses aussi hautes que leur vol. Il avait fait construire des immensités de digues, irriguant les champs d'opulence. Il avait fait creuser et étayer les mines d'or. Il avait transporté ici, dans ce pays de jungle, de savane et de fauves, le savoir de Maryab. Il avait ouvert son commerce à Pharaon, assurant la prospérité aux clans qui pliaient la nuque devant lui.

Dix années ! Assez pour que l'âge irrigue ses veines en murmurant que la sagesse était de vaincre sans faire couler le sang.

Mais aussi dix longues années sans qu'il lave l'affront infligé à Maryab par Shobwa et les mukaribs de Kamna et Kharibat.

Il saisit un gobelet de corne remplie de bière pâle et le vida.

– Comment devient-on le vassal de Pharaon ? demanda-t-il en s'essuyant la bouche de sa main amputée.

– Oh ! c'est assez simple, s'exclama Myangabo qui guettait la question. Il suffit de sacrifier à Râ, leur soleil tout-puissant, le dieu-père de Pharaon.

– Ah ? Son père est le soleil ?

– C'est ce qu'il s'imagine.

La poitrine d'Akébo fut secouée d'un rire silencieux. Himyam et Myangabo l'accompagnèrent bien volontiers dans cette moquerie.

– Le peuple de Saba sait que son dieu est Almaqah, déclara-t-il. Et que je ne suis ni fils ni frère, ni rien du tout dans la descendance de Râ.

– Sacrifier à Râ ne fâchera pas Almaqah, grommela Himyam. Il sait à qui appartiennent notre cœur et notre confiance. Et le peuple veut seulement que tu sois fort.

– Il faudra un temple où sacrifier ? demanda encore Akébo, qui connaissait déjà la réponse.

Myangabo approuva. Himyam leva son bâton et déclara :

– Tu peux faire plus qu'un temple.

Akébo le dévisagea durement.

– Fais de ta fille Makéda la prêtresse de Râ. Le jour où tu la conduiras dans le temple, tu annonceras qu'elle sera reine de Saba auprès de toi.

Myangabo surveillait l'expression de son frère. Il fut tout de même surpris. Akébo se dressa avec un grognement de fauve. Il empoigna les deux uniques doigts de sa main gauche avec la droite comme s'il emprisonnait un animal sauvage. Il se retourna et fit face aux serviteurs en ordonnant qu'on lui apporte le pot de nuit. D'un pas qui fit trembler le sol, il alla uriner dans l'obscurité de la terrasse.

Le silence retomba sur Himyam et Myangabo. Ils ne devaient plus ouvrir les lèvres et se contentaient d'écouter les jappements des hyènes sous les murs du palais.

Cela dura. Akébo apparut devant eux tel un fantôme sortant du néant.

– Makéda sera reine de Saba. Je l'ai toujours voulu. Mais j'ai promis de la faire reine dans le temple de Bilqîs, et je n'ai pas tenu ma promesse. Il n'est pas un jour sans que son regard ne me le rappelle. Et tu souhaites que je la fasse reine alors qu'elle sacrifiera à Râ ? Jamais elle ne le voudra.

– La colère de Makéda s'éteindra avec le temps, comme la vieillesse t'éteindra toi-même, répliqua Himyam sans contourner la vérité.

– Pour ma vieillesse, je le sais. Pour la colère de ma fille, tu t'avances beaucoup.

– J'ai apporté une tunique de prêtresse achetée à Thèbes, dit doucement Myangabo. Très belle, toute de fil d'or et d'argent, comme en rêvent les jeunes filles.

– Tu ne connais plus ta nièce, ricana Akébo. On ne l'achète pas avec une tunique d'Égypte.

– Mais elle sait qu'elle doit être reine et te soutenir, objecta Himyam. Fille de Râ, fille d'Akébo et de Bilqîs, fidèle d'Almaqah, elle saura s'y retrouver. Elle est assez savante avec les mots pour ça.

Akébo eut encore un ricanement et secoua la tête. Himyam ne céda pas.

– Il est temps, mon roi. L'occasion est bonne.

– J'aurais honte de lui faire cette proposition, Himyam. Et elle aurait honte de m'entendre.

– Alors c'est moi qui la lui ferai.

– Et moi je lui offrirai la tunique, s'amusa Myangabo en saisissant un gâteau de miel. Ta fille est unique, mais elle est aussi pareille à toutes les femmes.

3

Axoum

Ils la trouvèrent dans le jardin d'épices, peu après la prière du matin. Le soleil était encore gros à l'horizon. Le ciel ne gardait plus trace de la pluie de la veille mais les herbes étincelaient de gouttelettes.

Des servantes sarclaient la terre rouge entre les plantes, profitant que la pluie l'eût ameublie. Dans les arbustes qui cernaient le jardin, les oiseaux menaient un vacarme qui paraissait enchanter Makéda. Elle accueillit les deux hommes avec un sourire qui devint vite moqueur.

– Mon oncle Myangabo et le sage de mon père ! Si tôt dans le jardin des herbes ? Venez-vous prendre part aux travaux des femmes ?

Myangabo s'amusa de la pique, lui baisa les mains avec affection. Il tira de sous sa tunique un court cylindre de bambou aux extrémités closes par des capuchons de cuir.

– Je voulais te donner ce présent de mes mains, ma nièce. Il vient de Thèbes.

Elle ouvrit l'un des capuchons. Deux stylets de roseau et un rouleau de papyrus à écrire glissèrent du cylindre. Makéda poussa un cri de ravissement. Le ruban de papyrus se déroula. Il était si long qu'elle dut brandir les bras pour qu'il ne touche pas le sol.

– Oh, mon oncle, c'est une merveille ! Rien ne pouvait me faire plus de plaisir.

Myangabo était rouge d'émotion.

– On m'a dit, avant mon départ, que tu apprenais à écrire selon la mode de Maryab !

– On t'a raconté des bêtises. Il y a des années que je sais écrire !

La moquerie était tendre. Elle serra Myangabo contre sa poitrine et l'embrassa sans retenue. Himyam détourna les yeux. Une grimace tira ses lèvres en ce qui était peut-être un sourire.

– Quel bonheur tu me fais ! Personne ici ne parvient à me fabriquer ce tissu de papyrus et j'ai tant de chansons à y écrire !

Tout autour les femmes s'étaient arrêtées de travailler et regardaient Makéda rouler son précieux bien et refermer le cylindre. Elle le glissa dans sa ceinture, encore souriante, puis ses sourcils se froncèrent. L'ironie revint dans son regard.

– Des perroquets du Nil, et ceci, reprit Makéda en se tournant vers Myangabo, tu me gâtes beaucoup, mon oncle. Mais si vous êtes là tous les deux, je suppose que ces cadeaux vont de pair avec quelques paroles moins agréables que vous avez à me dire.

Elle considéra Himyam.

– À moins, sage de mon père, que tu ne sois venu également avec un cadeau pour moi ?

Himyam grogna en refermant la bouche, la mine aussitôt sévère. Myangabo gloussa. Il fut sur le point de lancer une plaisanterie, mais Himyam déclara :

– Il s'agit d'une chose sérieuse, fille de mon roi, si tu veux bien nous écouter.

Makéda connaissait trop bien les manières d'Himyam pour s'offusquer de sa sécheresse de ton. La moquerie ne quitta ni ses yeux ni ses lèvres.

– Venez dans la cour des femmes. Votre grand âge effacera l'offense. Vos os y trouveront des coussins. Et aussi des gâteaux au lait d'ânesse encore chauds pour toi, mon oncle.

Elle les écouta sans les interrompre ni rien laisser paraître. Quand ils se turent, elle détourna la tête, demeura silencieuse.

Pendant qu'Himyam parlait, plusieurs fois la main de Myangabo s'était tendue vers les gâteaux. Les servantes remplissaient son gobelet d'infusion de benjoin et de menthe dès qu'il le vidait. En attendant la réponse de Makéda, il s'obligea à rester aussi immobile qu'Himyam, dont seuls les doigts noueux frémissaient sur sa canne.

Elle reporta son regard sur eux. Ils redoutaient de la colère. Ils furent surpris de découvrir une gravité amère.

– Fille de Râ, fille d'Akébo et de Bilqîs, fidèle d'Almaqah, reine de Saba, murmura-t-elle, faisant rouler les mots dans sa bouche comme pour les essayer. Voilà ce que vous voulez de moi. C'est vous qui le voulez, car mon père n'aurait pas osé avoir cette pensée. Il craint trop mon reproche. Il n'a pas tué le taureau dans le temple de Bilqîs, à Maryab. Ma mère erre toujours dans le ciel de l'autre monde sans s'asseoir jamais au côté d'Almaqah.

Himyam ouvrit la bouche pour protester. Makéda l'interrompit d'un signe.

– Tu as dit ce que tu devais me dire, sage de mon père. Pour le reste, je sais ce que tu penses. Laisse-moi penser aussi. Sois sans crainte. La sagesse d'Akébo le Grand coule dans mes veines autant que la colère ou le reproche.

Elle les gratifia d'un sourire qui ne monta pas jusqu'à ses yeux.

Elle saisit un gâteau et le tendit à Myangabo.

– Pourquoi me proposer ce qui est à toi, mon oncle ? Les rois sont des hommes. Des fils ou des frères. Si mon père venait à faiblir, la coutume te désignerait roi de Saba. Ce serait plus judicieux qu'une fille jeune au mauvais caractère.

Myangabo gloussa et mordit avec soulagement dans le gâteau.

– En Égypte, les femmes et les filles de Pharaon deviennent reines. Personne n'y trouve rien à redire. Celles dont on se souvient n'ont pas été plus mauvais pharaons que leurs époux, leurs frères, leurs fils ou leurs pères.

– Nous sommes à Saba, mon oncle. Même si Râ trouve bientôt des temples dans notre royaume, nos coutumes ne sont pas celles d'Égypte.

– Les coutumes se font et se défont avec le temps, intervint sèchement Himyam. Les puissants lèguent des coutumes aux peuples, non l'inverse.

Myangabo approuva et plaça une main sur sa poitrine.

– Il y a aussi que l'envie d'être roi me manque, Makéda. D'abord, je suis plus vieux que mon frère Akébo. Et je n'ai jamais eu comme lui le goût des batailles. Je détesterais me faire trancher des parties du corps pour le prix d'une victoire ! Sans compter que jamais je ne saurais être assez cruel pour être craint du peuple et des jaloux.

Il avait prononcé ces derniers mots doucement mais en soutenant le regard de sa nièce. Makéda cilla à peine. Himyam, pour une fois, montra un peu d'embarras.

– Nous savons que tu peux être une grande reine, dit-il. Ton père le sait depuis longtemps.

– Grande et cruelle ?

– L'avenir le dira.

Ils ne plaisantaient pas. Myangabo retint son sourire de diplomate.

– On peut être cruel si l'on sait être sage tout autant, déclara-t-il.

– Suis-je sage à vos yeux ?

– Tu as encore l'âge d'apprendre, répondit Himyam.

– Et le sage de mon père s'en assurera.

L'amusement était revenu dans le ton de Makéda. Elle leva les yeux vers le ciel. Le soleil passait à peine au-dessus des terrasses.

Ô Râ, forme d'éternité,
me voici !
Maître rayonnant, Seigneur de lumière,
Tout ce qui est vient de ton flanc.
Moi qui passe dans ton chemin de vérité
Je suis pure, je suis pure.
Mon offrande est le souffle qui vogue
Sur mes lèvres,
Par ta volonté.
Oh permets qu'il dure
Forme d'éternité.

Makéda avait chantonné les paupières closes.

Myangabo béa de surprise :

– Tu connais la prière de Râ ?

– Tu serais étonné par mon savoir, mon oncle. Te voilà de retour d'Égypte après deux longues années. Durant ces saisons, crois-tu que je n'ai fait que dormir et bavarder avec les servantes ? Je sais, par exemple, que les choses ne vont pas si bien que cela à Maryab pour le traître Shobwa. Le vieux seigneur Yahyyr, qui était si fidèle à mon père, a bien œuvré contre lui. Le peuple n'est plus loin de regretter Akébo le Grand. Les mukaribs du Nord se sont montrés trop intransigeants pour être aimés. La dissension règne dans les clans. Les seigneurs de Kamna et Kharibat se sont déjà combattus une fois.

Elle considéra leur stupeur avec plaisir.

– Comment as-tu appris cela ? grommela Himyam.

– Kirisha a à Kamna des sœurs qui lui manquent. Elles aussi endurent la séparation avec tristesse. Elles saisissent l'occasion de lui donner des nouvelles dès qu'il se peut. Vous ignorez trop la parole des femmes. Peut-être as-tu raison, Himyam, une reine pourrait être plus sage qu'un roi.

Himyam roula ses lèvres. Sans une réplique, il fit glisser son bâton sur ses cuisses.

– Kirisha n'est pas la seule à m'informer, reprit Makéda, le menton relevé. Le vieux seigneur Yahyyr est mort durant l'hiver. Qu'Almaqah le prenne près de lui. C'était un homme juste et bon. Aujourd'hui, son fils est assis à sa place au conseil de Maryab. Yahyyr'an est son nom. Son souhait le plus cher est de m'épouser. Peut-être parce que je lui plais, mais plus sûrement pour devenir le descendant d'Akébo le Grand. Il pourrait mener la guerre contre Shobwa en promettant que Saba retrouvera sous son nom sa grandeur, de l'Orient à l'Occident.

Cette fois, pas plus Himyam que Myangabo ne retinrent un glapissement effaré.

– Il a osé ?

– Osé quoi ? Se dresser contre les mukaribs du Nord ?

– Te demander pour épouse !

– Pourquoi non ? Ne suis-je pas en âge de choisir un homme pour ma couche ?

– Makéda ! C'est à ton père de le décider, geignit Myangabo. Ce… Yahyyr'an n'a pas même demandé à Akébo le droit…

– Mon oncle ! Faut-il te rappeler ta jeunesse ? Un homme qui n'est pas sot veut savoir s'il encourt l'affront d'un refus avant de plier la nuque devant un père.

– Qu'as-tu répondu ? demanda Himyam.

Makéda rit. Un rire haut et léger, scintillant de moquerie.

– J'ai fait savoir au seigneur Yahyyr'an que je considérerai sa proposition le jour où il m'ouvrira les portes de bronze d'Haram Bilqîs, le temple de ma mère. Et que peut-être je lui accorderai son bonheur s'il y tuait un taureau, comme Akébo le Grand l'aurait fait dans son jeune âge.

– Ah !

– Aussi pourrai-je vous répondre comme je lui ai répondu. Jamais je n'oublierai que la moitié du royaume de Saba reste hors des mains de mon père. Vous devriez y songer, vous aussi, qui êtes savants dans les choses du commerce. Maryab est plus riche en myrrhe et en encens que nous ne le sommes ici. Cette hyène de Shobwa s'engraisse en nous narguant. Saba est tranché en deux. La mer Pourpre est une lame qui sépare des amants dans leur couche d'amour !

La violence des mots et les images lancées par Makéda laissèrent Myangabo et Himyam sans voix. Makéda ne fit rien pour alléger leur embarras. Le silence était assez lourd pour qu'on puisse entendre le bourdonnement des mouches et des abeilles attirées par les gâteaux.

– Tu refuses ? demanda enfin Himyam.

– Non. Je serai prêtresse de Râ.

Makéda lui sourit comme si toute sa colère n'avait été qu'un jeu.

– Cela m'amuse. Je vais pouvoir inventer de nouveaux chants. Tu les porteras à Pharaon, mon oncle. Il sera content de toi autant que de notre or !

– Oh ! s'écria Myangabo en sursautant. Oh, j'allais oublier !

Il claqua vivement des mains. En courant on apporta une légère caisse de cèdre rouge. On en tira une tunique éblouissante. De la poitrine aux épaules se déployaient des lamelles d'or semblables aux plumes d'un ibis. L'échancrure du cou était une torsade d'or qui se nouait entre les seins, où elle retenait un disque d'or plus large qu'une main. Le reste était d'un tissage de lin et de laine si délicat que l'on en devinait à peine le fil.

La vue de cette tunique sidéra un instant Himyam et Makéda, tout autant que les servantes. Myangabo applaudit, son gros ventre frémissant de contentement.

– C'est ainsi que se vêtent les prêtresses de Râ à Thèbes. Elles sont bien peu à avoir le droit de l'arborer. Une poignée à peine, pour ce qu'on m'a affirmé, et seulement des filles de la famille de Pharaon. C'est un grand prêtre d'Hamon-Râ qui me l'a remise pour toi. Et attention, tu es la seule à pouvoir la porter. Sinon, ce sera ma perte…

Il riait. Quoiqu'il eût mis du drame dans sa voix, on voyait qu'il ne croyait pas un mot de cette menace. Makéda s'inclina pour lui caresser la joue.

– Et peut-être as-tu songé, mon oncle, que la vue de cette tunique d'or convaincrait ta nièce de faire offrande à Râ pour le seul plaisir de se glisser dedans ?

Myangabo gloussa, buvant un grand gobelet d'infusion pour ne pas avoir à répondre.

– Est-ce à dire que tu veux seulement être prêtresse de Râ ? interrogea Himyam avec impatience.

Makéda le considéra, sérieuse.

– Je serai reine aux côtés de mon père. À une condition.

La grimace d'Himyam s'étira.

– Une fille qui pose des conditions pour obéir à son père !

– Le sage ne s'engage sur les chemins qu'avec un chameau à la bosse dure. C'est toi-même qui me l'as appris.

– Dis…

– Depuis plusieurs saisons, mon père supporte que des mukaribs de Maryab et Shobwa viennent en secret sacrifier des offrandes au serpent Arwé.

– Comment tu…

– Comment je le sais ? Comme tu le sais toi-même : Tan'Amar a sur ton ordre placé des espions le long de la mer Pourpre.

– Ah, je comprends !

– Ne lui en veux pas, Himyam. Nul n'est plus fidèle à Akébo le Grand et à toi-même que Tan'Amar. Mais lui aussi voudrait devenir mon époux.

Makéda offrit aux deux hommes son sourire le plus enjôleur. Séduit sans résistance, Myangabo approuva du front et d'un soupir. Bien sûr, quel homme jeune et vigoureux ne désirerait pas être l'époux de Makéda, fille d'Akébo ?

– Alors ? grommela Himyam.

– Alors il faudra peu de temps avant que ces traîtres n'élèvent partout des temples, ne détournent le peuple d'Almaqah et ne réitèrent ici leurs forfaits de Maryab. N'avez-vous plus de mémoire, mon père et toi ? Êtes-vous aveugles, pour ne rien faire ?

Le sourire séduisant avait disparu. À nouveau Makéda était toute colère et violence.

– Nous les surveillons, assura calmement Himyam. Nous savons ce qu'ils font. Le mal est léger, pour l'heure. Le peuple n'a pas à se plaindre et ne va pas chercher refuge auprès d'Arwé.

– C'est toi qui dis cela ? Toi qui as toujours professé que le peuple avait sans cesse des raisons de se plaindre et qu'il n'aimait que celui qui montrait sa force ?

– Ton père l'a montrée plus qu'aucun autre.

– Autrefois, Himyam. Aujourd'hui, vous craignez de combattre. Moi, je vous le dis : vous êtes en train de répéter l'erreur commise à Maryab.

Makéda se dressa d'un mouvement.

– Si mon père me veut à côté de lui, il doit couper la tête de ces serpents.

Avant qu'ils puissent réagir, elle s'écarta des coussins pour saisir la tunique de prêtresse de Râ. Elle la plaqua contre son corps.

– Tu as raison, mon oncle. C'est la plus belle tunique que l'on puisse voir. Je serai très impressionnante dans le temple. Pas de doute que l'on me prendra pour la fille de Râ plutôt que de mon père.

Qui est-elle qui avance comme l'aurore,
brillante comme le soleil,
belle comme la lune,
unique pour sa mère ?
Resplendissante pour celle
qui l'a faite,
Terrible,
comme les fanions en bataille !

Elle s'éloigna vivement, le rire résonnant derrière elle.

Étourdi autant que subjugué, Myangabo murmura :

– Mon frère a raison. Sa fille n'a rien des autres femmes, si ce n'est l'apparence.

4

Axoum

Akébo saisit le gant que Tan'Amar lui tendait. Un gant étrange. Il recouvrait sa main amputée, libérant l'index et le pouce mais renforçant la paume d'un coussinet de cuir dur et incurvé en forme de croissant de lune.

Tan'Amar tendit l'arc à son roi. Un arc fait de deux cornes de gazelle sculptées réunies par des bagues de bronze serties dans une poignée d'ébène. Il était si grand qu'une fois levé à bout de bras son extrémité basse atteignait le genou du tireur.

Akébo ancra la poignée dans sa main gantée, referma ses deux doigts sur le tressage du bronze. De la main droite, il retira une flèche à double empenne du carquois suspendu à un chevalet. Longue de presque deux coudées, sa pointe était plus fine qu'un doigt de nourrisson mais large d'une paume, ses arêtes crénelées en dents de scie.

Akébo glissa le talon fendu dans le boyau de buffle. Sans que son souffle change, les muscles de ses bras se gonflèrent quand il banda l'arc. L'ivoire des cornes s'incurva, gémit sous la tension du boyau.

Les yeux d'Akébo fixèrent la cible : un mannequin de lin à forme d'homme, empli de coton, casqué et cuirassé jusqu'aux hanches. Disposé si loin qu'on ne pouvait distinguer la bouche et les yeux qui avaient été peints sur la forme du visage.

L'air emplit la poitrine d'Akébo. Il ferma les paupières. Le poignet immobile, bronze dans le bronze, malgré la tension qui ployait l'arc.

Tout autour, les guerriers de Tan'Amar guettaient le grondement du boyau. Il leur parut qu'Akébo attendait trop. On prétendait qu'il savait faire venir la cible en son cœur. S'y refusait-elle ?

Non. Ses lèvres s'ouvrirent en frémissant ainsi que pour un baiser. Le boyau jeta un cri rauque, les cornes des gazelles se détendirent dans un gémissement.

La flèche fut si vite en l'air qu'ils durent chercher son empenne dans le ciel. Elle monta et flotta avant de basculer. Ceux qui avaient les yeux les plus vifs la virent faseyer étrangement. Comme si elle hésitait. Ou qu'une main invisible la saisissait. Avant de s'abattre sur la cible avec la précision d'un faucon.

Le bronze déchira l'épaisse toile de lin. *Tchak !* Un crissement que tous entendirent.

Juste au-dessus de la cuirasse, la hampe de buis traversait la gorge du mannequin de part en part.

– Yyy'aah ! Gloire à notre roi, Akébo le Grand !

Le hurlement des guerriers monta dans le ciel sans nuage comme y était montée la flèche. Il retentit dans le vacarme des rires de joie et des épées frappées contre les boucliers de bois.

En réponse, Akébo dressa sa main gantée, ses deux doigts de guerrier pointant le ciel d'Almaqah. Un sourire aux lèvres, il se tourna vers Tan'Amar, qui inclina la nuque avec respect.

– Treize toises ! jeta Akébo en embrassant la corne de son arc. Autant que la flèche de l'enceinte du temple de Bilqîs. Et avec plus de précision !

– Nul ne doutait que tu puisses le faire, mon roi. Ton bras est toujours le plus puissant.

– Si, moi je doutais. Et tu te trompes. Mon bras n'est plus si puissant. Mais je sais mieux penser à la cible.

Le bonheur se lisait sur le visage d'Akébo et le soulagement s'entendait dans sa voix.

Il tendit son arc à Tan'Amar et lança des ordres. Un instant plus tard le vaste champ à deux lieues du palais d'Axoum, qui servait de camp d'entraînement pour les guerriers de la garde royale, ressemblait à un véritable terrain de bataille. Les chevaux y galopaient, emportant des cavaliers brandissant les piques. Au sol, les combats opposaient des hommes en groupes de six, placés en losanges et qui couraient au choc, boucliers et épées levés, tenant leurs positions sous les coups. D'autres abattaient des masses en ahanant. Il y eut une charge d'archers montés sur des chameaux noirs aussi rapides que de bons chevaux.

Mais à la différence d'une vraie bataille, les lances et les javelots s'enfonçaient dans des mannequins, les épées étaient de bois dur, contondant, mais non tranchant. Les masses ne fracassaient que de vieilles cuirasses vides et les flèches lâchées pendant la galopade n'atteignaient que des planches peintes en rouge que des serviteurs, entre les charges, déplaçaient avec précaution avant de se remettre à l'abri.

Les officiers donnaient des ordres, blâmaient et encourageaient. Akébo et Tan'Amar observaient et, à leur tour, adressaient quelques ordres. Deux ou trois fois, Tan'Amar sauta sur un cheval, conduisit les charges et contraignit les guerriers à plus d'ordre et de précision. Chacun put constater l'attention et le respect qu'on lui portait sur le champ d'entraînement.

Lorsque le soleil approcha le zénith, les trompes sonnèrent le repos. Akébo considéra Tan'Amar.

Celui qu'il avait sauvé de la mort enfant avait peu changé au cours des dix dernières années, sinon qu'il était dans la force de l'âge. Son corps avait pris une élégance de fauve et son esprit de l'assurance. Sa fougue était intacte, sa ruse plus redoutable. Une barbe drue couvrait maintenant ses joues d'un noir de nuit. L'expression de sa bouche était dissimulée, son regard en paraissait plus net et plus vif. Auprès de lui, Akébo éprouvait une confiance et un plaisir qui se renouvelaient de jour en jour. Néanmoins, c'est d'une voix où perçait la tristesse qu'il déclara soudainement :

– Plus les ans passent dans mon corps, plus je te considère comme mon fils.

Tan'Amar fut si surpris par ces mots et par le ton de son maître qu'il ne trouva rien à répondre. L'émotion lui fit battre les paupières. Le blanc de ses yeux était plein d'interrogation.

Akébo retira le gant qui couvrait toujours sa main amputée. Il désigna d'un coup d'œil les hommes qui les entouraient.

– Viens sous la tente. J'ai à te parler.

*
* *

C'était une simple tente de guerre, à trois pans de gros drap de lin. S'y trouvaient une table pliante en roseau, des tabourets à montants croisés et un lit de repos.

Akébo ordonna à Tan'Amar de s'asseoir. Comme le roi restait debout, Tan'Amar hésita. Akébo répéta son ordre durement. Il alla se verser un gobelet de lait de chèvre fermenté. Il le but avec lenteur avant de demander :

– Tu connais les décisions de ma fille ?

– J'ai appris le conseil que tu lui as donné par la bouche d'Himyam et du seigneur Myangabo, répondit prudemment Tan'Amar. Elle sera prêtresse de Râ selon ta volonté.

Lui tournant le dos, Akébo reposa rudement le gobelet sur la fragile table.

– Je me moque qu'elle sacrifie au dieu de Pharaon ! Ça, c'est une idée diplomatique de Myangabo ! Ma volonté, c'est que la princesse Makéda s'assoie à côté de son père et devienne enfin la reine de Saba ! Tu le sais aussi ?

Akébo lui fit face. Tan'Amar soutint son regard. Il approuva d'une inclinaison de la tête.

– Jamais jusqu'à ce jour ta parole pour moi n'a été mensongère ? interrogea encore Akébo.

Sur son visage, Tan'Amar lut la même tension que lorsqu'il avait décoché la flèche, une heure plus tôt.

– Te mentir serait mourir, mon roi. D'une mort de traître qui m'ouvrirait l'enfer d'Almaqah.

La réponse simple et le ton calme de Tan'Amar firent ciller Akébo. La tension retomba.

– Mais tu dis à ma fille des choses que tu me tais.

Tan'Amar hésita, esquissa un sourire.

– Un homme dit à une femme des choses qu'il ne peut avouer ni à son roi ni même à l'homme qui lui est le plus précieux.

Akébo eut un grognement de surprise. L'amusement et l'embarras glissèrent sur ses traits.

– Ma fille me trouve faible. Il semble que toi aussi.

– Non. Je te trouve sage.

– Tu n'es pas d'accord avec elle ?

– C'est elle plutôt qui n'est pas d'accord avec moi.

– Que veux-tu dire ?

– Que je lui ai demandé si je pouvais venir m'agenouiller devant toi pour te prier de me l'accorder en épousailles et que j'attends toujours sa réponse.

– Ah !

Akébo fut tenté de baisser les paupières.

– Quand Makéda me voit, elle ne voit que deux choses : le blanc qui vient dans mes cheveux et la décision que j'ai prise à Maryab.

– Non, détrompe-toi. Elle voit d'abord Akébo le Grand et son père.

– Le fait est que l'âge pousse dans mes veines. Je le sens chaque matin. C'est pourquoi je la veux près de moi. Que l'on sache qu'elle sera Makéda, reine de Saba après Akébo.

Tan'Amar se contenta d'acquiescer en silence. Le regard d'Akébo s'alourdit.

– Mais elle ne veut pas. Elle veut d'abord la guerre.

– Non, elle souhaite accomplir sa promesse. Elle est la fille d'Akébo. Elle désire la mort de Shobwa.

– Fille d'Akébo ! Moi, je n'ai pas tenu ma promesse de la faire entrer dans le temple de Bilqîs ! De faire asseoir mon épouse auprès d'Almaqah.

Tan'Amar se tut. Akébo se laissa tomber sur un siège, son poing amputé pressé sur sa poitrine.

– La sagesse n'était pas la guerre avec Maryab. La sagesse était de rendre ce nouveau pays de Saba riche, de rendre le peuple confiant et prospère sans que Pharaon nous menace.

– Ce que tu as accompli.

– Mais ma fille clame : le royaume de Saba est la couche d'amants séparés par la mer Pourpre et qui ne peuvent plus s'aimer. Paroles de femme pour parler des guerres d'hommes.

– C'est vrai. Mais Makéda n'est pas semblable aux autres femmes.

– Et tu penses qu'elle a raison ? Tu l'encourages, tu lui apprends ce que moi-même j'ignore.

– Je sais que tu ne veux pas la guerre avec Shobwa…

– Avec l'aide des clans de Kamna et Kharibat, ils ont aujourd'hui deux ou trois fois plus de guerriers que nous. Ils sont devenus riches et possèdent de bonnes armes. Notre courage et notre valeur n'y suffiront pas ! On ne commence pas une guerre si on ne peut la gagner.

– Makéda le sait. Pourtant ce qu'elle dit est juste : les mukaribs du Nord sont ici désormais. Ils répandent le nom d'Arwé, ils entraînent le peuple à lui faire des sacrifices. Ils agissent par la dissimulation, ainsi qu'à Maryab. Arwé entre dans ton royaume comme ce ver qu'on avale en mangeant de la mauvaise viande. Il te vide de tes forces avant que tu puisses le chier.

La violence des propos de Tan'Amar ébranla Akébo.

– Mais aujourd'hui les clans du Nord ne s'aiment pas, insista Tan'Amar. Leurs forces ne sont pas unies. Le peuple de Maryab s'est lassé de Shobwa. Ils sont puissants et fragiles comme un vase vide. Tu frappes le col, il se fend. Tu frappes une seconde fois, au ventre, il se brise.

– C'est ce que tu dis à ma fille ? Sans m'en parler ?

– Je savais que tu ne voulais pas la guerre. Je lui ai fait prendre patience. Mais la patience a une fin. Ceux de Maryab doivent apprendre qu'Akébo est toujours celui qui plante une flèche à treize toises.

– Combien ont-ils de temples pour Arwé ?

– Peu. Un dans le port de Sabas, et deux autres à Yeha et Lalibela. Ce ne sont que des caves ou des masures. Le plus souvent, ils sacrifient dans des champs près des villages. On raconte que parfois ils exigent des nouveau-nés pour nourrir leurs serpents.

Akébo se tut. Dehors, les cris indiquaient que les hommes avaient repris l'entraînement. Il rit soudainement et frappa l'épaule de Tan'Amar.

– Si tu me convaincs de couper la tête d'Arwé, comme elle dit, crois-tu que Makéda t'acceptera pour époux ?

Malgré l'amusement, ce n'était pas une moquerie. Plutôt une parole entre hommes, complice comme elle peut l'être entre un père et un fils. Tan'Amar hésita, inclina la nuque avec embarras.

– On peut savoir ce qui court dans la tête de ta fille, mais pas dans son cœur. On écoute ses chansons. On voudrait seulement l'entendre chanter la nuit autant que le jour.

5

Axoum

Le lendemain, Akébo était étendu sur sa couche, prenant son repos de l'après-midi, lorsqu'il perçut son pas et bientôt respira son parfum. Les volets de la chambre royale étaient clos. Elle se déplaçait dans la pénombre sans effort, silencieuse, ne laissant pas aux servantes le soin de déposer des fruits et des gâteaux pour son réveil.

– Kirisha…
– Tu es réveillé, mon seigneur ?
– Approche.

Quand elle fut assez près, il lui prit la main, l'obligea à s'asseoir à son côté. Sans un mot de plus, dans la pénombre, il caressa son visage, frôlant le front, la tempe. La douceur de la joue. Elle pressa sa main contre ses lèvres pour la baiser. Il sut qu'elle fermait les yeux, abandonnant le poids de sa tête dans sa paume.

Il approcha son visage pour lui embrasser la nuque et respirer mieux son parfum. Elle se laissa aller contre lui. Le poids de sa poitrine contre la sienne. Il la trouvait brûlante comme une lumière de beauté, alors qu'il se sentait froid et las.

– Tu es belle et douce comme au premier jour, Kirisha. Mon désir de toi est aussi comme au premier jour. Mais mes jours sont vieux.

Elle eut un grondement amusé qui fit vibrer leurs deux poitrines.

– Tes jours sont aussi longs que les miens, mon roi. Nos rides usent du même temps pour se creuser. Sauf qu'elles rendent un homme beau et sage tandis que nous, les femmes, nous sommes seulement vieilles…

– Tu ne l'es pas.

– Il s'en faut de peu.

– Et moi, il s'en faut de beaucoup que je sois aussi sage qu'on le croit.

Elle rit avec tendresse, lui baisa les yeux et lui caressa le torse en amoureuse.

– N'est-ce pas la plus grande sagesse que de le reconnaître ?

Il sourit et accueillit le baiser qu'elle lui offrait. Les lèvres de Kirisha avaient, même au plus chaud des saisons, la fraîcheur des aubes.

– Sais-tu que plus le temps passe, plus je ne peux songer à toi que comme à une épouse ? Tu es ma reine et je ne sais pas le dire devant tous.

À nouveau elle l'embrassa, le caressa, nouant sa souplesse et son désir au sien.

– Il y a longtemps que cela n'importe plus. Que je sois ta reine quand les volets sont clos sur nous me suffit.

La main d'Akébo était si large qu'il pouvait lui tenir les reins d'une poigne. Elle frémissait à chacun de ses baisers.

– Je vais faire la guerre parce que ma fille le veut.

Kirisha attira sa tête contre ses seins, ainsi que les mères apaisent leurs enfants. Elle lui embrassa les tempes, nouant ses bras à ses épaules, si larges qu'elle n'en pouvait faire le tour.

– Makéda est ton sang et ton esprit, murmura-t-elle. Elle est ton royaume plus que le royaume de Saba.

Ils se turent un instant, les yeux rivés l'un à l'autre, les lèvres tremblantes, commençant la chevauchée.

Kirisha retrouva sa voix pour murmurer :

– Tu n'as rien à craindre. Les dieux étendent leurs paumes sur elle. Je le sais depuis la première fois que je l'ai tenue dans mes bras.

Akébo reprit son souffle pour chuchoter :

– Moi qui n'ai pas tenu ma promesse…

Kirisha l'empêcha de poursuivre en baisant à nouveau ses lèvres. Elle se tendait autant que l'arc aux cornes de gazelle sous la flèche.

Akébo maintenant ne ressentait plus rien du froid ni de la lassitude, comme si le corps souple et net de Kirisha devenait le sien avec la brûlure du désir.

– Ta fille chante même pour nous, reprit Kirisha, la gorge rauque. Il n'est pas de jour où elle ne m'apprenne une nouvelle chanson. Elle chante pour nous, les femmes… Elle dit ce que l'on ne sait pas dire.

La voix entrecoupée par la houle du plaisir, elle fredonna :

Je suis malade d'amour,
amour vermeil,
amour d'or aux ailes de corbeau.
La myrrhe coule de mes mains,
La myrrhe de mes doigts
ouvre mon ventre,
m'offre aux jardins de ton royaume.

Akébo l'empoigna en entier, les yeux grands ouverts sur sa beauté que ses lèvres et ses caresses dessinaient mieux qu'une lampe.

– Tu reverras ton pays, gronda-t-il. Akébo ton époux t'ouvrira le chemin.

6

Axoum

Dès le lendemain, Akébo le Grand ordonna la construction du temple de Râ. Moins d'une lune plus tard, un architecte qui avait fait le voyage jusqu'en Égypte vint montrer des maquettes de terre cuite à Myangabo, car ni Makéda ni son père ne se révélèrent intéressés par ses efforts.

Sur les conseils d'Himyam, Myangabo choisit une construction qui n'était ni trop grande ni trop modeste, simplement différente de tout ce que les gens d'Axoum avaient coutume de voir. Pour l'élever, il désigna le sommet de l'une des collines qui entouraient la ville. L'architecte s'en étonna, proposa un emplacement plus aisé d'accès pour la construction comme pour ceux qui devraient ensuite y porter leur offrande.

– En Égypte, Râ n'a d'autel que dans les déserts, lui répondit Myangabo avec son sourire de diplomate. Il aimera que nous lui offrions un peu de hauteur.

La nouvelle de la construction d'un temple inconnu s'était déjà répandue au-delà d'Axoum. Depuis si longtemps que l'on y construisait sur l'ordre d'Akébo des maisons de trois ou quatre étages, des digues et des canaux d'irrigation, chacun savait que le roi de Saba n'était pas avare de récompenses. En moins de dix jours, quatre ou cinq centaines d'hommes capables de maçonner, mener à bien les ouvrages du bois, charrier, élever des rampes de trait, fabriquer des outils et entretenir les troupeaux de mules, d'ânes, se présentèrent devant l'architecte, qui dut embaucher lui-même une douzaine d'aides.

Le chantier commença sur-le-champ, emplissant de bruit le silence de la vallée. Les hommes se mettaient au travail dès l'aube pour ne cesser qu'à la nuit. Les femmes et les enfants les rejoignirent bientôt. Le peuple d'Axoum s'accoutuma sans peine à la présence des tentes qui environnèrent les murs de la ville. Tout cet afflux de bouches était un bienfait pour le commerce.

Après quatre lunes de labeur intensif, la saison chaude tomba d'un coup. La chaleur obligea les architectes à interrompre les travaux en milieu de journée. Néanmoins, ils avançaient vite et on commençait à parler dans Axoum de la forme inattendue de l'ouvrage.

On n'y voyait nul mur d'enceinte autour d'un sanctuaire, comme à l'ordinaire, mais une vaste esplanade surmontant le sol d'une hauteur du double de la taille d'un homme. Les charrois de pierre et de terre nécessaires pour la combler avaient épuisé un bon tiers des hommes et des bêtes, qu'il fallait déjà remplacer.

La surface de cette esplanade fut recouverte d'un torchis lisse comme une paume. Elle était tranchée par un escalier étroit, ses marches assez basses pour qu'un enfant pût les gravir sans peine. Lorsqu'on le regardait d'en bas, il donnait l'impression étrange de ne jamais vouloir cesser.

Il cessait cependant, au pied du sanctuaire qui n'était encore qu'une ébauche. Ses fondations étaient si bizarrement dessinées que les hommes qui y travaillaient en étaient déroutés.

Ni Makéda ni Akébo n'avaient accompagné une seule fois Myangabo et Himyam qui veillaient à l'avancement des travaux.

Néanmoins, la nouvelle que Makéda, fille d'Akébo le Grand, serait bientôt la prêtresse d'un dieu nouveau, puissant soutien de Pharaon, était parvenue jusqu'aux rives de la mer Pourpre. Les espions de Shobwa et les envoyés des mukaribs de Kamna et Kharibat, venus de Maryab en se fondant dans les villes et dans les champs pour sacrifier au nom d'Arwé, s'empressèrent de murmurer.

Akébo faiblissait, chuchotaient-ils à qui voulait les entendre. L'âge qui blanchissait ses cheveux le vidait de sa puissance. Voilà qu'il ne se sentait plus sous la paume d'Almaqah. Voilà qu'il craignait pour l'autre monde et avait besoin de sacrifier au dieu de Pharaon. Voilà qu'il offrait même sa fille à Pharaon. Car on savait que les prêtresses de Râ n'étaient que des prostituées que l'Égyptien, selon son plaisir, pliait dans sa couche.

Le peuple des trois grandes villes, Asmara, Yeha, Lalibela, ainsi que du port de Sabas, écouta avec prudence. Beaucoup se rappelaient que les fervents d'Arwé avaient chassé Akébo de Maryab et ne rêvaient que de le destituer d'Axoum. Mais le peuple des campagnes était plus craintif quant à son avenir. Par nature il était suspicieux, toujours enclin à croire que les puissants étaient trompeurs, à la manière du ciel qui sans cesse noyait les récoltes ou les faisait sécher sur pied. Il écoutait mieux les rumeurs et leur accordait volontiers du crédit. Il offrit de jeunes agneaux, des chèvres et des poules pour sacrifier au Grand Serpent. Pour les en remercier, les servants d'Arwé s'enhardirent à prédire que le temps était venu de la fin d'Akébo le Grand.

Emportés par leur haine et leur assurance, ils répétèrent cette prédiction de plus en plus fort sans s'étonner que nul ne les inquiète. Ils ne se souciè-rent guère de voir que le chef de la garde royale, Tan'Amar, allait de ville en ville, longeait la rive de la mer Pourpre dans un long voyage.

Le fait est que son escorte comptait à peine cent hommes. Les servants d'Arwé comme les espions de Shobwa prirent cela pour la preuve de la faiblesse d'Akébo, qu'ils clamaient du matin au soir. Ils y trouvèrent matière à moquerie.

Ils étaient trop sûrs d'eux. Ils croyaient trop bien à leur propre fable pour s'apercevoir que, derrière Tan'Amar, des hommes se répandaient par dizaines dans les villes et les campagnes.

Ils prétendaient revenir du chantier du nouveau temple. La sécheresse les contraignait à s'éloigner d'Axoum, racontaient-ils. La grande chaleur y ralentissait les travaux et les débauchait. Il y avait là-bas trop de bouches à nourrir. Partout les champs étaient jaunes, le fourrage suffisait à peine aux bêtes. Les jardins et les arbres ne portaient plus de fruits en suffisance. Aussi devaient-ils attendre les pluies pour retourner à Axoum.

Et quand on leur confia les rumeurs que colpor-taient les servants du Grand Serpent Arwé, ils se montrèrent intéressés. Ils ne répugnèrent pas à se rendre dans les champs ou dans les caves apporter de petites offrandes pour écouter s'agiter la langue fourchue de ceux qui le servaient.

Si bien qu'au jour dit, ils purent frapper comme la foudre.

*
* *

Partout dans le pays, une même aube, ces ouvriers venus d'Axoum se trouvèrent soudain vêtus de tuniques de cuir, armés de haches, de lances et de masses à tête de bronze. Des chameaux de combat et des chevaux apparurent comme sortant du néant, montés par des officiers, l'épée nue au poing.

Partout dans les villes le mouvement fut le même. Au lever du soleil, la garde royale de Tan'Amar tenait déjà les places et les portes. Dans les campagnes, les villages, les masures et les clairières où se dissimulaient espions et servants d'Arwé furent encerclés.

Ce fut à peine un combat, plutôt un vrai massacre. Tous les lieux secrets furent investis. La surprise fut absolue. Les officiers de Tan'Amar avaient reçu l'ordre d'épargner les habitants de longue date qui s'étaient laissé tenter par les mensonges et les calomnies d'Arwé. Le sang des autres coula sans pitié et rares furent ceux qui parvinrent à s'échapper.

Avant le milieu du jour les cadavres furent empilés aux portes des villes et sur les places des entrepôts. On y ajouta le contenu des temples secrets, les offrandes et les quelques serpents retenus en cage qui servaient aux cérémonies. Ces amoncellements furent recouverts de bitume dans lequel on jeta des torches, et le peuple fut convié à admirer les brasiers.

Une pestilence âcre et nauséeuse se répandit dans le ciel de Saba. Par endroits, d'une colline à l'autre, d'une vallée à l'autre, on pouvait apercevoir ces colonnes de fumée, noires et puantes, s'élever dans le ciel, si nombreuses qu'elles formaient des nuées opaques. Le soleil les perçait à peine. Au soir, la puanteur retomba. Les officiers allèrent, criant et riant :

– Voilà l'odeur d'Arwé qui vous revient au nez, bonnes gens ! Goûtez au fumet de ses mensonges si le cœur vous en dit !

Sur les rives de la mer Pourpre et dans le port de Sabas, les brasiers furent augmentés de tous les déchets que l'on put trouver. La volonté d'Akébo et de Tan'Amar était que, depuis leur rive, les traîtres de Maryab puissent contempler ces nuées de mort.

À Axoum, on ne trouva aucun temple et à peine une poignée d'espions. Cependant Himyam et Akébo organisèrent un grand spectacle aux portes de la cité.

Bien des jours plus tôt, un serpent python de plus de vingt coudées de long et au corps plus large que la cuisse d'un homme avait été capturé dans la jungle épaisse de l'Ouest. Il avait fallu une trentaine de chasseurs et autant de mules pour le transporter dans les caves du palais. Enfermé dans une cage, on l'avait laissé jeûner en secret toute une lune.

Ce jour dit du massacre d'Arwé, la cage fut transportée dès l'aube à la sortie du palais. On la plaça au centre d'un grand cercle de paille mêlé de bitume où les charpentiers avaient érigé des potences.

Dans l'après-midi, convoqués à coups de trompe, les habitants de la ville se retrouvèrent là, hommes comme femmes, nourrissons ou vieillards. Chacun alors mesura la faim d'Arwé.

*
* *

Les espions de Shobwa capturés dans Axoum à l'aube, ils étaient six, furent suspendus par les pieds aux potences. Et sous eux, la cage du serpent fut ouverte.

Deux des pendus se mirent à hurler. Le visage cramoisi, ils supplièrent et gémirent. On entendit leurs prières :

— Arwé ! Arwé ! Dieu tout-puissant, je suis à toi ! Je suis ton fidèle, fais-moi vivre !

Leurs cris excitèrent l'attention du python. Avec une stupéfiante rapidité pour sa taille, il les enveloppa de ses anneaux. Il était assez immense pour se lover sur deux proies à la fois, prenant son temps pour les broyer. Ses anneaux brillaient au soleil, couleur de bronze. Ses écailles frémirent sous la puissance des muscles. Longtemps, il serra, malaxa, laissant glisser des éclats de soleil sur sa queue. Les autres pendus pleuraient, priaient en murmurant :

– Arwé ! Arwé, tu es invincible, tu es le plus grand et le plus fort ! Arwé, laisse-nous la vie !

Le peuple d'Axoum, tremblant des pieds à la tête, se mordant les lèvres d'effroi, put entendre les os des espions se briser, un à un, réduisant les hurlements au silence.

Quand ce fut fait, le python ouvrit une gueule qui fit reculer la foule. Une gueule de monstre. Elle béait d'un rose obscène dans le bronze lumineux du corps. La langue, d'un rouge si sombre qu'il paraissait noir, y vibrait tel un fouet. Les dents acérées, d'une pâleur malsaine, dessinaient un arc parfait. Les mâchoires jouaient de telle sorte qu'elles paraissaient se disjoindre, s'ouvrir assez pour engloutir la tête puis les épaules d'un homme.

Les anneaux du python abandonnèrent les corps brisés et sans vie des espions. Ils glissèrent sur la paille avec une lenteur épouvantable. Un instant, il sembla que le monstre somnolait, épuisé ou ennuyé.

Puis sa tête se leva. Plusieurs dans la foule furent certains que les yeux, de la taille d'un poing d'enfant, les fixaient. La langue gicla de la gueule qui se tendit vers le plus proche des pendus. En un instant elle l'enfourna.

Un cri d'épouvante parcourut l'assistance. La tête, la gorge, tout le corps d'écailles du boa se dilata, épousant la forme de l'homme qui y disparaissait.

C'est alors, à treize toises de là, à la porte même du palais, dressé sur les étriers de cuir de sa selle et la main gantée, qu'Akébo le Grand banda son arc. Malgré le murmure de terreur qui roulait sur la foule, on entendit le boyau se tendre et les cornes de gazelle vibrer.

La flèche vola haut, s'abattit avec tant de puissance qu'elle traversa de part en part le serpent et l'homme qu'il avalait. Une deuxième puis une troisième flèche volaient déjà. *Tchak ! Tchak !*

Elles frappèrent le serpent avant qu'il roule au sol, secouant ses anneaux avec tant de violence qu'ils brisèrent les poutres d'une des potences.

Akébo le Grand, hurlant, lançait déjà son cheval dans un galop. L'épée allongea son bras, éblouissante dans le soleil. Il l'abattit, se ployant sur l'encolure de sa monture. Un coup, dix coups. Tranchant et tranchant le monstre.

Peu de sang gicla. Les morceaux aux blessures béantes, bizarrement pâles, demeuraient animés de soubresaut, gigotant en tous sens comme s'ils ne se résolvaient pas à la mort.

Après avoir enfoncé une fois encore sa lame dans les yeux du python autant que dans la poitrine de sa proie, Akébo galopa vers ses guerriers, attrapa une torche que lui tendait un officier et la jeta sur la paille.

En un instant, la fumée puante s'éleva d'Axoum comme des autres cités.

Akébo revint galoper devant le peuple ébahi et terrorisé.

– Respirez bien l'odeur d'Arwé l'invincible, hurla-t-il, et souvenez-vous-en. C'est le fond de son âme et de ceux qui l'adorent qui va souiller le ciel comme votre gorge.

Il cria encore que l'haleine véritable de Saba se respirait dans les sanctuaires d'Almaqah.

– La myrrhe et l'encens ne parfument que la paume d'Almaqah, vociféra-t-il. Les saisons qui passent sont le souffle d'Almaqah sur notre nuque. Il nous ploie l'échine pour que nous accueillions sa bonté et sa puissance. À genoux, pour lui en rendre merci ! Et rappelez-vous qu'Akébo le Grand n'a qu'un maître, qui ne pardonne rien aux traîtres de Saba.

À peine ces mots tombés sur le peuple agenouillé, il fit pivoter son cheval. Son épée brilla encore. Son cheval bondit sur les trois pendus qui avaient échappé au python et étouffaient dans la fumée du feu.

Sans même ralentir sa monture, Akébo trancha d'un seul coup les trois gorges. Le sang gicla si fort qu'il repoussa un instant les flammes du bûcher.

Le silence s'appesantit sur le peuple. On n'entendit plus que le crépitement de la paille et de la chair embrasée.

Sur les murs de ronde du palais, Makéda avait tout vu. Depuis un moment déjà, elle pressait la main de Kirisha à s'en faire blanchir les ongles. Kirisha elle-même avait clos les paupières.

Les paroles d'Akébo frappaient leurs poitrines comme des pierres. Et lorsqu'elle vit basculer la tête des pendus, Makéda ne put retenir un gémissement.

Himyam, qui n'était pas loin et avait contemplé l'ouvrage de son roi en opinant, tourna sa grimace ironique vers elle. Avec beaucoup de calme et sans baisser la voix, il déclara :

– La sagesse des rois est un savoir cruel.

Axoum

Une lune fut encore nécessaire pour achever le temple de Râ.

Chacun put alors découvrir sa forme incongrue. L'immense esplanade vide était surmontée, sur un côté, d'un tumulus de pierres taillées. Sa forme trapue était celle d'une pyramide. Quatre pans massifs se rejoignant en une seule pointe et sur lesquels le soleil, au cours du jour comme des saisons, ferait infiniment varier le dessin de ses ombres.

Pas de colonnades ni de toiture aérienne. Pas de sanctuaire ouvert aux regards, accueillant les fidèles, les prêtres et les paniers de sacrifice. Rien de ce que l'on connaissait. Au contraire, une masse lisse, tassée sur elle-même et si bien close qu'elle ne disposait que d'une unique et étroite ouverture placée dans l'axe de cet escalier sans fin qui, depuis la pente de la colline, tranchait la plate-forme.

L'étonnement et la curiosité ne suffirent pourtant pas à donner aux habitants d'Axoum le désir de le gravir. Dans la ville royale comme dans le reste du peuple, les paroles d'Akébo devant le python d'Arwé dépecé demeuraient vives et lourdes de menaces.

Chacun avait compris qu'un seul dieu régnait sur la sauvegarde de Saba : Almaqah. Le temple de Râ n'était qu'une faveur accordée à Pharaon, afin qu'il n'avance pas son poing sur le pays, et que la paix nécessaire au commerce et à la richesse perdure.

Himyam, à la suite du massacre des servants d'Arwé, avait lancé subtilement, par l'intermédiaire de quelques serviteurs fidèles, une rumeur propre à consolider cette opinion.

Si la fille d'Akébo le Grand, Makéda, fille de Bilqîs, sacrifierait bientôt à Râ, c'était parce qu'elle seule, par le chant de ses mots, saurait tenir front au dieu d'Égypte. Elle saurait, sans le courroucer, l'invoquer et le chérir alors qu'elle demeurait dans son cœur une pure servante d'Almaqah.

Aussi, c'est étrangement seule que Makéda monta dans un char tiré par quatre mules harnachées pour aller du palais à la colline du temple. C'est seule qu'elle gravit l'escalier jusqu'au sanctuaire de Râ. Elle portait la tunique d'or offerte par Myangabo. Elle était éblouissante.

Et c'est ce que virent les habitants d'Axoum : la fille d'Akébo le Grand, ainsi qu'une lame d'or vivante, montait les marches, franchissait la plateforme et disparaissait dans la pyramide.

Une curieuse émotion les saisit alors. L'éclat de Makéda avait été si intense l'instant précédent qu'elle sembla avoir été avalée par la masse de pierre. Comme si déjà elle manquait dans l'air d'Axoum. Comme si elle allait y être engloutie à jamais et ne pas reparaître.

Un murmure glissa dans la bouche des hommes. Les femmes posèrent la main sur la nuque de leurs enfants, les serrèrent contre leurs hanches.

On savait par les ouvriers qu'il existait une sorte de chambre à l'intérieur de la pyramide. Nue, pauvre, froide. Les architectes assuraient que son plafond ne s'effondrerait pas sous le poids des pierres. Plus d'une était cependant tombée pendant la construction, brisant les échafaudages et écrasant les corps.

Tous ignoraient comment on sacrifiait à Râ et tous ignoraient les paroles que Makéda allait lui chanter. Mais soudain, à la voir disparaître si seule dans la pyramide, on devinait que la fille d'Akébo allait livrer une sorte de combat qui valait bien celui de son père avec le python. Un combat d'autant plus difficile qu'il était invisible et absolument mystérieux.

Le temps dura.

Akébo, Myangabo, Himyam et Kirisha se tenaient aux portes du palais, le visage levé vers le temple. La peur du peuple les atteignit telle une fumée. Elle les étreignit à leur tour.

Une grimace plissa le visage d'Himyam et y grava le doute. Il évita de regarder autour de lui. Se pouvait-il que la rumeur qu'il avait lancée fût une vérité ?

Râ était après tout le dieu de Pharaon. La puissance de Pharaon et la splendeur de cette puissance. Rien à voir avec la langue fourchue d'Arwé. Myangabo et lui n'avaient-ils pas été d'une désinvolture coupable en désignant Makéda pour un sacrifice dont, en vérité, ils ne mesuraient ni la force ni l'effet ?

Makéda ne sortait pas sur la plate-forme. Le silence qui s'abattit sur les collines d'Axoum sidéra le peuple de la ville comme les puissants et les serviteurs du palais.

Tan'Amar brusquement n'y tint plus.

Il se laissa tomber du chameau d'apparat sur lequel il avait accompagné Makéda au pied de l'escalier. Il gravit les marches en bondissant. Il était presque parvenu à la plate-forme lorsqu'un même cri jaillit de mille et mille bouches.

Makéda sortait de la pyramide. Lame d'or plus étincelante que jamais. Les bras levés, la marche lente, le disque d'or sur sa poitrine aveuglant jusqu'aux murailles de la ville.

Akébo se jeta sur un cheval et galopa pour rejoindre Tan'Amar. Kirisha riait entre ses larmes et Himyam put enfin risquer un coup d'œil vers la face livide et brillante de sueur de Myangabo.

À tous, sans qu'ils puissent bien comprendre pourquoi, il semblait que les dieux venaient de frapper un coup menaçant avant de les épargner.

Aussi, quand Akébo prit la main de Makéda pour la faire remonter dans le char, lorsqu'il cria face au ciel : « Makéda, fille d'Akébo et de Bilqîs, fille de Râ et fidèle d'Almaqah, reine de Saba ! », sans une seule hésitation les milliers de bouches reprirent le cri :

– Longue vie à Makéda, fille d'Akébo et de Bilqîs, fille de Râ, fidèle d'Almaqah, reine de Saba !

Troisième partie

1

Sabas

Les nuages, aussi noirs que s'ils charriaient de la suie, filaient au ras de flots hachés de vagues énormes, bouillonnantes d'écume. La mer, verte, lacérée de larges traînées rouges près des côtes, ressemblait à l'échine d'un monstre dévoré de colère et jamais rassasié de carnage.

Makéda s'agrippait à la murette de la terrasse. Le vent du sud, humide et glacé, transperçait son manteau de laine et gonflait sa tunique. Les rafales, puissantes, la faisaient vaciller.

Le jardin du palais et la crique du port de Sabas offraient un spectacle de désolation. Arbres et branches arrachés, toitures des entrepôts et des pauvres masures envolées. L'extrémité de la digue du port, trop vétuste, avait cédé. Les lames furieuses de la mer avaient retourné les barques et barcasses aux fragiles amarres. Les bateaux tirés sur la grève avaient été brisés les uns contre les autres, les mâts rompus, les coques éventrées comme s'ils n'avaient été que des fétus.

La tempête avait duré un jour et une nuit. Les habitants de Sabas et des villages côtiers avaient passé la nuit dans les sanctuaires à implorer la clémence d'Almaqah. En vain. À l'aube, ils découvraient la ruine de leurs maisons, les récoltes détruites, les troupeaux éparpillés et, ici ou là, les cadavres des plus vieux et des plus faibles qui n'avaient pu se protéger de la fureur du ciel.

À présent, ayant charrié sa colère, le vent dispersait les pleurs et les lamentations.

Makéda frissonna, les lèvres durcies, les poings crispés sur les plis de son manteau. La voix de Tan'Amar la fit se retourner.

Il approchait avec, à son côté, un petit homme au visage buriné, les yeux noyés de fatigue. Sa tunique et son manteau, qui avaient été de bonne qualité, étaient souillés et détrempés. Une rafale tourbillonnante l'ébranla, l'obligea à faire un pas en arrière, Tan'Amar lui soutint l'épaule pour qu'il retrouve son équilibre.

Quand ils furent à quatre pas de Makéda, il inclina le buste avec humilité.

– Longue vie à toi, ma reine. Que Râ et Almaqah te gardent sous leurs paumes !

– Leurs paumes sont aussi rudes que le poing de mon père dans ses colères, répliqua Makéda avec une grimace, la voix impatiente. Longue vie à toi, Abo-aliah. Donne-moi vite des nouvelles. La tempête a-t-elle tout détruit là-bas aussi ?

Makéda désigna le promontoire naturel qui dissimulait au regard l'autre partie du port. Là, dans une crique naturelle plus étroite que celle du port de marchandises, on avait édifié de vastes ateliers. Une digue nouvelle y protégeait un bassin d'eau profonde. Depuis l'automne, huit cents hommes y construisaient des birèmes de combat. De longs navires à l'étrave en forme de dard et doublée de bronze. Deux ponts accueilleraient des chiourmes de quatre-vingts rameurs. Un troisième, aux platsbords doublés de boucliers, permettrait d'embarquer une centaine d'archers et de combattants d'accostage.

Près de la proue se dressait un mât trapu, aussi large que le torse d'un homme et capable de soutenir une voile carrée, manœuvrée à la bouline.

Après avoir été consacrée reine de Saba devant le peuple d'Axoum, Makéda avait aussitôt cherché à convaincre son père : le massacre des servants d'Arwé n'était que le signe avant-coureur d'une guerre. Shobwa et les mukaribs de Kamna et Kharibat ne renonceraient pas, par orgueil autant que par cupidité.

Et puisque la mer Pourpre était un glaive qui tranchait l'unité du royaume de Saba, il fallait s'emparer de ce glaive. Il fallait régner sur la mer Pourpre afin d'aller porter des coups mortels aux traîtres de Maryab sur le sol même qu'ils avaient souillé.

Tan'Amar approuva aussitôt. Si Himyam pensa que le désir de vengeance de Makéda conduisait à la guerre tout aussi sûrement que l'orgueil et la sottise de Shobwa, il ne le dit pas.

Myangabo convint avec calme qu'il s'agissait d'une bonne politique et que la dépense serait raisonnable. Guerre ou pas guerre, des bateaux de combat permettraient, le jour venu, de défendre les convois de marchandises. Une occasion de commercer avec les pays du Nord sans passer par le Nil de Pharaon... N'était-ce pas ce qu'ils souhaitaient tous ?

Akébo le Grand avait tourné vers sa fille des yeux amusés.

– C'est ta décision. Tu ordonnes et tu décides, ma fille, reine de Saba par le sang et la justice.

Moins d'une lune plus tard, le chantier avait bouleversé le port de Sabas. Il fallait profiter de l'hiver, alors que la navigation n'était pas aisée, pour construire les premiers bateaux. Au printemps, ceux de Maryab auraient une mauvaise surprise. La mer Pourpre ne leur appartiendrait plus.

Bon nombre des hommes qui avaient élevé le temple de Râ reçurent l'ordre de se transporter à Sabas pour y édifier les digues nécessaires. À leur grande surprise, Makéda les accompagna. Elle fit venir tous les hommes capables de travailler à la charpente des navires. Pour salaire, elle offrit à chacun un poids d'or équivalant à une bille d'ambre et la dispense de toute corvée royale pour les cinq années à venir. Deux à trois cents charpentiers furent retenus après avoir fait preuve de leur savoir.

Dans le port, elle fit agrémenter une modeste maison pour elle et ses servantes. Elle y séjournait maintenant depuis cinq lunes. Il n'était pas de jour sans qu'elle visite les ateliers, les bassins et même les entrepôts. Elle louait volontiers le travail accompli. Mais pour un retard ou une malfaçon, elle punissait et bannissait du chantier sans une hésitation. Désormais, nul n'osait relâcher son effort.

Ainsi commença la rumeur. Saba avait désormais une reine qui valait un roi. La fille de Bilqîs de Maryab était élue des dieux. Le sang guerrier d'Akébo son père coulait à flots dans son corps, et avec autant de vigueur que si elle possédait celui d'un homme. Sa beauté de femme était trompeuse. Son jeune âge était un leurre. Toute son apparence était un piège. Almaqah lui accordait la puissance de l'univers et Râ la voilait sous la beauté du jour. Mais gare à celui qui se laissait aveugler !

Alors qu'il s'inclinait devant elle sur la terrasse, Abo-aliah, chef des charpentiers, avait tout cela en tête. Il n'avait jamais trouvé d'occasion de se plaindre d'une injustice mais, comme tous sur le chantier, il craignait chaque mot qui passait la bouche si fraîche et si tendre de sa reine.

– Les entrepôts ont tenu, ma reine, s'empressat-il de répondre. La crique était plus à l'abri que le grand port. La colère d'Almaqah ne l'a qu'effleurée. Et la digue nouvelle a brisé les vagues sans rompre. Les architectes ont bien fait leur travail. Pour le reste, nous avons veillé toute la nuit. Les charpentiers ont eu le temps de démonter les mâts et de lier des outres aux plats-bords avant le gros de la tempête. Les chocs n'ont engendré que peu de dégâts. Nous avons renouvelé les amarres des trois bateaux déjà à l'eau dès qu'elles menaçaient de casser.

Makéda adressa un regard de soulagement à Tan'Amar.

– C'est bien, Abo-aliah. Dis aux hommes que je me souviendrai de leurs efforts.

Le chef des charpentiers s'inclina en balbutiant des remerciements, reculant déjà pour se retirer. Scrutant à nouveau les masures en ruine au-delà de l'enceinte, Makéda le retint.

– Abo-aliah, fais cesser le travail du chantier pour quatre jours. Prenez tous du repos jusqu'au zénith, puis vous irez aider ceux qui ont perdu leur toit et leurs récoltes.

Abo-aliah la contempla avec surprise, incapable de la moindre réaction.

– Va, je n'ai plus besoin de toi.

Le petit homme traversa la terrasse en sautillant dans le vent. Tan'Amar demeura près de Makéda, un peu raide, la main sur la murette, le visage figé par l'admiration et par autre chose encore qu'il peinait à dissimuler.

Makéda portait désormais la coiffure longue et bouffante des prêtresses de Râ. Un anneau d'or serrait sur son front cette ample masse frisée, mais pas assez pour empêcher le vent furieux de l'agiter en tous sens. Elle n'allait plus sans une courte masse d'ébène recouverte d'or et surmontée par un mufle de taureau dont les cornes retenaient le disque solaire de Râ.

Sous les tuniques, on devinait un corps de femme. Une poitrine qui tendait les tissus, des hanches qui retenaient un pli. Sa peau noire paraissait plus lumineuse, d'un grain si fin que l'on pouvait craindre qu'il ne se déchire.

– C'est une bonne décision qui te fera chérir longtemps, énonça enfin Tan'Amar.

Makéda parut à peine l'entendre, les yeux perdus sur la mer jonchée de débris.

– La tempête a été terrible, murmura-t-elle comme pour elle-même. Mais elle était belle, aussi. Comme si Almaqah se plaisait à jouer avec nous.

Tan'Amar ne comprit pas immédiatement qu'elle chantonnait. Le vent emportait un peu de sa voix.

Ô moi, muraille
qui suis venue du désert.
Muraille de colère,
tour des vengeances
contre ma poitrine douce,
je viens vous réveiller
de ma main gauche.
Au jour du bonheur
nous sortirons dans les champs,
nous passerons dans les villages,
nous serons le vent précieux.

Elle se tut. Ébranlé par les mots plus encore que par le vent de fin de tempête, Tan'Amar craignait à présent de lui faire face. Ce n'était pas souvent qu'il avait l'occasion de voir et d'entendre sa reine chanter ainsi, même s'il savait par Kirisha la beauté de ses chants qui ravissaient les servantes.

Makéda rompit le charme. Elle serra les longs pans de son manteau autour d'elle. Du ton qu'elle avait eu un instant plus tôt avec le chef des charpentiers, elle remarqua :

– C'est bien, nous ne prendrons pas trop de retard. Il nous faut trois autres bateaux prêts à gonfler les voiles avant que cesse la mauvaise saison. Crois-tu que Shobwa sait déjà ce que nous lui préparons ?

Tan'Amar approuva d'un grognement.

– De nouveaux espions doivent grouiller autour de nous, c'est probable.

Il se redressa, ferme et indifférent au vent glacé, laissant flotter son manteau sur sa cuirasse de cuir, et ajouta :

– Un messager de Maryab est arrivé ici hier. Il a franchi la mer de jour, avant la tempête. Sa barque s'est brisée alors qu'il accostait. Ensuite sa route a été difficile car la tempête commençait. On l'a conduit devant moi dans la nuit. Tu dormais.

Makéda esquissa un sourire.

– Un message du seigneur Yahyyr'an ? Voilà qui tombe bien.

Elle tendit la main.

– Un rouleau de sa mauvaise écriture ?

Tan'Amar secoua la tête.

– L'homme l'a perdu avant d'atteindre la côte.

– Comment peux-tu être certain qu'il ne ment pas et n'est pas un espion ?

– Il porte la marque du seigneur Yahyyr'an sur l'épaule.

– Mais qui peut être sûr qu'elle n'est pas contrefaite ?

– Sois sans crainte. Il restera ici et ne retournera pas à Maryab tant que nous n'en aurons pas fini avec la construction des navires. Mais il avait appris ce qu'il devait dire et cela ressemble bien aux mots du seigneur Yahyyr'an.

– Je t'écoute.

– Il semble que Shobwa a été saisi d'une grande fureur en apprenant la mort de ses espions et des servants d'Arwé. Cela a fait grande impression sur le peuple. On le prend pour un vantard, lui qui avait fait croire qu'Akébo le Grand était un vieillard sans plus de force. Une jolie surprise. Les seigneurs de Kamna et Kharibat se sont montrés enclins au retrait. Shobwa en est plus furieux encore. Il veut les contraindre à nous affronter.

– C'est dans son caractère. Il ne saura s'arrêter que mort. Je le sais depuis cette nuit de Maryab où tu m'as poussée dans les souterrains.

Makéda souriait. Tan'Amar connaissait toute la fureur que couvrait ce sourire.

– Shobwa a juré devant les portes du temple de Bilqîs qu'il frapperait le cœur d'Axoum.

– Encore faudrait-il qu'il sache reconnaître un cœur.

Tan'Amar acquiesça. Ils se turent. Tan'Amar se força à ajouter :

– Le seigneur Yahyyr'an te fait dire aussi qu'il n'attend que ta réponse pour conduire un taureau dans le temple.

Makéda s'amusa.

– L'un veut frapper mon cœur, l'autre veut que je le lui donne ! Et toi tu t'en inquiètes.

– Tu sais ce que je pense, murmura-t-il.

– Oui. Ce que tu penses et ce que tu sens. Tu peux être fier de l'un comme de l'autre.

Tan'Amar ne pouvait détacher son regard de la grâce des yeux fendus de sa reine. De ses pommettes hautes plus attrayantes que les fruits du paradis. Il guetta sa bouche comme un assoiffé du désert guette le mirage d'une source.

D'un pas, Makéda s'approcha de lui. Si près que les pans de son manteau, battus par le vent, se mirent à claquer contre leurs jambes. Le vent emportait son parfum d'ambre et de cannelle.

Elle aussi hésita. Sa main droite se leva vers le visage du guerrier.

Tan'Amar lut un frémissement sur ses lèvres. L'espace d'un éclair de folie, il crut qu'il allait les baiser.

Mais la main de Makéda redescendit et chercha son poing. Elle l'agrippa. Le porta à sa bouche. Ce furent ses doigts qu'elle baisa, y appuyant sa joue de soie.

– Tan'Amar ! souffla-t-elle aussi bas qu'elle avait chanté. Jamais je n'épouserai le seigneur Yahyyr'an. Jamais et pour aussi longtemps que Râ reviendra sur l'horizon. Je n'ai besoin de lui que pour vaincre Maryab. Peut-être ira-t-il tuer un taureau dans le temple de ma mère Bilqîs. Ne crois pas que cela me conduira à sa couche. Je le sais, et tu le sais toi aussi.

Elle ferma les paupières. Tan'Amar vit son regard trembler sous la finesse de la chair. Elle approcha à nouveau son poing de ses lèvres. Tan'Amar retint un gémissement : les dents de sa reine s'enfonçaient dans sa paume comme des perles dans un écrin. La douleur le secoua. Lui, le guerrier. Il eut l'étrange sensation qu'avec cette morsure elle l'enlaçait de son désir.

La violence du vent, l'humidité et la fatigue s'estompèrent. La puissance de ses muscles s'évanouit. Il n'eut plus d'autre sensation que la douceur des lèvres de sa reine et la brûlure de sa marque. Un vertige le saisit, comme s'il allait basculer, là-bas, tout au loin, dans la mer déchaînée.

– S'il était un homme dans ce royaume qui pourrait me conduire à la couche de l'épouse, c'est toi, murmura encore Makéda. Tu es dans mon cœur une pensée fraîche et pure. Pas un instant je ne doute de toi. Je sais que nos chemins ont la même poussière et le même horizon. Et c'est pourquoi tu sais autant que moi que cela n'est pas possible…

Une protestation, une plainte, flottaient déjà sur les lèvres de Tan'Amar. Des hurlements jaillirent et les firent se détourner.

Là-bas, dans le port, des gens couraient sur la vieille digue à demi ruinée par la tempête. Ils pointaient une tache au large.

Makéda libéra la main de Tan'Amar.

– Regarde, regarde !

Elle désignait les vagues striées d'écume. Il accoutuma sa vision.

On ne le discernait qu'à peine. Un trait noir, ballotté par la houle. Qui apparaissait et disparaissait. À peine la forme reconnaissable d'un bateau. À moins d'une demi-lieue du port.

Une coque sans mât. Les restes d'une hausse de pont, les membrures de la coque dressée contre le ciel ainsi que des os brisés.

Pourtant, on distinguait le mouvement d'une paire de rames. Deux paires peut-être. Et des hommes qui tentaient de se maintenir debout, agitant le bras au risque de tomber à l'eau.

– Les voilà, les espions de Shobwa ! s'écria Makéda. La tempête les a attrapés avant qu'ils ne parviennent à la côte !

Sans consulter Tan'Amar, tendue par l'excitation, elle ordonna :

– Surtout, ne les laisse pas fuir. Secours-les, capture-les. Je les veux vivants !

Il grommela des mots que le vent emporta. Déjà il courait vers l'escalier de la terrasse.

2

Sabas

La barcasse déchiquetée par la tempête sombra avant de parvenir au port. Avec un rude effort et au péril de leur propre vie, les marins envoyés par Tan'Amar parvinrent à sauver les hommes qui coulaient avec elle. Ils n'étaient pas des espions de Shobwa et leur bateau venait de bien plus loin que les ports des mukaribs de Kamna et Kharibat.

Six hommes, tous différents quoique de peaux claires. Quatre étaient des marins. Leurs mains calleuses, leurs bouches édentées et leurs crânes rasés, enveloppés de longues bandes de tissus usés et rapiécés, décolorés par le soleil et le sel, en témoignaient.

Le cinquième, le bras cassé, souffrait avec la dignité d'un chef. Sa chevelure attira les regards. Collés par les embruns et le sang d'une blessure, ses cheveux longs jusqu'aux épaules étaient noués en une centaine de tresses fines. Certaines enserraient de minuscules effigies d'ivoire, de bronze et même d'or ou d'argent. Le lobe de son oreille droite était incrusté d'une pierre de roche transparente. Malgré le froid et la fièvre qui le faisaient trembler, son regard était net, autoritaire. Lorsqu'on l'aida à prendre pied sur la terre ferme, il demeura droit comme un piquet. Puis il s'écroula d'un bloc et sombra dans l'inconscience.

Le sixième paraissait moins éprouvé, mais sa peur le rendait volubile, quoique l'on ne comprît pas un seul des sons qui sortaient de sa bouche.

Son front était grand, ainsi que ses yeux aux paupières rondes. Sa bouche, un peu épaisse mais au dessin ferme, esquissait un sourire qui parlait davantage de crainte que de plaisir. Comprenant que nul n'entendait sa langue, il agitait follement les mains. Les marins, épuisés par le sauvetage périlleux, finirent par en rire gaiement.

Tan'Amar ordonna qu'on mène ces étrangers dans le bâtiment de la garde royale. Ils y trouveraient de quoi se soigner et reprendre des forces.

Tandis qu'on les y conduisait, l'officier qui avait dirigé le sauvetage attira Tan'Amar à l'écart.

– Ces hommes transportaient un chargement précieux, seigneur. La cale du bateau était pleine. Voilà pourquoi il a sombré si vite. J'ai pu sauver deux coffres. Des coffres comme nous n'en avons jamais vu.

Il avait raison. Tan'Amar fut surpris. Ils étaient de petites dimensions, en bois de cèdre. Le séjour dans la cale inondée les avait noircis sans les déformer car ils étaient renforcés par des bandes d'un métal plat aux reflets bizarres, à la fois argenté et ocre, comme si une poussière de safran le recouvrait.

Au premier coup d'œil, Tan'Amar comprit qu'il ne s'agissait pas d'argent ni, bien sûr, de bronze. Ce métal paraissait d'une dureté rare sous le doigt, lisse, et sa tranche irrégulière portait la marque d'une masse. La ferrure qui maintenait le coffre clos était aussi de ce métal. Cela rendait toute ouverture naturelle impossible à qui n'en connaissait pas la technique.

Tan'Amar envoya quérir le meilleur forgeron du chantier. L'homme poussa aussitôt un sifflement d'admiration.

– Du fer, seigneur. Du fer, voilà ce que c'est. J'en suis certain. Un métal aux qualités incomparables. Sauf qu'il n'aime pas l'eau. Un marchand de Maryab, il y a longtemps, m'en a parlé. Les peuples du Nord savent le travailler au feu. Ce qui est bien plus délicat que le bronze, mais qui donne des armes incomparables. On dit que les guerriers de Pharaon en possèdent eux aussi.

Tan'Amar songea un instant à tirer du repos l'un des rescapés pour ouvrir les serrures. L'homme volubile devait en connaître la manière si le blessé, qui paraissait être le capitaine du bateau, n'était pas en état de le faire. Il se ravisa, trouvant inutile de leur dévoiler son ignorance. Il demanda au forgeron de montrer son art.

L'homme s'attela à la tache avec gourmandise. Hélas, il ne parvint qu'à détruire les planches de cèdre sans faire céder les langues de métal. C'était toutefois suffisant pour qu'apparaisse un contenu tout aussi étonnant que les coffres eux-mêmes.

L'un était rempli de pointes de flèches et de dagues enveloppées dans des linges imbibés d'une huile verte odorante. L'autre regorgeait de pierres multicolores et transparentes. Le moindre éclat de lumière leur tirait des feux de grenats, de bleus et de verts qui faisaient danser les yeux.

Tan'Amar fit aussitôt transférer ces merveilles dans des coffres traditionnels de bois et de cuir.

– Si vous tenez à votre gorge, gronda-t-il à l'adresse de l'officier et du forgeron, gardez vos bouches bien closes. Et qu'on transporte ces coffres chez la reine.

Makéda se tenait dans l'une des rares pièces chauffées de son petit palais. Les servantes maintenaient les flammes dans les braseros et se pressaient près de leur reine.

Elle n'accorda d'abord qu'un regard distrait aux coffres que l'on apportait. Elle savait déjà que les naufragés ne venaient pas de Maryab. Sa curiosité s'en était détournée et l'arrivée d'un messager d'Axoum avait plissé son front d'inquiétude.

Elle accueillit Tan'Amar en lui tendant un court rouleau de papyrus.

– Kirisha m'envoie de mauvaises nouvelles. Mon père est malade.

Un message bref qui ne réclamait pas le retour de Makéda à Axoum ni ne livrait de détails. Un message inquiétant par son silence plus que par ce qu'il annonçait. Tan'Amar s'en étonna.

– Il n'était pas difficile d'en dire un peu plus. Kirisha ne précise pas même quelle est la maladie de notre roi, ni si elle est grave.

Makéda eut un sourire triste.

– C'est parce qu'elle sait que je la comprends sans qu'elle ait besoin d'écrire ou de prononcer des mots qui peuvent se répandre dans le royaume et inquiéter. Cela signifie que la maladie de mon père la tourmente et que je dois les rejoindre au plus vite.

Elle croisa le regard de Tan'Amar. Elle non plus n'avouait pas entièrement ce qu'elle pensait. Akébo le Grand était en danger. L'émotion figea les traits de Tan'Amar.

– Je t'accompagne dès que tu en donnes l'ordre, déclara-t-il d'une voix blanche.

– Demain à l'aube. Une caravane légère avec les chameaux les plus rapides. Les servantes demeureront ici. Et, ce soir, je veux voir Abo-aliah pour lui donner mes ordres. Le travail doit avancer pendant notre absence. Fais de même avec trois bons officiers qui te remplaceront ici et surveilleront la côte…

Makéda s'interrompit. Les sourcils froncés, elle ajouta :

– Ce n'est pas suffisant. La tempête va donner le goût du sang à Shobwa. Il va croire que nous sommes affaiblis et voudra en profiter. Trouve des hommes sûrs et quelques barques de pêcheurs en état de naviguer. Qu'ils aillent en mer tous les jours et qu'ils soient nos yeux.

Tan'Amar approuva.

– J'ai les soldats qu'il faut. Et aussi des messagers sûrs qui sauront voler jusqu'à Axoum si nécessaire.

– Surtout, que nul ne sache la raison de mon départ, pas même nos officiers.

– Il en est une qui masquera toutes les rumeurs. Regarde…

Il ouvrit les coffres sur les trésors transportés par les naufragés. Avec un petit cri d'étonnement, Makéda plongea les doigts dans les pierres colorées. Dans ses mains aux paumes roses, la lumière grise du jour paraissait s'enflammer et danser comme si une vie insoupçonnée s'agitait au cœur des gemmes.

Cependant Makéda se détourna rapidement. Les pointes de flèches en métal, les dagues aux lames luisantes retinrent toute son attention. Tan'Amar expliqua ce qu'il en savait.

– Du fer ! Le fer des armes de Pharaon !

Les doigts fins de Makéda glissaient sur le fil tranchant, éprouvaient les pointes des flèches.

– Voilà un présent qui va plaire à mon père et lui apportera l'envie de retrouver sa force.

– Le bateau des étrangers venait d'un pays du Nord. Des gens de commerce égarés et qui ne connaissent rien de nos côtes. Ils ne sont pas accoutumés à voir des hommes noirs de peau. Ils s'effraient de chacun de nos gestes, même les plus doux.

Les servantes pouffèrent, se cachant le visage derrière leurs mains, oublieuses déjà de la tristesse qui leur faisait baisser les paupières un instant plus tôt. Tan'Amar les fit taire d'un coup d'œil.

– Il en est un qui n'est ni marin ni le capitaine du navire. Il parle et parle, et on ne comprend rien de ce qu'il raconte. Il écrit, aussi.

Il tira de sa manche un court étui cylindrique en peau de chèvre contenant une très étroite bande de papyrus. Elle était recouverte de signes jusqu'à en être noire.

– Il portait ce cylindre suspendu à son cou. Il semble y tenir beaucoup. Bien sûr, nul ici ne sait lire ces signes…

Makéda examina les dessins réguliers avec attention. Cela n'avait rien à voir avec l'écriture des Égyptiens, mais n'était pas si éloigné de celle que l'on apprenait à Maryab. Les traits étaient moins durs, plus fluides. Elle finit par secouer la tête.

– Les scribes d'Axoum reconnaîtront peut-être cette langue. Que l'homme vienne avec nous demain. Et tu as raison : ainsi, on croira que je rejoins mon père pour lui montrer l'étranger.

3

Sabas

Il leur fallut trois jours, en menant la caravane au train le plus rapide, pour parvenir à Axoum. Tan'Amar et Makéda échangèrent peu de mots, trop anxieux qu'ils étaient de découvrir un malheur à leur arrivée.

Pourtant, ce fut Akébo lui-même qui se dressa derrière la haute porte de l'enceinte du palais pour les accueillir. Il laissa à peine à sa fille le temps de quitter la bosse de son chameau avant de la prendre dans ses bras pour la baiser avec une tendresse et une effusion que Makéda lui avait rarement connues. L'instant suivant, il serra Tan'Amar sur sa poitrine, dévoilant devant tous et sans plus de retenue une affection puissante qui eût pu s'adresser à un fils.

Dès qu'ils furent dans la salle commune du palais, il se moqua à grands rires des questions de Makéda.

– Calme tes craintes, ma fille ! Akébo est vivant. Aucun serpent ne l'a encore gobé !

Il riait. Le pouce et l'index de sa main amputée, ses doigts de guerre, semblaient jongler avec un objet invisible. Néanmoins, toute cette exubérance ne parvenait pas à masquer la lourdeur de son pas et le voile de sa voix. Le blanc de ses yeux était strié de veinules trop rouges. Ses joues s'étaient creusées, son teint, d'ordinaire d'un noir profond et chaleureux, paraissait sans éclat.

Un peu plus tard, à l'écart dans la cour des femmes, Makéda découvrait les cernes de fatigue qui mangeaient les beaux yeux de Kirisha. Si son étreinte et ses baisers conservaient la même tendresse, l'inquiétude, sans dissimulation, ruinait son sourire de bienvenue.

– Ma douce, ma reine ! murmura-t-elle en serrant Makéda contre son corps qui avait pris de l'ampleur. Je savais que tu viendrais. Il faut me pardonner. Je sais que rien n'est plus important pour toi que d'être à Sabas mais…

– Chuuut !

Makéda posa les doigts sur les lèvres de Kirisha pour retenir ses excuses.

– Tu as bien agi. Rien n'est plus important que la santé de mon père. Qu'est-il arrivé ?

Les yeux de Kirisha se mouillèrent. Elle s'écarta pour mieux respirer.

– C'était après un repas, il y a vingt jours de cela. Il est venu prendre son repos comme il aime à le faire. Il s'est écroulé avant d'atteindre sa couche. Ses sens lui faisaient défaut. Ses yeux ne voyaient plus. Il n'entendait pas, une écume blanche et puante sortait de sa bouche. Il tremblait si fort que les servantes n'arrivaient pas à le porter. J'ai préparé des herbes pour lui vider le ventre. Cinq fois je l'ai contraint à boire. Toute la nuit… C'est seulement au matin qu'il m'a reconnue. Il m'a dit qu'il ne sentait plus ses jambes ni ses bras. Il a fallu deux jours pour que le toucher lui revienne…

Makéda l'écoutait, glacée. Ce qu'elle redoutait était advenu.

– Du poison !

Kirisha ferma les paupières, où s'immobilisèrent ses larmes.

– Depuis, il ne mange rien que je n'aie goûté moi-même. Des servantes dévouées en font autant avec la nourriture d'Himyam et de Myangabo.

– As-tu découvert le coupable ?

– Un tout jeune garçon des cuisines. Il allait chercher les herbes au jardin. C'était facile pour lui de mêler le poison aux épices. Douze ans à peine. Le fils d'un des pendus offerts au serpent Arwé. Qu'Almaqah lui pardonne.

– Un enfant ? Quelqu'un lui a soufflé cette idée.

– On ne saura jamais. Quand les gardes ont voulu le prendre, il a couru sur le mur de l'enceinte pour s'y jeter. Quelle folie !

Kirisha ne pouvait retenir ses larmes, mais rien n'entamait la dureté du visage de Makéda.

– Si l'assassin nous échappe, on sait le cœur et la bile qui vomissent cette haine…

Kirisha saisit les mains de Makéda pour en baiser les doigts.

– Mon roi va mieux maintenant. Mais j'ai peur.

– Tu n'as plus à craindre. Aucun espion de Shobwa n'oserait demeurer dans le palais désormais. Et s'il en reste qui s'aventurent dans la ville, nous les trouverons.

Kirisha secoua la tête.

– J'ai peur que le mal ne soit fait. Akébo parle dans son sommeil. Il crie, il se bat. Jamais jusqu'à ce jour je n'ai entendu un son passer ses lèvres pendant qu'il dort. J'ai demandé aux vieilles : elles disent que c'est ainsi qu'Almaqah rappelle les âmes puissantes. Il les visite pendant leur sommeil et les tire à lui…

– Kirisha…

– Et il est fatigué, plus que son âge ne l'exige et plus qu'il ne le montre. Tu as vu comme ses gestes sont lents et pesants ? Il ne songe plus au plaisir qu'il peut trouver dans mes bras. Ni même avec une fille fraîche et jolie…

Makéda enlaça Kirisha, lui baisant les tempes et les yeux pour l'empêcher de continuer. Pour la première fois, c'était elle qui caressait afin d'endiguer la peur et la détresse de celle qui tant de fois avait consolé et apaisé l'enfant furieuse qu'elle avait été.

*
* *

– Kirisha ne dit, hélas, rien d'autre que la vérité, soupira Himyam en se frappant doucement la poitrine avec le pommeau de son bâton. Comment cela a-t-il été possible ? Je ne sais. J'ai partagé son repas ce jour-là. À ma manière. Et sans rien ressentir du poison. Qu'Almaqah en soit mille fois remercié.

Le ricanement sec dévoila les gencives d'Himyam.

– Et tu connais le coupable… Un enfant ! Dix ou douze années. Qui voulait venger son père d'avoir trouvé le chemin d'Almaqah dans la gueule du python qu'Akébo a tranché.

– Quelqu'un lui a mis le poison dans la main et lui a expliqué comment en user.

– Certainement. Une ombre. Une ombre disparue depuis longtemps. Une ombre qui court vers Maryab en ce moment pour répandre la nouvelle de la faiblesse d'Akébo.

– Sois sans crainte. Il ne reste plus longtemps avant que Makéda, fille de Râ et d'Almaqah, fille de Bilqîs, reine de Saba au côté de son père, efface pour toujours ces ombres du monde des humains.

La bouche encore béante, le vieil Himyam l'observa, retenant son souffle. La voix de Makéda n'avait pas porté loin, mais elle contenait tant de fureur et de férocité que l'air, autour d'eux, parut geler.

Makéda allait gronder à nouveau quand Myangabo surgit. Son visage était brillant d'excitation. Il agita l'étui de cuir contenant le papyrus trouvé par Tan'Amar au cou du naufragé.

– Nous savons ! s'écria-t-il, le ventre frémissant de satisfaction.

– Que saurais-tu qu'on ne sache déjà ? grommela Himyam.

– Plus que tu ne crois, sage de mon frère ! Et assez pour que tu m'écoutes.

– Nous t'écoutons, mon oncle.

– Cette bande de papyrus que tu m'as confiée, reine ma nièce, est un salut d'un roi des pays du Nord !

– Tu as pu la lire ? s'étonna Makéda.

– Non : j'ai su me souvenir. Dès que tu m'as donné cette pièce d'écriture, elle m'a semblé commune. Tout à l'heure, je me suis rappelé avoir vu des signes semblables sous la plume de l'un de nos scribes marchands. Ma cervelle n'est pas si mauvaise.

– Alors ? s'impatienta Himyam.

– J'ai mis le ruban de papyrus sous les yeux d'Élihoreph. C'est le nom de ce scribe. Il s'est mis à brailler comme un âne : « Le roi Salomon, le roi Salomon ! Une lettre du roi Salomon… » Élihoreph est d'un peuple qui vit sur une île du Nil, mais il n'y est pas né. Ses pères viennent du Nord. On les appelle là-bas les « Hébreux ». Il fut un temps où Pharaon les tenait en esclavage. Aujourd'hui, il les traite en ami.

– Que dit cette lettre ? demanda Makéda sans montrer un grand intérêt.

– Elle te salue.

– Moi ?

– Toi. Ou toute autre personne qui la lira ou qui rencontrera celui qui la porte et qui est un sujet de ce Salomon. Elle dit : *Toi qui rencontres mon messager, un homme en qui ma confiance est placée. Tu peux croire ses paroles comme si elles sortaient de ma bouche. Je te salue, que le Tout-Puissant, dieu des Hébreux, te place sous sa paume. Qu'il te bénisse, que tu vives cent ans afin que nous puissions devenir frères dans la paix. Moi, Salomon, roi de Juda et Israël.*

Myangabo s'interrompit, l'excitation sur les traits. Il considéra les visages sévères de Makéda et d'Himyam. Un soupir gonfla ses joues rebondies.

– Vous gémissez sur l'empoisonnement de mon frère Akébo. Et à quoi servent ces gémissements ? Le salut de ce Salomon l'a fait sourire de contentement. Et ce que l'Hébreu transportait dans ses coffres plus encore. Mon frère rêvait de serrer des armes de fer entre ses doigts. Il a déjà donné les pointes de flèches pour qu'on les monte sur des jets empennés. Vous verrez qu'il ne va pas falloir longtemps avant qu'il ne tende à nouveau son arc ! Qu'Almaqah soit mille fois remercié d'avoir jeté ce navire devant tes pieds, reine ma nièce. Rien ne vaut l'appétit de la curiosité quand l'appétit de la bouche ne peut nous offrir de plaisir. Akébo ne se tient plus d'impatience de connaître ce Salomon et son peuple d'Hébreux. Ce soir, nous offrirons un festin de questions à ton naufragé. Cela devrait lui convenir, Tan'Amar me l'a promis plus volubile qu'une fontaine ! Élihoreph a un fils qui le suit en tout. À eux deux, ils trouveront bien le moyen d'assécher cette fontaine.

Myangabo reprit son souffle, les reins cambrés de fierté, le rire sautant de sa gorge à son ventre dans une œillade pleine de sous-entendus.

– Les servantes goûteront à tous les plats et moi je vous le dis encore, il ne faudra guère longtemps pour que l'arc d'Akébo le Grand bande de nouveau !

4

Axoum

De fait, Myangabo donna des ordres pour que le repas du soir soit l'un des plus beaux festins célébrés à Axoum. Sauces, plats et boissons en seraient goûtés devant Akébo le Grand par les servantes qui les avaient elles-mêmes confectionnés.

La cérémonie ne tarda pas à devenir comique. Les servantes, qui bien sûr n'avaient rien à craindre, prenaient plaisir à se moquer de leur rôle. Akébo ne fut pas le dernier à lancer des plaisanteries. Il avait fait asseoir Makéda à sa droite et Tan'Amar à sa gauche. Myangabo reposait son vaste corps sur une double épaisseur de coussins. Il s'encouragea à goûter à son tour, singeant l'horreur et l'effroi, s'attirant rires et œillades des cuisinières qu'il savait, en d'autres occasions, féliciter à sa manière.

L'appréhension de Makéda s'estompa. Son humeur s'allégea, le rire passa ses lèvres. Elle encouragea Kirisha à boire un peu de bière. Bientôt, il ne resta qu'Himyam à demeurer sévère, la grimace figée sur le visage.

Après avoir avalé quelques bouchées d'un agneau cuit dans une purée de patates douces diluée d'un lait de chamelle longuement fermenté avec des dattes sucrées, Akébo remercia son frère Myangabo.

– Maintenant que nous avons la bouche apaisée, dit-il, fais venir cet étranger et nos scribes. Que l'on voie s'ils peuvent s'entendre.

Les scribes, Élihoreph le père et A'hia le fils, parurent d'abord. Le père et le fils ne se ressemblaient guère.

Vêtu d'une longue tunique de belle qualité, sobrement brodée au col, Élihoreph paraissait du même âge avancé et incertain qu'Himyam. Sa barbe magnifique semblait pouvoir atteindre ses genoux avant sa mort. Sa peau était d'une pâleur excessive. Pour les gens de Saba, aux chairs si magnifiquement sombres, elle laissait craindre qu'il ne soit déjà devenu à demi un fantôme. Mais son regard démentait cette transparence. L'intelligence y brillait avec vigueur. On y devinait une volonté sans rapport avec le corps chétif qui l'abritait.

A'hia semblait tout son contraire : rond, alerte, les traits enfantins et doux, la bouche rieuse et le teint d'un rose soutenu. Ses cheveux étaient si courts qu'ils laissaient à découvert la peau du crâne, tout aussi rose que ses joues et protégée d'un bonnet brodé avec beaucoup de soin. Néanmoins, le regard de son père vivait dans ses yeux, son sourire possédait même quelque chose de téméraire.

Impressionnés de se trouver devant le repas de leur maître, ils n'osèrent lever les yeux que quand on le leur ordonna. Akébo fit signe aux servantes de leur donner à boire, ainsi que des écuelles de purée agrémentée de jus de viande.

Pendant que les scribes se restauraient, debout et embarrassés des regards posés sur eux, Akébo joua un peu avec les dagues aux longues lames de fer qu'on avait disposées devant lui. Soudain, il empoigna un manche, leva l'arme et frappa la table d'un coup sec, comme s'il voulait la poignarder.

Tout le monde sursauta. Le silence se fit. La pointe de la lame avait pénétré le bois d'au moins un pouce. Elle vibrait, diffusant un son sourd tandis que son manche oscillait à peine.

Akébo hocha la tête, approbateur. Il considéra les scribes.

– Mon frère Myangabo vous a donné à traduire une lettre d'un roi du Nord. L'étranger qui portait cette lettre va venir devant moi. Je veux savoir tout de lui. Mais si un seul des mots qui passeront sa bouche quitte cette terrasse, cette belle lame vous tranchera la langue avant le cou.

Les paupières des deux Hébreux frémirent. Leur murmure d'obéissance s'étouffa dans le bruit que faisaient les gardes parvenant sur la terrasse. Ils poussaient devant eux le naufragé.

On l'avait vêtu de neuf. La bonne nourriture avait effacé l'épuisement du naufrage malgré l'inconfort du voyage en chameau, auquel il n'avait pas paru habitué.

Sans marquer une hésitation, il vint s'incliner devant Makéda avec tout le respect qu'il pouvait montrer avant de tourner les yeux vers Tan'Amar. Ce faisant, il découvrit la dague enfoncée dans la table et, derrière, la stature majestueuse d'Akébo. Il ne lui en fallut pas plus pour comprendre qui était le maître de ce repas.

Avec empressement, marmonnant des sons incompréhensibles, il s'inclina devant Akébo.

Mais dans son dos, déjà oublieux de leur peur, les deux scribes semblèrent transportés à sa seule vue. Une violente émotion bouleversait les traits du jeune A'hia et laissait béante la bouche de son père.

D'une voix à peine audible, A'hia prononça quelques mots. Stupéfait, l'étranger leur fit face, découvrit le père et le fils. Une exclamation fusa d'un côté, une salve de paroles jaillit de l'autre. L'étranger ouvrit ses bras en grand.

En un instant, avant que le mesuré Élihoreph ne puisse le retenir ou le mettre en garde, A'hia embrassait le naufragé avec des gloussements de bonheur. Sautillant sur place dans une danse qui faisait voler le bas de leurs tuniques, sans plus de conscience d'où ils se trouvaient et devant qui, ils cherchèrent à enlacer Élihoreph dans leurs transports de joie.

Emporté par ces effusions, le vieux scribe jeta des coups d'œil suppliants vers Akébo. Les larmes aux yeux, l'étranger le pétrissait contre sa poitrine, l'embrassait avec autant de fougue que s'il eut retrouvé son père après avoir traversé le néant d'Almaqah.

Toute cette exaltation fit lever d'abord les sourcils d'Akébo. Enfin, un rire énorme le secoua. Un rire qui embrasa la compagnie, Myangabo le premier, aux éclats sonores et entraînants. Les servantes y allèrent de leurs gloussements aigus. Chacun s'esclaffait, et l'on entendit même le caquètement rare et bizarre qui sortait de la bouche d'Himyam.

Les scribes et l'étranger cessèrent leur danse de retrouvailles. Ils regardèrent autour d'eux avec des mines effarouchées. Élihoreph frappa rudement l'épaule de son fils, l'écartant de l'étranger.

– Pardonne-nous, puissant seigneur, dit-il aussitôt que le vacarme des rires s'apaisa. Cet homme vient du pays des pères des pères de nos pères! Le voir est une émotion qui nous rend à l'enfance… Loué soit mille fois l'Éternel! C'est la première fois que le Tout-Puissant veut bien nous permettre de rencontrer en chair et en os un Hébreu venu du royaume d'Israël.

Le bâton d'Himyam frappa durement les briques du sol. Le coup résonna dans le silence revenu.

– Surveille ta bouche, scribe. C'est ton roi et ta reine que tu dois remercier, car ils sont sous la paume d'Almaqah et de Râ. Il n'y a pas ici d'autre Tout-Puissant ni d'Éternel.

Élihoreph bascula le buste sans protester. A'hia ouvrit une bouche qu'il referma promptement. L'étranger, dont le regard vif courait d'un visage à l'autre, jugea bon d'incliner le front.

Un sourire plissait encore les joues d'Akébo. Il reprenait son souffle avec un peu de lenteur. Il leva sa main aux deux doigts, apaisa la colère d'Himyam d'un signe.

– Scribe, demande son nom à l'étranger.

– Il vient de me le dire, tout-puissant seigneur : Zacharias ben Noun, fils d'Éliah, fils de Josué. Il vient du royaume de Juda et Israël, la nation des Hébreux.

– Où cela se trouve-t-il ?

– Tout au nord, seigneur. Au levant du pays de Pharaon. Il y a là-bas une mer. On l'appelle la Grande Mer. Le royaume de Juda et Israël la borde pour une partie.

– Et son roi, celui qui a écrit la lettre, se nomme Salomon ?

– Oui, seigneur. Salomon, fils de David le prophète, fils de Jessé, fils de Booz et de Ruth la Moabite.

Akébo fronça les sourcils. Il ouvrit la bouche, mais ce fut pour mieux respirer. Soudain, sa bonne humeur parut enfuie.

– Ce n'est pas toi que j'interroge, scribe, grommela-t-il avec agacement. Pose mes questions à l'étranger.

La voix basse, Élihoreph s'empressa d'obéir. Le naufragé répondit en prenant soin de s'adresser à Akébo et de ployer la nuque avec respect avant même que le vieux scribe ait traduit ses paroles.

– Zacharias dit : Mon roi se nomme Salomon, fils de David…

– Ça va, j'ai compris.

Cependant, malgré le ton rude d'Akébo, l'étranger n'attendit pas qu'on lui pose une nouvelle question. Il se mit à parler à grands flots, si bien qu'Élihoreph dut le faire taire pour traduire avant qu'Akébo manifeste son impatience.

– Seigneur tout-puissant, Zacharias dit aussi : Salomon te salue, puissant seigneur, par ma bouche et par mon cœur. Salomon te souhaite mille ans de vie et de bonheur. Salomon te souhaite la paix et ne veut avec toi rien d'autre que la bonne entente et les échanges qui forgent les amitiés. Salomon est connu dans tout le Nord comme un roi de grande sagesse.

S'ensuivit une avalanche de paroles où l'on comprenait que Salomon était un roi brillant au ciel comme une étoile, aussi savant que les plus sages de ses prêtres, parlant plusieurs langues, écrivant des livres comme seuls les grands prophètes savent en écrire, un né pour régner, un sans pareil, un juste vénéré pour sa justice, le meilleur des rois que la terre de Juda et Israël bénie par Yahvé ait porté, meilleur même que son père David pourtant grand parmi les grands et qui avait su unir les frères ennemis de Juda et Israël en guerre depuis des générations, en vérité la sagesse de Salomon était si grande, sa renommée si célèbre qu'on venait de partout pour l'écouter et l'admirer et que Pharaon lui-même avait voulu s'en faire un ami et lui avait donné sa fille pour épouse.

Il y eut un silence. Les doigts noueux d'Élihoreph se perdirent dans sa longue barbe qui s'agita de petits soubresauts.

Les paupières d'Akébo étaient curieusement plissées. On ne devinait plus qu'à peine son regard qui pesait toujours sur Zacharias. On aurait pu croire qu'il s'était endormi.

L'Hébreu inclina un peu le front, inquiet. Mais Akébo passa la main droite sur son visage, souleva ses paupières et grommela :

– Pas si grande que ça, sa renommée. Moi, je n'ai jamais entendu son nom.

Il y eut encore un silence. Makéda devina Kirisha qui se raidissait à côté d'elle. Mais Akébo demanda :

– Tu m'as embrouillé, scribe. Ce Salomon, est-il fils de Râ, comme Pharaon ?

La réponse allait jaillir des lèvres d'Élihoreph. À temps, son fils A'hia lui heurta le bras. Le vieil homme comprit, posa la question à Zacharias, qui protesta avec vigueur :

– Zacharias dit : Yahvé est le dieu des Hébreux et seulement des Hébreux, l'Éternel dans tous les cieux. Il est le dieu de Moïse et d'Abraham, les pères de nos pères, le dieu de l'Alliance et des prophètes. Jamais il ne fut le dieu de Pharaon. Au contraire, le Tout-Puissant a dressé le bâton de Moïse contre Pharaon…

– Tais-toi ! Pas tant de mots. Tu me fatigues. Les dieux sont les dieux et je sais qui est Pharaon.

La voix d'Akébo était soudain lourde et brutale. Tous les assistants se tournèrent vers lui. Il empoigna le manche de la dague toujours fichée dans la table et tenta de la retirer du bois. Sans y parvenir. Un grognement de colère roula dans sa poitrine. Il laissa retomber sa main sur ses genoux.

Kirisha enfonça ses ongles dans le poignet de Makéda qui voyait les perles de sueur recouvrir le front et les tempes de son père. D'un coup, sa peau parut terne et sembla engloutir la lumière du jour.

Avec un effort bien visible, Akébo désigna Zacharias du menton et demanda :

– Que faisait-il sur la mer ?

Élihoreph aussi avait deviné la fatigue soudaine de son maître. Il hésita. Dressé sur ses coussins,

Myangabo claqua de la langue en roulant des yeux. Le vieux scribe souffla la question à Zacharias. Sa réponse parut bien longue.

– Zacharias dit : Je navigue sur les mers au nom de mon roi Salomon. Sa curiosité n'a pas de fin. Il aime tout savoir de ce qui l'entoure. Il aime aussi faire du commerce quand cela se peut. Des choses précieuses se trouvent ici et pas là. Des arbres poussent dans ce pays-ci et pas dans celui-là. On raconte qu'au sud de la mer il existe un pays qui se nomme le pays de Pount. On y trouve de l'or et des encens en quantité. Salomon souhaite de l'or pour embellir le Temple qu'il érige à Jérusalem. Et aussi de l'encens et de la myrrhe pour que les prêtres puissent sacrifier à Yahvé, car la coutume veut qu'on offre à l'Éternel…

D'un souffle rauque, Akébo l'interrompit :

– Vous êtes un peuple de bavards. Et votre dieu unique a beaucoup trop de noms !

Il chercha un ricanement au fond de sa poitrine. Il n'en tira qu'un soupir.

Tan'Amar surveillait chacun de ses gestes. On le devinait prêt à le soutenir. Akébo gronda à l'adresse de Zacharias :

– Moi, je suis Akébo le Grand, fils de Hagos, roi de Saba. Je connais tous les peuples qui entourent mon royaume du lever au coucher du soleil. Il n'existe nulle part de pays de Pount. C'est ici, à Saba, le royaume de l'or et des encens…

Ses mots se suspendirent, sa bouche demeura béante. La sueur à présent ruisselait sur ses joues. Le souffle rauque, le poing pressé sur sa poitrine, il bascula sur le côté en s'agrippant à Tan'Amar.

Les servantes poussèrent le même cri que Kirisha.

Myangabo, malgré sa corpulence, fut debout aussi promptement qu'Himyam. Il héla les gardes. Sans ménagement, Zacharias et les scribes furent repoussés hors de la terrasse.

Une bave amère et puante coulait des lèvres d'Akébo. Ses poings retenaient si violemment les bras de Tan'Amar qu'il l'immobilisait dans une posture grotesque, comme s'il cherchait, une dernière fois, à vaincre un ennemi.

Il fut difficile de le placer sur le brancard que les gardes apportèrent en courant.

Figé sur son bâton telle une statue d'Égypte, Himyam les regarda tous disparaître en grimaçant plus horriblement qu'on ne l'avait jamais vu.

*
* *

Malgré les compresses, les baumes, les onguents, les encens, Akébo lutta jusqu'au soir pour seulement faire aller et venir son souffle. Il paraissait ne plus entendre, ne plus rien voir, ne plus rien sentir. Par instants son puissant corps se tendait, plus dur qu'un bois lavé par la pluie. Un râle lointain, incessant, vibrait dans sa poitrine. Sous ses paupières, ses yeux tournaient telles des billes folles.

Kirisha ravalait ses larmes, le caressait, incapable d'ôter les mains de son corps. Et quand elle trouvait ses paumes trop inutiles, elle y posait la bouche en longs baisers de passion.

Accroupie dans un coin de la chambre royale, Makéda demeurait silencieuse, immobile, aux aguets.

Partout dans le palais, la fumée des encens tournoyait au-dessus des autels d'Almaqah. Dans l'enceinte du temple, les flammes du sacrifice dansaient haut dans les coupoles de bronze tandis que dans le vestibule du sanctuaire, où Himyam conduisait sans relâche le chant des prières, la myrrhe âcre incendiait les gorges et les narines.

Tan'Amar avait disposé ses gardes aux portes du palais et dans les cours. Il allait des unes aux autres en une ronde infernale, comme si une armée de démons menaçait Axoum. Seul, isolé sur la terrasse de la chambre royale, Myangabo s'était affalé à nouveau sur ses coussins et demeurait tremblant, ingurgitant, sans plus s'en rendre compte, une bière trop chaude qui l'enivrait et le poussait à des marmonnements incompréhensibles.

À la tombée du jour, alors que le rouge du soleil nappait de pourpre les poutres des plafonds, Akébo eut un soupir aigu. Un souffle étrangement paisible s'ensuivit, son râle douloureux cessa. Puis un murmure passa ses lèvres sèches.

Kirisha s'écria :

— Mon époux, mon roi !

Makéda était déjà debout, à son côté. Akébo ouvrit les paupières. Ses yeux brillaient et se mouvaient comme s'ils cherchaient où se poser. Kirisha l'appela à nouveau. Makéda saisit son poing amputé comme elle le faisait lorsqu'elle était enfant.

— Mon père bien-aimé, je suis là, moi, Makéda, ta fille.

Elles ne furent pas certaines qu'il entendait.

Les muscles de son cou se durcirent. Il voulut tourner la tête. Elle ne bougea qu'à peine. Un marmonnement las mais distinct franchit sa gorge.

Il réclama de l'eau.

On se précipita.

Il but lentement. La pénombre prenait possession de la pièce. Les traits de son visage, pourtant si nets et si forts, paraissaient curieusement s'estomper. Avec le même chuchotement calme qu'il avait réclamé à boire, il déclara :

— Je suis dans la nuit. Mes yeux ne veulent plus rien voir.

Kirisha approcha son visage du sien, chuchota qu'elle était là, là tout près, là pour toujours mon amour.

– Sens ma main, mon roi d'époux !

Akébo répondit, la mâchoire serrée :

– Je t'entends, bien-aimée. Mes mains ne veulent plus de moi. Je ne te sens plus.

Kirisha se mordit les lèvres, contraignit son visage dévasté à une grimace de sourire afin qu'Akébo, même aveugle, ne devine pas son malheur.

– Je te soigne, amour, mon roi. Je suis là, contre ta bouche. Tes mains sont dans les miennes, je te sens pour nous deux !

Makéda demeurait sans bouger, sans oser rompre ce chant des amants.

– Almaqah n'est plus loin de moi, constata Akébo.

Kirisha répondit :

– Akébo, fruit de mon cœur, roi de ma vie, Almaqah ne t'emportera jamais assez loin pour que je t'oublie. Tu coules dans le sang de mon corps.

Les servantes voulurent apporter des lampes. Devinant Akébo réveillé, elles se précipitèrent dans la pièce. Makéda les chassa avec colère. À cet instant, la voix de son père l'appela :

– Makéda ! Reine de Saba, ma fille…

Elle s'accroupit de l'autre côté de la couche, saisit les mains de Kirisha et de son père entre les siennes. D'une voix trop aiguë et trop tremblante, elle dit :

– Tu t'es réveillé alors que le soleil du soir touchait les poutres, mon père. Râ veille sur toi. Je vais courir au temple chanter et sacrifier pour qu'il garde sa paume sur toi…

Akébo dut faire un effort pour décrisper ses mâchoires et marmonner :

– Reste près de moi. Râ ne se soucie que de Pharaon. C'est Almaqah qui vient me chercher. Je le sais.

153

Kirisha serra si fort les dents sur ses lèvres que le sang y perla.

– Épouse de Maryab! Épouse de Maryab, ne gémis pas, souffla Akébo comme s'il devinait sa plainte. Toi non plus, fille d'Akébo. Sois prête. Accomplis ta promesse. Le poison qui me tue est un poison de serpent.

– Shobwa sera châtié, mon père. J'irai à Maryab châtier et venger. J'entrerai dans le temple de ma mère Bilqîs.

Akébo ne répondit pas. Makéda crut qu'il n'avait pas entendu.

Kirisha dégagea ses mains et enlaça son amour comme s'il risquait de tomber.

Sur le pas de la porte se tenaient maintenant Myangabo et Himyam. À la vue des deux femmes accroupies autour du roi, ils n'osaient plus franchir le seuil, retenant derrière eux toute la maisonnée des serviteurs et servantes du palais.

La voix d'Akébo jaillit comme un cri et les fit tous trembler :

– Makéda!

– Mon père…

– Reine de Saba!

– Roi mon père, je suis là. Je t'entends.

– Ne te soucie pas que de vengeance et de guerre… Trouve le roi de sagesse!

La mâchoire d'Akébo se tendit si violemment que les muscles saillirent de ses joues. Les mots ne purent passer ses lèvres. Ses deux doigts de guerre se crispèrent sur les doigts de Makéda comme pour les briser.

Kirisha ne retenait plus ses larmes. Dans sa poitrine roulait un gémissement dont elle n'avait pas conscience.

Enfin le spasme cessa, les muscles d'Akébo s'amollirent. Un long feulement de noyé passa sa gorge.

Le silence fut soudain et immense.

Avec un calme et une douceur qui interdirent aux autres le moindre mouvement, Kirisha s'allongea sur la couche au côté d'Akébo. Elle baisa longtemps sa bouche qui refroidissait.

5

Axoum

Deux jours durant, le peuple d'Axoum pleura son roi et chanta ses louanges.

Au troisième jour, le corps d'Akébo, parfumé d'encens, oint de myrrhe et vêtu de sa cuirasse de guerre, apparut sur le pelage noir de trois chameaux de combat. Tan'Amar et ses gardes le transportèrent jusqu'au grand sanctuaire d'Almaqah. Ils déposèrent leur fardeau dans la vasque des crémations, disposèrent autour de lui son glaive de bronze, son arc et les flèches qui, plus d'une fois, avaient atteint leurs cibles à treize toises.

Himyam prit une torche des mains d'un prêtre et alluma le brasier. Sous l'effet d'un tremblement involontaire, son bâton frappait le sol à petits coups ainsi qu'une masse sur la peau d'un tambour. Les contractions qui déformaient son visage révélaient si crûment sa tristesse que les yeux se détournaient. À son côté, Myangabo, chancelant, tendait ses mains dodues devant lui, les paumes offertes au ciel et au regard des dieux.

Makéda demeura sur les marches du sanctuaire, à la place que seule pouvait occuper la reine de Saba. Ses traits ne bougeaient pas. Les larmes gonflaient ses paupières.

Le corps brûla jusqu'au cœur de la nuit. Le brasier fut vite intense. Les flammes gesticulèrent à plusieurs hauteurs d'homme.

La foule d'Axoum demeura autour du temple, criant et pleurant jusqu'à ce que les trompes, sculptées dans des cornes de bélier, sonnent sept et sept fois, annonçant que le corps du roi de Saba n'était plus que cendres. Tous avaient pu sentir les parfums de Saba dans les fumées de la crémation, ainsi qu'il arrive pour ceux qu'Almaqah accueille à son côté.

Couverte de voiles de lin blanc qui ne laissaient deviner d'elle qu'une silhouette raide, les épaules voûtées, Kirisha se refusa à quitter l'enceinte du temple et la vue des braises qui emportait Akébo dans l'énigme de l'autre monde.

Elle s'y trouvait encore quand l'aube sans rosée dessina son ombre sur les marches du sanctuaire.

Les prêtres apportèrent le bouclier en cuir de buffle bardé d'or du roi de Saba et y déposèrent les cendres d'Akébo. Tan'Amar et Makéda le saisirent. Ils le transportèrent jusqu'au cœur du sanctuaire, une vasque de bronze entre sept piliers de cèdre peints aux couleurs vives de l'arc-en-ciel.

Tandis que les cendres d'Akébo s'y écoulaient en diffusant une poussière pâle, Tan'Amar fut le seul à entendre les paroles que fredonnait Makéda :

Ô mon roi, mon père,
père de mes joies, roi de mes années,
très bon et très sage,
visage de joie, paroles d'amour,
ta fille est sculptée par ta mémoire
noire et magnifique.
Joie pour nous
joie pour toi,
l'amour est fort comme la mort.

Allez, disparais,
deviens un fauve bondissant
au-dessus des montagnes parfumées.

Au crépuscule, Makéda monta jusqu'au temple de Râ avant que le soleil s'engloutisse dans l'horizon déchiqueté des montagnes. Mais quand le disque rouge et énorme se posa entre les pics et les vallées ruisselant de pourpre et qu'elle voulut inventer un chant pour confier l'âme de son père au dieu de Pharaon, pas un mot ne trouva le chemin de son cœur et de ses lèvres.

Elle sut qu'Akébo avant de mourir avait dit la vérité. La paume de Râ ne s'étendait que sur Pharaon.

De retour au palais, elle désigna cinq jeunes filles pour aller entretenir les feux du temple à sa place. Lorsqu'elles lui demandèrent si elles devaient aussi alimenter les vasques de sacrifice, Makéda répondit que c'était inutile.

– Seulement les feux. Je veux qu'on les voie la nuit. Je veux aussi que nul ne monte les marches du temple à part vous.

Elle fit ranger dans un coffre sa tenue de grande prêtresse de Râ. De ce jour, elle apparut au peuple d'Axoum dans une robe nouvelle : une tunique où les fils d'or alternaient avec des fils d'un bleu indigo et de pourpre. Brodés sur la poitrine, de longs entrelacs soulignaient la fermeté opulente des seins avant d'enlacer la taille comme une ceinture. Cousue près du corps, cette tunique révélait combien en quelques mois Makéda avait atteint la grâce accomplie des femmes faites. Mais seules les servantes qui l'habillaient au matin avaient accès à cette splendeur. Les regards des hommes devaient la deviner au travers des capes légères et simples qui la voilaient et la protégeaient de leur curiosité.

Un lourd anneau d'or posé sur son front retenait l'abondance de sa chevelure. Il brillait du même éclat intense que son regard. Sa bouche s'était durcie dans le deuil et en conservait la marque, accordant à la beauté de son visage une puissance qui n'était plus seulement celle de la séduction.

*
* *

Deux soirs encore, les cours du palais demeurèrent silencieuses. On eût dit que l'absence d'Akébo écrasait tous les bruits, jusqu'aux caquètements et aux trilles des oiseaux.

Au cœur de la troisième nuit, retentit soudain un grand vacarme d'appels et de trompes. Makéda se réveilla en sursaut, l'oreille aux aguets. Elle reconnut le grincement de la grande porte puis la voix puissante de Tan'Amar lançant des ordres dans la cour des hommes.

Elle quitta aussitôt sa couche pour envoyer des servantes aux nouvelles. Revêtue d'un manteau léger sur sa tunique de nuit, elle monta sur la terrasse royale où elle fit allumer des torches. Elle s'assit dans le grand siège d'ébène où son père avait coutume de prendre place. Elle était à peu près certaine de ce qu'elle allait entendre.

Après un court instant, Tan'Amar surgit sur la terrasse. Himyam, le bâton haut levé, arriva à sa suite.

– Un messager de Saba ! annonça Tan'Amar. Il y a trois jours, les espions que nous avons placés en mer ont rencontré des pêcheurs venus de Makka'h, sur la rive de Maryab. Selon eux, une grosse flotte de birèmes de guerre fermait le port, prête à tendre les voiles. Nos hommes sont revenus le plus vite possible et un messager a épuisé trois chameaux pour nous prévenir.

– Combien de bateaux ?

– Les pêcheurs n'ont pu dire un nombre précis. Plus de dix sans doute. Et un très grand nombre de guerriers. La rumeur dans les villes de l'autre rive veut que les seigneurs de Kamna et Kharibat aient convaincu une nouvelle fois les mukaribs des autres cités du Nord à faire alliance avec eux. Le nom de Shobwa court sur toutes les lèvres pour dire qu'il mènera le combat contre nous.

Makéda esquissa un sourire.

– Depuis toujours, ces mukaribs sont des lâches. Ils ne livrent combat que lorsque leur victoire est certaine. Shobwa et les seigneurs de Kamna et Kharibat les ont assurés qu'il serait aisé et sans danger de combattre la fille d'Akébo. Ils savent depuis des jours qu'une mort certaine avançait dans le corps de mon père. Pour une fois, ils se montrent plus malins qu'à l'ordinaire. En tuant Akébo le Grand, ils nous attirent ici quand nous devrions être à Sabas pour les recevoir.

– Nous ne sommes pas aussi démunis qu'ils le souhaiteraient ! protesta Tan'Amar. Chacun est déjà sur le pied de guerre à Sabas. Les équipages des bateaux capables de naviguer sont prêts à manœuvrer.

Makéda ne voulut pas contredire la confiance de Tan'Amar. Il n'y avait à Sabas que trois navires en état de combattre. Les forces étaient bien trop inégales pour affronter Shobwa dans un combat de mer en face à face. Sans compter un nombre bien faible de guerriers.

Himyam ne la quittait pas des yeux. Peut-être devina-t-il les pensées de Makéda. Il rétorqua avec calme :

– Les bateaux des mukaribs de Kamna et Kharibat sont nombreux, mais ils n'auront plus l'avantage de la surprise. Comme à son habitude, Shobwa se montre timoré. Ses navires ne devraient pas attendre de l'autre côté de la mer. Ils devraient déjà être devant nos côtes.

– Ils ont voulu avoir la certitude qu'Akébo ne se dresserait pas devant eux. Ils ignorent qui tu es, sourit Tan'Amar avec un regard vers Makéda.

– Alors ils vont me connaître. Qu'Almaqah choisisse la tête où il étendra sa paume! gronda Makéda.

Se glissa dans son ton rageur et impatient un accent d'autorité qui rappelait celui de son père. Himyam plissa les joues avec contentement.

– Fais sonner le réveil. Inutile d'attendre l'aube pour se mettre en route.

Comme Tan'Amar courait déjà hors de la terrasse, Makéda retint le vieux sage de son père.

– Je te veux avec moi à Sabas.

Himyam écarquilla des yeux, la protestation sur les lèvres. Il détestait ces courses folles où l'on souffrait le martyre sur la bosse des chameaux. Depuis leur fuite de Maryab, il avait pris soin de n'en pas subir d'autre. Makéda sourit, moqueuse.

– Que je gagne contre Shobwa ou que je perde, j'aurais besoin de toi près de moi. C'est là mon premier combat et je n'ai pas assez d'orgueil pour l'oublier.

– Tan'Amar sera à ton côté et je ne suis pas un homme de guerre, comme tu le sais.

– Tu as été près de mon père chaque fois qu'il a affronté ses ennemis. Il ne t'aurait pas voulu ailleurs. Et, aujourd'hui, il te veut près de sa fille. Prends une journée de plus pour nous rejoindre et ne pas briser tes vieux os, mais ne tarde pas trop.

Les trompes sonnaient déjà. En un rien de temps, le palais fut illuminé. Un brouhaha de cris, de courses, d'appels résonna entre les murs. L'agitation gagna les enclos hors de l'enceinte. Excités par les torches et devinant avec un flair sûr la prochaine course, les chameaux de combat se mirent à baréter. La nuit parut soudain vibrer d'un immense et brutal hurlement rauque.

Revêtue rapidement de l'ample tunique de monte et de la cape en laine de chèvre qui protégeait du gel de la nuit, Makéda serra Kirisha contre elle. Elle tremblait de demeurer seule, s'agrippa au cou de Makéda pour supplier :

– Ne va pas mourir toi aussi !

– Je vais vaincre, Kirisha, chuchota Makéda à son oreille. Et nous irons ensemble à Maryab. Tu retrouveras tes sœurs et ton pays. C'est une promesse que je te fais. Tu sais que je tiens mes promesses.

Un instant plus tard, Tan'Amar lui apprenait que ses guerriers étaient prêts. On n'attendait que son ordre pour se lancer dans la nuit. Elle convoqua Myangabo. Il l'écouta, le regard éberlué, encore brumeux de sommeil.

– Tu seras le maître ici en mon absence, mon oncle. Sois prudent. Les fourbes de Maryab ont sans doute semé quelques espions dans Axoum pour fomenter un mauvais coup dès que nous serons partis.

– Ah ! Voilà ce que je crains, laissa-t-il échapper sombrement.

– Tu sauras faire face. Et ne sois pas clément si tu dois punir.

– Je déteste ce que tu me dis, reine ma nièce !

– Mais moi, je te fais confiance. Ne te laisse pas endormir par le calme de la ville… et le reste.

Et comme ils allaient sortir dans la cour, elle demanda :

– Les scribes et l'étranger sont-ils toujours dans le palais ?

– Serrés dans la même pièce où nous les avons mis à la mort de mon frère.

– Confie-les à Himyam. Qu'il les conduise à Sabas tous les trois. Ils lui tiendront compagnie pour le voyage. Je voudrais encore entendre ce Zacharias qui aime tant son roi. Il y a bien des choses qu'il a tues.

6

Sabas

C'était une caravane de plus de cent bêtes. Tan'Amar avait fait doubler le nombre des chameaux de combat afin que les hommes puissent sauter d'une monture à l'autre toutes les trois ou quatre heures. En outre, une vingtaine de bêtes transportaient les armes et les tentes.

Ainsi, sans prendre de repos, même lorsque le soleil au zénith brûlait la poussière de la piste, mangeant, buvant et sommeillant sur leurs selles, ils purent maintenir un train infernal et approcher Sabas avant qu'un nouveau jour se lève.

Selon les ordres laissés par Tan'Amar avant son départ, pas un feu ne signalait l'enceinte du port dans la nuit. Pas une torche où une coupe de bitume n'était allumée. Dans les maisons de la cité, les entrepôts, sur les digues ou dans les masures à peine rafistolées depuis la tempête, pas une lampe ne devait servir de repère à la flotte ennemie.

Cette obscurité fut d'un grand soulagement pour Makéda et Tan'Amar. Elle était le signe presque certain qu'aucune attaque des mukaribs n'avait encore été menée. Durant leur folle course, ils avaient tant redouté de découvrir les flammes d'un incendie, les ruines et les pillages d'un combat déjà perdu, qu'ils s'étaient presque convaincus d'arriver trop tard.

Cependant, la lune était dans son premier quart. Elle permettait à peine de suivre la piste et empêchait de voir si des navires, au large, assiégeaient le port. En outre, il n'était guère aisé de conduire une troupe si nombreuse sans éveiller l'alentour de la ville. Rien ne portait plus loin sur la mer que les bruits nocturnes sur la côte. Ils risquaient d'ameuter l'ennemi s'il n'était pas trop loin.

Bien que fourbus, les reins brisés, ne désirant que hâter le moment du repos, ils ralentirent le pas des chameaux pour la première fois depuis Axoum. Ils progressèrent avec une prudence redoublée jusqu'à la grande porte de la ville.

Hélas, l'appel de Tan'Amar aux veilleurs ruina tous leurs efforts. Surpris et effrayés, les gardes sonnèrent l'alarme. Après quoi, faire ouvrir les portes nécessita du temps et de l'énervement. On ne les attendait pas si tôt. On se défiait d'un piège. À bout de ressource et de colère, Tan'Amar fit allumer la mèche d'une lampe et illumina son visage furieux. Aussitôt, les gonds de la porte doublée de bronze grincèrent.

Lorsque enfin la chamelle qui portait Makéda s'agenouilla en frissonnant dans la cour du petit palais, la bonne nouvelle jaillit en même temps de dix bouches. Au dernier crépuscule, aucun bateau ennemi n'avait été aperçu à l'horizon. Par chance, les vents des trois derniers jours avaient été faibles, irréguliers, soufflant du sud, en direction opposée à la flotte des mukaribs et sans doute la retardant.

Comme Makéda s'inquiétait malgré tout de découvrir les bateaux ennemis devant Sabas à l'aube prochaine, on l'assura que c'était peu probable. Il faudrait pour cela que les bateaux des mukaribs manœuvrent exclusivement à la rame.

C'était impossible avant un combat car les rameurs se trouveraient épuisés avant même qu'on exige d'eux le gros de leur effort.

Makéda se rappela les paroles d'Himyam. Shobwa et les seigneurs de Kamna et Kharibat n'étaient que des pleutres. Ils n'avançaient qu'à coup sûr. À attendre que leurs espions accourent d'Axoum pour confirmer la mort d'Akébo, ils avaient ruiné leur piège.

De plus, à prendre ainsi tout leur temps, ils avouaient qu'ils ne la croyaient pas capable de les affronter. Akébo disparu, ils se pensaient invincibles. Une faute doublement stupide, un aveuglement dont il fallait profiter.

*

* *

Après un bref sommeil, alors que le jour bleuissait à peine sur la mer, Makéda rejoignit sur la grande terrasse Tan'Amar et ses officiers.

Le soulagement du soir faisait place à plus de circonspection. Le vent s'était levé dans le dernier tiers de la nuit. Un vent aux rafales longues et dures qui, cette fois, venait du nord-est, c'est-à-dire des côtes de Maryab.

– Un bon vent pour eux et plus difficile pour nous, grommela l'un des trois patrons des birèmes neuves prêtes à jaillir du nouveau port.

Cependant l'horizon laiteux demeurait vide. Ils avaient beau scruter, ils ne voyaient que les rides incessantes de la houle et le vol souple des pétrels sur les bancs de poissons.

Soudain quelqu'un cria. Venant du nord, longeant au plus près la côte encore trouée d'ombres, une voile se dessinait lentement.

Une seule voile.

Ils suspendirent leurs souffles, aiguisèrent leurs regards.

La voile grandissait très lentement. On devina des silhouettes debout sur la proue, la voile d'un bleu si léger qu'il se liait à celui de la mer. Ce n'était pas un bateau de guerre mais une de ces grosses barques ventrues dans lesquelles on transportait des jarres ou des couffins de fruits d'une crique à l'autre. Un marin s'écria :

– C'est Tamrin ! Tamrin est de retour !

Deux jours plus tôt, un jeune officier du nom de Tamrin avait couru le risque de prendre la mer avec une simple barcasse. Il voulait aller à la rencontre de la flotte ennemie. La description qu'en avaient faite les pêcheurs de Makka'h était trop imprécise, en nombre et en genre de bateaux, pour qu'on pût bien se préparer à la combattre. Mais l'incertitude des vents avait fait craindre qu'il ne puisse être de retour avant que les birèmes de Shobwa ne paraissent devant Sabas.

Il y eut une belle animation sur le port. Guerriers en cuirasse, marins de guerre et pêcheurs se pressèrent sur la grève au milieu des carcasses de barques qu'on y avait tirées après la tempête et qui restaient à l'abandon. Deux hommes mirent à l'eau une embarcation légère, à doubles rames. Elle fila telle une flèche jusqu'à la coque ventrue qui tanguait encore à deux cents coudées.

Depuis la terrasse du petit palais, Makéda devina une silhouette qui y sautait. Il ne fallut plus beaucoup de temps avant que les gardes conduisent devant elle un homme à l'abondante chevelure bouclée serrée dans un tissu informe. Sa barbe scintillait de cristaux de sel. Ses lèvres enflées, craquelées par le soleil et la mer, n'ôtaient rien à l'élégance de ses traits. À son nez puissant aux narines étroites, à son regard sans détour, Makéda reconnut un vieux lignage de Saba. Sa tunique délavée et crasseuse, déchirée et pesante encore des embruns, dévoilait sa vigueur.

Il s'inclina dans un salut plein d'aisance et de respect.

— Puissante reine, dit-il en se frappant le front, je suis ton serviteur.

Elle approuva d'un signe léger.

— Je t'écoute.

— J'ai vu leurs bateaux hier, alors que le soleil était encore loin de se coucher. Les pêcheurs ne s'étaient guère trompés. J'en ai compté dix…

Un grognement de dépit salua la nouvelle. Tamrin précisa aussitôt :

— Mais ce ne sont pas tous des birèmes de combat. Je n'en ai compté que cinq. Les autres sont des gros navires de marchands. Ceux-là, leurs ponts sont noirs d'hommes en armes.

— Ah, voilà ! s'exclama un marin. Ils ne veulent pas d'un seul combat de mer. Les birèmes nous amuseront pendant qu'ils lanceront une grosse troupe dans le pays.

— Shobwa veut atteindre Axoum, gronda Tan'Amar. Il veut s'y montrer comme s'il avait osé combattre Akébo le Grand en duel !

— Quand seront-ils ici ? demanda Makéda à Tamrin.

— Pas avant cette nuit, ma reine. Avec le vent qui se remet à souffler, leurs birèmes pourraient aller plus vite, mais elles doivent attendre les autres.

— Tu es certain de cela ?

Le regard intense de Makéda retint celui du jeune officier. Il sentit l'attention tout entière peser sur lui. Il prit le temps d'une réflexion qui n'était pas une hésitation.

— Oui, ma reine.

Il pointa la barcasse à voile bleue qui approchait maintenant du port.

– Notre barque est lente et lourde. Elle prend mal le vent de travers et ne se manœuvre pas à la rame. Les birèmes sont beaucoup plus rapides. Elles auraient pu être ici avant moi. Si on ne les voit pas, c'est qu'elles ont réglé leur allure sur les barcasses de transport. Donc, elles n'arriveront pas avant la nuit.

Les autres marins approuvèrent. Makéda apprécia la réponse et remercia d'un sourire.

– Ma reine, dit un patron de birème, nous n'avons que trois bateaux prêts au combat, mais dans un combat d'abordage, avec une bonne manœuvre, notre infériorité n'est pas si grande.

– Bien trop risqué, répliqua durement Makéda. Il ne nous faut pas seulement détruire leurs navires de combat, je veux que pas un seul des guerriers de Shobwa ne puisse poser le pied sur notre rive. Jamais je ne laisserai les traîtres de Maryab souiller la terre de mon père. Nous devons couler leurs bateaux. Tous ! Je veux une victoire dont ils se souviennent longtemps.

– Nous n'avons pas le nombre, ma reine !

– Je sais. Et alors ? Le nombre est l'arme des lâches et des imbéciles. Trouvez donc la ruse qui nous rendra plus forts. Ne vous laissez pas impressionner. Les seigneurs de Kamna et Kharibat ne sont que des sots vaniteux. Mon père m'a appris que ce sont là deux défauts qui affaiblissent plus que tout.

*
* *

Ce discours de Makéda, ce feu de rage et d'assurance qui brillait sur ses traits, firent grande impression sur ces hommes de guerre qui tous avaient déjà combattu pour Akébo. S'ils avaient redouté, dans les jours précédents, d'être soumis à la volonté d'une femme si jeune et si inexpérimentée, ils retrouvaient dans l'orgueil de la fille et son goût de la victoire cette intransigeance qu'ils avaient tant admirée chez le père.

Néanmoins, la ruse, ils la cherchèrent tout le jour en vain tandis que les guetteurs anxieux fixaient la mer nue et éblouissante.

À chaque idée nouvelle, on venait devant Makéda. Elle écoutait, demandait des explications, des précisions. Chaque fois, les pièges paraissaient vite trop communs ou trop incertains. Ou risquaient de coûter trop de vies, et elle ne pouvait s'y résoudre.

Le temps filait, les ombres de l'après-midi s'allongeaient, rendaient anxieux les officiers et les patrons des birèmes. Tan'Amar lui-même devenait de plus en plus nerveux. Il s'éloignait sans cesse de la terrasse pour rejoindre les guetteurs ou vérifier une ultime fois que ses guerriers se tenaient prêts au choc du combat sur terre, que l'on soignait les bêtes et qu'elles se reposaient de leur folle course de la veille.

Du mieux qu'il le pouvait, il cachait son agacement de voir Makéda repousser toutes les propositions. Après la fermeté du matin elle paraissait prendre son temps ou montrait peut-être une indécision qui le mortifiait.

Au moins le jugement du jeune Tamrin ne fut pas démenti. Alors que le soleil commençait à redescendre sur l'horizon, les voiles ennemies demeuraient invisibles.

Si les trompes sonnèrent tout d'un coup, attirant une foule sur les chemins de ronde, ce fut pour annoncer l'approche d'une caravane. Qui se révéla être celle d'Himyam. Malgré ses ronchonnements, le vieux sage n'avait guère traîné en route.

Les yeux presque clos, agrippé à son bâton, il voulut connaître toutes les nouvelles de la bouche même de Makéda avant d'aller prendre du repos. Quand elle se tut, il souleva à peine les paupières.

– C'est bien, marmonna-t-il. Tu as raison, il faut songer à la ruse. Ton père a toujours vaincu par la force, mais seulement parce qu'il ne l'exerçait qu'après la ruse.

– Encore faut-il la trouver, cette ruse, intervint sèchement Tan'Amar, et avant que l'ennemi soit devant nous.

Son ton fut assez grinçant pour qu'Himyam lui jette un bref coup d'œil.

– Très juste.

La grimace de son sourire inquiétant s'esquissa.

– Notre reine ne l'a pas trouvée ?

– J'ai entendu beaucoup de suggestions, répliqua Makéda paisiblement. Rien qui me donne envie de décider.

Posant ses doigt longs et légers sur le poignet de Tan'Amar, elle retint sa protestation.

– Ne sois pas si impatient et fais-moi encore confiance. Aucune voile n'est en vue et la nuit n'est plus loin. Nous aurons le temps pour nous préparer.

– Nous préparer à quoi, si nous n'avons pas de plan ?

– Qui te dit que je n'en ai pas ? Et à quoi sert un piège s'il est tendu trop tôt ?

– Tu crains encore des espions, ici ? Et même s'il y en avait, comment pourraient-ils avertir les navires en pleine mer ?

– Nous combattons le serpent, ne l'oublie pas.

Makéda désigna les collines et les criques resserrées de la côte.

– Comment être sûr que des guetteurs ne se tiennent pas cachés dans les broussailles, prêts à faire des signaux de feu dans la nuit ? Jusqu'à présent,

Shobwa n'a excellé que dans un seul domaine : la fourberie. C'est ainsi qu'il a tué mon père. Ne sous-estime jamais les inventions de sa langue fourchue !

Himyam approuva d'un petit grincement réjoui, tapota le sol de son bâton.

– C'est bien, notre reine. Tu apprends vite. Bien, bien… Je vais enfin pouvoir dormir en paix… Ces Hébreux qui ont secoué leurs fesses avec moi tout au long de la route m'ont mis au supplice. Akébo avait mille fois raison. Quels bavards que ce peuple ! Tu poses une question et ils semblent répondre à mille autres.

7

Sabas

Au soleil couchant, Makéda réunit autour d'elle
Tan'Amar et ses officiers, ainsi que les trois capitaines des birèmes. Réveillé par une servante, Himyam
vint joindre à eux son visage sans âge, fripé comme
un vieux cuir. Un instant plus tard, intimidé d'être
convoqué parmi ces chefs, Abo-aliah, le maître char-
pentier des birèmes, se montra, serrant timidement
un bonnet de coton entre ses gros doigts.

Avant que la brume du crépuscule dissolve la
limite entre mer et ciel, l'air devint un bref instant
d'une parfaite transparence. Les yeux exercés des
marins purent deviner les ombres translucides et
délicates des montagnes de la rive opposée qui
s'affalaient dans la mer Pourpre.

Nulle part on ne discernait le point noir d'un
navire, la teinte légère d'une voile et encore moins
l'amas menaçant d'une flotte.

Makéda se tourna vers le jeune Tamrin.

– Tu as bien jugé, lança-t-elle avec un regard
aimable.

Et s'adressant aux capitaines elle demanda :

– Sont-ils capables de naviguer de nuit ?

– Les marins de Makka'h sont habiles. Ils savent
se diriger avec les étoiles. Cette nuit le ciel sera
clair…

Un autre intervint avec vigueur :

– Nous connaissons leurs manœuvres, ma reine. À la toute première lueur de l'aube prochaine, ils seront là devant nous, les voiles tendues et les rames levées. Les birèmes se jetteront sur nos ports, l'ancien et le nouveau. Avec la plus grande vitesse, afin de nous empêcher toute manœuvre. Peut-être garderont-ils une birème de réserve pour protéger les cinq barcasses transportant les guerriers. Ils n'attendront pas que le port soit pris pour déverser leurs hommes sur les digues. Ils fonceront dans la grande crique, au nord. L'accostage y est possible et elle n'est qu'à quatre ou cinq cents coudées des portes de l'enceinte. Ainsi, ils pourraient nous prendre en tenaille entre la terre et la mer.

Makéda approuva avec un sourire.

– Alors voici ce que nous allons faire.

Longuement, en donnant beaucoup de précisions, elle parla, tandis que dans leur dos le soleil immense et rouge s'enfonçait dans la terre de Saba.

D'abord, ils froncèrent les sourcils. Puis un sourire étira leurs lèvres. Le caquètement amusé d'Himyam retentit. L'inquiétude qui avait crispé leur front tout au long du jour s'effaça.

Quand Makéda se tut, l'ombre de la nuit rampait déjà tel un fauve sur la mer vide. Ils n'y jetèrent un regard que pour s'en assurer. Tan'Amar posa quelques questions. Les capitaines des birèmes ajoutèrent quelques avis et suggestions bienvenus. Abo-aliah montra une belle assurance face à la tâche imposante qui l'attendait pour la nuit.

– Ce sera fait, ma reine. Les charpentiers auront terminé avant l'aube.

Et quand il fallut désigner le chef de la mission la plus dangereuse, Tamrin se proposa sans hésiter. Les autres opinèrent.

– Alors qu'il en soit ainsi, conclut Makéda. Les traîtres de Maryab auront demain une jolie surprise. Qu'Almaqah étende sa paume sur nous, et nous ouvrirons bientôt les portes de Maryab et du temple de ma mère Bilqîs ! Il est un chant qui dit :

Il est un temps pour aimer
un temps pour haïr.
Il est un temps de guerre
un temps de paix,
une saison pour tous les désirs,
et un seul souffle pour nous tous
qui sommes le fruit
de nos promesses !

L'instant suivant, quand les hommes quittèrent la terrasse d'un pas pressé, un frisson les parcourait encore d'avoir entendu ce chant sortir de la poitrine de leur reine.

*
* *

Dans l'heure qui suivit, l'interdiction d'allumer des torches fut levée. De loin, dans l'obscurité nocturne, on pouvait croire que Sabas reprenait le cours ordinaire de ses nuits et s'en faisait, en toute inconscience, une fête.

En vérité, une activité intense animait les plages, le port et les ateliers. Chacun travaillait si bien à sa besogne que très peu se rendirent compte que les trois birèmes en état de combat quittaient l'abri de leur digue. Mues par le seul effort des rameurs, elles se perdirent dans l'obscurité.

Dans le même temps, Himyam prenait l'ordre du temple sous son autorité. Il ordonnait d'allumer les vasques de sacrifices autour du petit autel d'Almaqah et d'y jeter sans compter les encens qui plaisaient tant aux dieux. Bientôt, tandis que la fumée odorante sinuait dans les ruelles et jusqu'aux feux du port, guerriers et officiers de Tan'Amar vinrent lancer ces prières ferventes qui précédaient les combats.

Loin du tohu-bohu, Makéda demeura dans les hautes pièces de sa petite maison transformée en palais. Avec autant de calme que si une promenade l'attendait à l'aube, elle prit son bain du soir. Elle se fit délasser les épaules par les servantes et parfumer d'huile d'ambre et de benjoin. Enfin, revêtue d'une tunique chaude dont elle recouvrit la broderie de poitrine d'un collier de lamelles d'or, elle demanda qu'on amène devant elle Zacharias, Élihoreph et A'hia.

Les trois Hébreux apparurent dans un triste état. La course depuis Axoum leur avait creusé les joues, la fatigue leur gonflait les paupières. Plus que jamais, dans la lumière ondoyante des lanternes et des mèches des lampes, leur teint paraissait terriblement livide. De ses mains osseuses et tavelées, Élihoreph serrait sa barbe immense contre sa poitrine. Mais ses poignets étaient par instants saisis de frissons. Sa barbe s'animait alors de convulsions saccadées, ainsi qu'un animal malade.

Hébétés, ils considérèrent Makéda, à demi allongée sur des coussins de couleur vive, comme une apparition. L'éclat dansant des flammes des lampes sur sa poitrine d'or, la couronne ténébreuse de sa chevelure, son regard, sa bouche au dessin si parfait, souligné par l'éclat d'ivoire de ses dents, les pétrifièrent, subjugués autant que terrifiés par une beauté qui leur semblait à peine naturelle.

Makéda comprit qu'on n'avait guère pris soin d'eux depuis leur arrivée à Saba. N'ayant aucune consigne pour les bien traiter, les gardes les avaient enfermés sans ménagement. Ils s'étaient retrouvés avec une cruche d'eau et une bouillie de millet dans la salle où l'on retenait encore les marins et le capitaine phénicien du bateau naufragé.

Elle ordonna qu'on apporte à boire et à manger, fit étaler pour eux couvertures et coussins de l'autre côté de sa table. Avant de s'asseoir, ils s'entre-regardèrent, comme s'ils devaient sauter dans de la braise. Makéda s'en amusa et son rire leur fit courber le front et plier les genoux.

Tandis qu'ils se nourrissaient et buvaient hâtivement, cédant sans plus raisonner à la versatilité des traitements qu'on leur accordait, Makéda leur annonça qu'elle livrerait le lendemain un grand combat.

– C'est une promesse que j'ai faite il y a longtemps. Je vais exterminer le serpent qui ronge le royaume de Saba.

Le ton de Makéda plus encore que la nouvelle les figea à nouveau, suspendit leur faim.

Makéda sourit devant la crainte qui crispait leurs lèvres, alourdissait encore leurs paupières épuisées. D'un ton plus paisible, elle déclara :

– N'ayez crainte. Les traîtres de Maryab sont nombreux et puissants mais, demain, c'est moi qui serai victorieuse. La justice d'Almaqah, le dieu de mon père et le mien, ne peut pas en décider autrement.

À l'adresse de Zacharias, elle ajouta :

– Ton roi Salomon aime-t-il faire la guerre ?

S'essuyant promptement la bouche, Zacharias écouta la question traduite par A'hia qui prenait le relais de son père, trop bouleversé. Il répondit en secouant la tête :

– Mon roi Salomon n'aime rien tant que la paix entre les royaumes. Les deux royaumes des Hébreux, Juda et Israël, comme ceux qui nous entourent. Celui de Pharaon, celui d'Hiram, roi de Tyr, et tous les autres, qui sont souvent batailleurs et enclins à se chercher querelle.

– En ce cas, comment fait-il pour demeurer en paix avec eux ? s'étonna Makéda.

Masquant avec art sa douleur d'avoir à interrompre son repas, Zacharias reposa dans l'écuelle le pain de figue et de fromage qu'il avalait avec délice l'instant d'avant. Il sourit à la reine de Saba.

– Mon roi est sage. Plutôt que de les abattre, il effraie ses ennemis. Il les convainc, avant même la bataille, qu'ils ne peuvent l'affronter sans mourir car il est autrement plus puissant qu'eux.

Prenant son élan sans plus regretter son repas, Zacharias raconta comment Salomon, en moins de dix années, avait bâti des forteresses sur les frontières de Juda et Israël, enrôlé et entraîné au combat quantité de jeunes hommes vigoureux. Surtout, il les avait munis d'armes redoutables grâce au fer. Un métal merveilleux qui permettait de fabriquer des épées, des glaives, des pointes de flèches, comme elle avait pu s'en rendre compte elle-même, ainsi que son père, le défunt roi, que l'Éternel le bénisse jusqu'à la fin des temps. Ces armes de fer, peu de royaumes en possédaient et tous les redoutaient. Et aussi, ou peut-être surtout, Salomon avait fourni à ses généraux une arme encore plus terrible : les chars de combat.

– Les chars de combat ? s'étonna Makéda, pour qui ces mots étaient dénués de sens.

Alors Zacharias expliqua ce qu'étaient les chars. Comment on y attelait les chevaux, les conduisait dans la bataille, les ravages et les terreurs qu'ils y semaient. Et aussi comme cela terrifiait d'avance les ennemis, car pour posséder une telle armée de chars, il fallait des chevaux par milliers, autant de conducteurs, d'archers, de palefreniers, d'artisans du bois et du métal, des centaines d'écuries… et donc beaucoup, beaucoup d'or et de puissance ! Quel faible allait affronter Salomon au risque de devenir plus faible ? Quel puissant allait s'aventurer à perdre de sa puissance face à Salomon ?

Ainsi le plus étonnant, le plus extraordinaire, était que depuis dix ans ces guerriers, ces chars et ces armes n'avaient pour ainsi dire pas combattu. Cette formidable force décourageait les querelleurs et les envieux. Elle imposait le respect à Pharaon lui-même. On préférait se faire l'ami de Salomon plutôt que de provoquer sa colère. Et lui, dans sa grande sagesse, savait aussi ne pas chercher querelle à ses voisins. Alors qu'il aurait pu courir les champs de bataille jusqu'en Perse, il se contentait de gouverner Juda et Israël pour le plus grand bonheur de chacun.

L'enthousiasme de Zacharias le portait à l'excès de détails, si bien qu'A'hia montra quelques difficultés à traduire. Élihoreph, engourdi par la nourriture, dut seconder son fils.

Makéda les écouta d'abord avec le plaisir de l'amusement. Elle songea que son père et Himyam avaient bien raison : le peuple de ce roi Salomon aimait les mots et les phrases autant que se montrer à son avantage. Mais bien vite, elle admira la passion du serviteur pour son maître et peut-être, aussi, l'astuce de ce maître, si le serviteur était fidèle à la vérité.

Profitant de ce que Zacharias et les scribes reprenaient leur souffle, buvant une gorgée de lait de chèvre, elle demanda si tous les Hébreux aimaient et admiraient leur roi avant tant de passion.

Une question qui les surprit. Pour une fois, Zacharias parut déconcerté.

– Bien sûr ! Salomon est celui que nous chérissons plus que tout autre. Il est notre juste parmi les justes. Il est le plus haut. Mon roi Salomon me demande d'aller dans l'inconnu du monde et j'y vais sans rien craindre. Je sais que Yahvé le Tout-

Puissant voudra lui plaire et que pour cela il veillera sur moi !

Les deux scribes hochaient la tête en traduisant, approuvaient, les yeux humides d'émotion.

Cette réponse troubla Makéda. Elle se fit sérieuse. Un bref instant, il y eut un silence que Zacharias, peu sûr de sa cause, se retint avec prudence de briser. L'activité bruyante du port, qui se poursuivait avec acharnement au-dehors, pénétra dans la pièce et leur rappela l'enjeu de l'aube prochaine.

Makéda se raidit. Sa main se tendit. Elle ouvrit le petit coffre dans lequel on avait transporté les dagues trouvées dans le navire hébreu et que son père avait appréciées à l'instant de sa mort.

Elle en saisit une, en caressa la lame d'un geste devenu presque machinal.

— Ainsi, dit-elle pensivement, les guerriers de Salomon possèdent tous de ces lames ?

— Celles-ci et bien d'autres. Plus grandes, plus courtes, avec toutes sortes de formes ou de largeurs, s'enflamma à nouveau Zacharias. Elles ne se cassent jamais, même au combat, et si on les préserve de l'humidité, elles durent plus que les hommes. On trouve quantité de ce métal de fer au royaume de Juda et Israël. Et beaucoup de forgerons très savants capables d'en tirer tout ce que leur imagination peut inventer.

— Et Salomon, conclut Makéda, qui est sage et aime tant la paix, fait son commerce en offrant des armes contre le parfum des encens afin que d'autres s'entre-tuent ?

Cela fut énoncé avec un sourire léger. Élihoreph ne put retenir un petit gloussement qui entraîna le rire des deux autres.

— Notre roi Salomon pense que chacun est capable d'établir sa propre paix, répliqua Zacharias avec circonspection. D'ailleurs, il ne l'obtient pas seulement en ayant une grande armée.

– Ah ? Et par quel autre moyen ?

– Il aime prendre pour épouses les filles ou les sœurs de ceux qui pourraient avoir le goût d'entrer en guerre contre Juda et Israël. Ainsi, ils se trouvent embarrassés.

– Veux-tu dire que Salomon a plusieurs épouses ?

Le sourire de Zacharias éclatait de fierté.

– Beaucoup, beaucoup ! Il en a beaucoup. Il y a la fille de Pharaon, qui est la principale et…

Zacharias aurait volontiers donné encore des détails, des nombres par dix et cent, sur leur beauté, leur jeunesse et les prouesses de son roi. Mais quelque chose sur les lèvres de la reine de Saba, dans ses yeux, le prévint qu'il valait mieux se taire. Il sut le lire et avait assez d'expérience pour obéir. Il acheva sa phrase d'un geste de la main, vague, qui mourut dans la pénombre comme les mots de la traduction d'A'hia.

– Ainsi est ton sage roi Salomon, énonça Makéda.

Ils perçurent le froid qui se glissait dans les mots et jusque dans la moue des belles lèvres.

– Et toutes ces épouses qui sont les siennes sont heureuses de l'être ?

Zacharias hésita.

– Un époux qui se divise entre dix, vingt, cent épouses, comme tu allais me le dire, ne devient-il pas un tout petit morceau d'époux pour celle qui, un jour ou une nuit, le trouve en face d'elle ?

Le ton et la question laissèrent cette fois Zacharias dans un trouble qu'il ne put dissimuler. Il passa la langue sur ses lèvres, chercha en vain un peu d'aide auprès d'Élihoreph ou d'A'hia.

Il baissa les paupières. Il aurait voulu l'éviter, mais le regard de la reine de Saba pesait trop lourd.

– On dit que oui, avança-t-il avec la plus grande prudence. On raconte qu'elles le sont au point d'être seulement jalouses du bonheur des autres épouses.

Le rire de Makéda cingla les joues de Zacharias. Mais, pour son plus grand réconfort, un bruit retentit à l'entrée de la salle. Des pas de gardes et la voix du seigneur Tan'Amar qui s'approchait en disant :

– Ma reine, je croyais que tu prenais du repos.

Makéda acheva de rire, une pointe d'ironie dans les yeux. Elle désigna Zacharias et les scribes.

– Mieux qu'un repos, Tan'Amar. J'écoutais le conte d'un roi qui sait obtenir la paix sans faire la guerre. Et, dirait-on, obtenir des épouses sans être un époux.

Une grimace d'agacement plissa les paupières de Tan'Amar.

– Les charpentiers ont fini leur ouvrage, annonça-t-il. Peut-être voudrais-tu le voir ?

Makéda hésita à peine. Lorsqu'elle se dressa, les trois Hébreux l'imitèrent avec empressement. Makéda les fit rasseoir d'un geste.

– Demeurez assis. Mangez, buvez, prenez des forces. L'aube est encore loin, les bateaux des traîtres de Maryab aussi, et je n'ai pas fini d'écouter les contes de ce roi Salomon.

8

Sabas

Conduite par Tan'Amar, Makéda inspecta les ateliers. On n'y voyait guère, il fallait réunir des torches. Elle admira l'ouvrage réalisé et félicita les ouvriers aux traits tirés par l'harassement. Son ton trahissait cependant son agacement.

D'ordinaire, elle examinait en détail la moindre nouveauté, aimait entendre de longues explications, à présent elle les repoussait d'une phrase ou d'un grognement. On pouvait croire que la fatigue et l'heure très tardive de la nuit en étaient la cause. Ou que son esprit demeurait concentré sur l'aube et la bataille qui approchait.

C'est ce que pensèrent Abo-aliah et ses compagnons charpentiers. En outre, leur reine étant satisfaite, elle ne marchanda pas ses félicitations. Sa promptitude les soulagea. Au moins allaient-ils pouvoir prendre un peu de repos.

Tan'Amar connaissait assez sa reine pour deviner que la fatigue n'était nullement en cause, seulement l'impatience. Lui aussi devait surmonter l'épuisement et ne pas craindre de voir ses forces lui manquer dans quelques heures, quand il lui faudrait affronter les armes ennemies. Makéda se montrait seulement moins attentive qu'il ne le jugeait bon.

Il fronça les sourcils. Et plus encore lorsqu'il lui suggéra d'aller ensemble inspecter les autres ouvrages qu'on achevait dans le port et sur les berges et qu'elle lui répondit par une moue.

– As-tu vraiment besoin de moi ?

– Je sais ce que je dois voir, grommela Tan'Amar. Mais Akébo le Grand s'y serait rendu en personne et en aurait profité pour encourager les hommes.

Makéda sourit devant la mauvaise humeur de son compagnon. D'un geste qui devenait coutumier elle lui saisit la main. La fraîcheur de ses doigts, cette pression douce sur sa peau le firent frissonner. Chaque fois que leurs chairs se frôlaient, Tan'Amar se trouvait la poitrine brûlée d'une émotion qui le laissait sans défense.

– Tu as raison, chuchota Makéda. Mon père aurait agi ainsi. Mais une reine doit être mystérieuse pour être respectée. Ne t'inquiète pas, à l'aube je serai devant tes guerriers et je saurai leur gonfler le cœur…

Elle l'entraînait vers son petit palais tout en parlant. Il suivait, n'osant la regarder ni retirer sa main de la sienne. Elle dit encore :

– Tu es mon général, Tan'Amar. C'est ton jugement qu'ils doivent craindre comme la foudre d'Almaqah.

Peut-être, sous l'affection, se glissait une pointe de reproche. Tan'Amar tourna les yeux vers elle pour s'en assurer. Mais ils avançaient dans une zone d'ombre, les flammes des torches n'éclairaient qu'à peine les dalles du sol. Le visage de Makéda était invisible. Elle devina pourtant ce qu'il pensait.

– Ne te laisse pas prendre par le doute, reprit-elle dans un murmure. Surtout pas cette nuit. Tu es ce que j'ai de plus précieux. Je ne suis pas reine sans toi, comme tu n'es pas général sans moi. Et chacun sait que là où tu es, la reine de Saba se trouve aussi.

À nouveau, il ne sut que répondre. Quand ils avancèrent dans plus de lumière elle lâcha sa main, demanda sur un ton redevenu normal :

– Les birèmes sont sorties du port comme convenu ?

Surpris par ce changement d'attitude, Tan'Amar hocha la tête avant de marmonner :

– Dès le noir de la nuit. Elles doivent déjà être en place.

– C'est bien. Surveille ce jeune Tamrin. Il me plaît. Il est plein de fougue et de courage. Mais il ne doit pas commettre d'erreur. Ce qu'il accomplira demain nous conduira à la victoire ou à l'échec.

Ils étaient parvenus au bas de l'escalier conduisant à la terrasse du petit palais. Des servantes y attendaient leur maîtresse avec des lampes à huile suspendues à de courtes hampes. Makéda croisa le regard de Tan'Amar. Ce pouvait être un effet de la pauvre lumière, mais il crut lire un doux éclat de tendresse dans les yeux qu'il admirait tant.

– Va. Et quand tu auras inspecté le port, prends un peu de repos avant l'aube. Je te veux vivant pour l'éternité. Moi, j'ai encore des questions pour ces Hébreux qui sont si fiers de leur roi Salomon. Si ce qu'ils disent est la vérité, peut-être bien que cet homme est sans pareil.

Cela était lancé avec désinvolture. Sous l'effet d'une curiosité légère. Pourtant, sans en comprendre la raison, et malgré tous les signes d'affection qu'il venait de recevoir, Tan'Amar ressentit sur-le-champ la piqûre glacée de la jalousie.

*
* *

Makéda trouva Zacharias et les scribes plongés dans une profonde somnolence. Élihoreph avait enfoui son visage dans sa barbe. A'hia, dont le petit bonnet brodé avait glissé de son crâne dégarni, ronflait à grand bruit. Zacharias tentait vaille que vaille de se redresser dès que son buste basculait en avant, ce qui lui donnait l'apparence d'un homme saisi d'un hoquet démentiel.

Les mèches des lampes, dont l'huile était allégée de résine de ladan, éclairaient la scène de leurs flammes vives et dorées. La fumée en était abondante, virevoltant en petits nuages bleutés au-dessus des trois hommes sans les maintenir éveillés malgré son parfum âcre.

Dissimulées sur le seuil de la terrasse, les jeunes servantes les épiaient, chuchotant des plaisanteries et retenant mal leurs fous rires. À l'approche de leur reine, elles s'égaillèrent dans l'obscurité telle une volée de serins.

Makéda considéra les Hébreux avec amusement. Elle s'assit dans les coussins, réclama une infusion de thym brûlant en claquant fortement des mains.

Le bruit tira Zacharias de son sommeil. Il bondit sur ses pieds, l'esprit aussi brouillé que le visage. Il se lança dans une salutation incompréhensible. Toute cette agitation réveilla enfin Élihoreph et son fils. Debout à leur tour, ils écarquillèrent les paupières, reprenant conscience avec peine et s'affolant de découvrir où ils se trouvaient.

Makéda dit :

– Cessez de vous alarmer, la reine de Saba n'est pas un démon. On va vous apporter une infusion de thym. Rien de tel pour éloigner le sommeil. Et asseyez-vous, il n'y a pas de serpents sous les coussins.

Quand ils eurent obéi, elle fixa le vieil Élihoreph.

– Je veux que ce Zacharias de Juda et Israël me parle de la sagesse de son roi Salomon qu'il trouve si fameuse. Je n'ai jusqu'à présent rien entendu de très sage. Pour ce qu'il m'en a raconté, son roi est un homme de ruse, ce qui n'en fait pas une exception. Et sa gourmandise ne lui confère pas à mes yeux une si grande intelligence !

Zacharias écouta les mots qui tombaient de la bouche d'Élihoreph sans masquer son abattement. Mais les servantes apportaient déjà les gobelets fumants et odorants et des petits fromages de chèvre roulés dans des brindilles d'alfalfa. Il n'eut pas à répondre sur-le-champ.

Sans attendre, Makéda trempa les lèvres dans la tisane brûlante. Zacharias s'y essaya. Le breuvage était bien trop chaud. La violence de son parfum, cependant, acheva de lui rendre sa lucidité.

Les sourcils haut levés, il chercha le regard de la reine de Saba à travers la vapeur de la tisane et la fumée des lampes. Avec prudence et politesse, il déclara :

— Tous ceux qui l'ont approché en ont témoigné, puissante reine, il n'y a pas de roi plus sage que Salomon !

— Ce que tu dis n'est qu'un mirage de mots. Moi, je ne l'ai pas approché et ne peux en témoigner. Toi, pour le flatter et te faire briller auprès de lui, tu peux me raconter n'importe quoi.

Avec un geste d'impatience qui agita en tous sens les volutes de fumée odorante, elle ordonna :

— Bois. Il faut boire le thym quand il brûle la langue. L'esprit va te revenir. Et réponds-moi bien. Donne-moi donc un exemple de cette fameuse sagesse, et je jugerai.

Zacharias obéit, grimaça aussitôt, les yeux mouillés de douleur. Mais avant que la reine de Saba ne manifeste son agacement, il déclara avec précipitation :

— Salomon est si sage que le peuple le prend pour juge quand il y a dispute. Nul ne veut se calmer avant qu'il ait tranché le bien du mal, le juste de l'injuste. Si notre roi voulait suivre les désirs du peuple de Juda et Israël, il ne ferait rien d'autre de ses nuits et de ses jours ! Juger et apaiser, punir et récompenser… Un autre roi sans doute n'en verrait pas l'utilité. Mais Salomon est bon. Certains jours et certaines heures, il va s'asseoir dans une salle. Chacun, pauvre ou riche, petit ou grand, peut venir s'incliner devant lui avec ses colères, lui demander justice et s'en repartir content. C'est ce qu'on appelle chez nous le jugement de Salomon. Et pour le peuple de Juda et Israël, il n'y a rien de plus haut, sinon le jugement du Tout-Puissant…

Makéda reposa son gobelet brutalement.

– Je ne te crois pas. Chacun ne s'en repart pas content, comme tu le prétends. Un jugement ne plaît jamais aux deux parties, mais seulement à celui qui en sort victorieux et à son avantage. Tu ne fais que bavarder, Zacharias de Juda et Israël. Tu me crois une servante que l'on berce avec des contes. Gare à toi. Trouve-moi un exemple de ce « jugement de Salomon », ou je décide que tu n'es qu'un menteur qui ne possède pas même de roi.

Le ton et la menace firent sursauter A'hia et Élihoreph. Les scribes, père et fils, semblaient au plus mal et paraissaient tout craindre de l'acharnement qui saisissait la reine de Saba.

La mine de Zacharias ne les rassura guère. L'émissaire de Salomon, au contraire d'eux, ne se montrait guère impressionné par cette remontrance. S'il avait l'air bien éveillé, peut-être, en revanche, n'avait-il pas l'esprit assez clair pour mesurer ses imprudences. Car aussitôt la remarque de Makéda comprise, il hocha la tête sans grande révérence. Au contraire, il considéra la reine avec le sourire éclatant de qui sait tenir la victoire dans sa main. Pis encore : s'il n'y avait eu tant de pénombre et de fumée, la reine de Saba aurait pu voir l'éclat d'orgueil qui agrandissait ses pupilles.

– Voici ce qui est arrivé un jour, alors que Salomon s'était rendu dans la salle de justice, annonça-t-il avec aplomb. Deux femmes arrivèrent en poussant de hauts cris. Elles se jetèrent aux pieds du roi, inondant les dalles de leurs larmes et de leurs crachats de haine. On les calme et on les contraint à faire les salutations avec respect. Elles font. Sitôt après, les voici sur le point de se déchirer la poitrine. Salomon se fâche, ordonne aux gardes de les séparer. Dans le calme enfin revenu, il s'informe de la cause de ce charivari.

« Entre sanglots et grondements, il apprend que les deux femmes pratiquent le même métier dans une auberge. Elles n'y servent pas la soupe de fèves, mais plutôt l'après-repas. Elles sont connues pour leur résistance à l'ouvrage et les clients les plus offrants peuvent faire durer les plaisirs jusqu'aux deux tiers de la nuit. Le hasard de ce commerce les a rendues mères dans le même mois, et chacune d'un garçon.

« Sitôt après l'enfantement, l'une comme l'autre retournent au labeur. Une nuit, voilà que l'une des deux revient ivre près de son enfant. Elle s'affale sur sa couche et ronfle aussitôt. Le nourrisson a une lune d'âge, à peine plus. Il cherche la mamelle et la trouve. La mère, qui est une personne large et lourde en chair, roule dans son inconscience sur le pauvre rejeton et l'étouffe.

« Horreur de la découverte au matin. Mais la femme est pernicieuse. Dans la couche voisine, sa compagne de labeur dort encore à poings fermés, doucement allongée contre son petit enfant. La mégère y voit aussitôt la solution de son malheur : elle échange son nourrisson sans vie avec celui de la dormeuse…

Élihoreph ne parvenant plus à traduire ces mots qu'à travers des hoquets d'indignation, Zacharias interrompit son récit un instant.

– Poursuis donc, s'impatienta Makéda.

En termes qu'elle ne comprit pas, Zacharias réclama sèchement à A'hia de prendre la suite de son père.

– Ainsi donc, au grand jour, la dormeuse se réveilla avec un enfant déjà froid contre sa poitrine. Cris et désolation qu'on imagine. Elle se déchaîne, demande à tous comment cela est possible, pourquoi ? « Qu'ai-je fait au Tout-Puissant pour être ainsi punie ? » Cependant, au cœur de sa douleur, son sang de mère parle encore. Elle ausculte mieux le petit cadavre d'enfant serré contre ses seins, découvre avec effroi que ce n'est pas son rejeton qu'elle tient là ! Son fils, bien vivant, se trouve dans les bras de sa commère. Saisie d'une fureur de lionne, elle se jette sur la pernicieuse. L'autre défend à pleines dents son bien mal acquis. La bataille ameute l'auberge. Hélas, au travers des hurlements et des coups, nul ne parvient à discerner le mensonge de la vérité, ni du ventre de quelle mère était sorti le fils survivant. C'est ainsi que le patron de l'auberge, chérissant la paix dans son commerce, poussa les femmes devant la justice de Salomon.

« Ayant entendu tout cela, notre roi fit apporter le bébé devant lui. Après un regard au braillard, qui semblait avoir hérité d'un caractère bruyant, notre roi dit aux deux femmes : " Aucune de vous ne peut me donner une preuve convaincante que l'enfant lui appartient tout entier. Aussi vais-je vous contenter l'une comme l'autre. "

« Il donna l'ordre aux gardes de suspendre le nourrisson par les pieds et de le trancher en deux. " Ainsi, annonça-t-il aux femmes, chacune de vous aura sa part. " Hurlements d'épouvante à faire frémir les murs de la salle.

« " Ah, hurla l'une des deux mégères, partagez, mon roi ! Partagez ! Ainsi, il ne sera ni à elle ni à moi ! " L'autre s'égosille, au comble de l'horreur. La voilà qui se jette sur les pieds de Salomon, baise sa tunique au risque de la déchirer. On la repousse, elle s'agrippe aux gardes comme une folle, se dépoitraille, s'offre à la lame de l'épée à la place de l'enfant, glapit : " Puissant seigneur, ne le tuez pas ! Ne touchez pas un cheveu de ce petit. J'abandonne mon fils, même à cette morue s'il le faut, pourvu qu'il vive ! "

« Salomon notre roi, que l'Éternel le bénisse jusqu'à la fin des temps, leva la main, suspendit la lame au-dessus de l'enfant. " Voici, dit-il en désignant la femme effarée de douleur, la bouche qui dit la vérité. "

Zacharias se tut, le sourire aux lèvres et le gosier sec. Élihoreph et A'hia, plus tremblants, scrutaient le visage de Makéda. Dans la mauvaise lumière, il était aussi indéchiffrable que son silence.

Puis soudain elle éclata de rire. Un grand rire joyeux qui attira les servantes. Les scribes lorgnèrent vers Zacharias avec étonnement.

– Bravo ! s'exclama Makéda en reprenant son souffle. Voilà de l'habileté ! Voilà qui montre que la ruse peut conduire à la sagesse.

Zacharias approuvait fièrement à petits coups de tête. Emporté par son succès, il crut bon d'ajouter :

– C'est ainsi que Salomon a su qui était la mère et qui ne l'était pas.

Aussitôt la langue de Makéda claqua et le sérieux reprit ses droits.

– J'avais compris. Qu'a-t-il fait de la menteuse ?

– Il lui a dit : « Ton mensonge te souille pour toujours. Porte-le comme une tunique de fiente pour le reste de tes jours. Là, l'Éternel saura trouver la punition qui te convient. »

Makéda cette fois parut surprise. Son silence fut plein d'une émotion qui frappa les hommes en face d'elle. Elle baissa les paupières, tendit son gobelet d'une main absente pour qu'une servante le remplisse. Elle but doucement. Murmura enfin :

– C'est bien. Voilà de la sagesse.

Elle se leva comme si elle avait oublié les scribes et Zacharias. Elle s'avança sur la terrasse, sa silhouette happée par la nuit sans qu'aucun des Hébreux ni des servantes n'ose la suivre.

Parvenue à la rambarde, elle respira avec plaisir l'air frais de la mer. Il chassait de sa bouche et de ses poumons la fumée entêtante des lampes.

La lune, en faible croissant, se levait à l'est. Là-bas, bien au-delà de la mer Pourpre, au ras du monde et aussi mince qu'un fil de tapisserie, on percevait ce halo de nuit pâlie qui annonçait, comme un messager trop pressé, le retour du jour.

Dans le port, le vacarme de la préparation de la bataille s'était apaisé. Il n'y avait plus qu'une vasque de bitume qui brûlait, éclairant à peine un bout de plage.

Un bruit de rames dans l'eau du port attira son attention. Elle devina, dans le reflet des étoiles, deux ou trois épaves de barque que l'on poussait vers le large.

Encore un peu de temps et tout serait en place.

Sans inquiétude, elle fouilla les ténèbres de la mer. Nul navire, nulle présence discernable. Pourtant, elle devinait les ennemis sans les voir.

Ils étaient là, dissimulés comme doivent se cacher le mal et la traîtrise. Eux aussi la voyaient, certainement. Mais avec leurs yeux de fourbes. Sans peine, se repérant aux lumières de Sabas comme on trouve son chemin grâce au scintillement des lucioles dans les fossés.

Ils devaient rire d'elle, songer qu'elle n'était pas comme son père, si difficile à vaincre. Bientôt, ils sauraient. Elle les attirait comme les enfants attirent les papillons de nuit dans une cage.

Il est un temps pour mettre en pièces,
un temps pour jeter les pierres,
pour trancher les masques.
Nul ne tient le pouvoir au jour de la mort,
la méchanceté n'est pas le bouclier
du méchant.
Et toi, roi peut-être sage, qui as pour toi
le dieu de l'éternité,
tu sauras que j'ai la paume d'Almaqah
sur mon royaume.

*
* *

Ni Zacharias ni les scribes n'entendirent le murmure du chant de Makéda. Ils la virent seulement réapparaître dans le halo lumineux des lampes, s'avancer vers eux d'un pas si ferme qu'ils eurent un mouvement de recul. Avant même de s'asseoir elle déclara :

– Les traîtres de Maryab approchent, mais l'aube est encore loin. Nous avons le temps. Je veux savoir comment ce Salomon est devenu roi.

Un même gémissement de lassitude se glissa entre les lèvres des scribes, père et fils. Makéda ne montra pas qu'elle les avait entendus. Elle maintint son regard sur Zacharias. Il ne paraissait pas plus fatigué qu'elle. Parler de Salomon ne l'épuisait jamais. Et il comprenait que la reine de Saba veuille en apprendre davantage. Il hocha la tête et répondit avec sérieux :

– Comme je l'ai dit à ton père défunt, Salomon est devenu roi par la volonté de son père David, fils de Jessé. David fut un grand roi. Son nom signifie le

« Bien-Aimé ». Il eut quantité d'épouses et de fils. Mais il aima une épouse plus que les autres : Bethsabée, la plus belle des femmes de Jérusalem. Yahvé leur donna un fils, et c'est lui que David choisit pour successeur entre tous ses descendants, très nombreux.

« David avait beaucoup réalisé, beaucoup combattu, beaucoup vaincu. Il avait réuni Juda et Israël après des siècles de disputes. Sur son lit de mort, avant de rejoindre Yahvé, béni soit-Il, entouré de Sadoq le grand prêtre, de Nathan le prophète, de Benaya le chef des gardes, David a pris la main du fils de Bethsabée, a déclaré à haute voix : " Je m'en vais par le chemin de tout le monde. Toi, tu régneras après mon nom sur Juda et Israël. Tu t'appelleras Salomon, 'Celui qui tient la Paix'. " Car le premier nom de Salomon était Yédidya, " l'Aimé de Yahvé ". Et ainsi il reçut l'huile du tabernacle sur le front.

Makéda soupira avec une moue désabusée, agita la fumée des lampes avec irritation.

– Mon père disait juste ! Les mots vous rendent fous. Votre dieu s'appelle comme ci ou comme ça. Et voilà que même vos rois changent de nom. On ne s'y retrouve plus.

Les Hébreux baissèrent le front. Pour une fois, Zacharias ne répliqua pas.

Makéda les considéra en fronçant les sourcils.

– Alors c'est tout ? Son père lui donne le nom de Salomon, le pousse sur sa chaise royale et tout le monde est content ? Pas de jalousies, pas de mesquineries, pas de protestations ? Pas d'épouses délaissées qui veulent se venger ?

– Oh que si ! s'exclama avec enthousiasme Zacharias. Oh ! que si : de grands complots et des décisions de Salomon qui montrent que David avait fait le bon choix. La sagesse de notre roi était déjà grande en son jeune âge !

– Eh bien, qu'attends-tu ? Raconte.

Alors, sans s'embarrasser des voix enrouées d'Élihoreph et d'A'hia qui relayaient de leur mieux sa parole, Zacharias raconta et raconta. À sa manière, sans faire l'économie des détails qui perdaient un peu Makéda dans leurs méandres mais conféraient aussi à ses histoires le goût et les parfums du royaume de Salomon.

Ainsi il raconta que oui, il y avait eu un fils ulcéré du choix de David. Il se nommait Adoniyyahou, fils de Hagit, première épouse. Apprenant la décision de leur père et comprenant qu'il ne monterait pas sur la mule royale, Adoniyyahou était devenu dans l'heure l'ennemi mortel de Salomon.

De plus, après l'avoir désigné, David avait légué deux difficiles conseils à son fils. Il avait dit : « Joab fut mon général. Il fut grand et victorieux. Mais il a commis des crimes atroces en les faisant passer pour miens. Il a taché de sang innocent le ceinturon de mes reins et la sandale de mes pieds. Tu seras sage de ne pas le laisser emporter ses cheveux blancs au shéol… »

– Le *shéol* ? interrogea Makéda, de nouveau égarée par l'avalanche de mots nouveaux.

– C'est le séjour souterrain où nous allons errer quand nous sommes morts, bredouilla Élihoreph d'une voix pâteuse.

– Ah ? Sans être squelette ni poussière ?

Élihoreph tortilla sa barbe sur ses genoux.

– Le squelette demeure en terre pour la vue des vivants, devient poussière de la poussière, mais le Tout-Puissant nous voit demeurer dans le shéol en l'état où nous y arrivons.

Makéda marqua un bref étonnement. D'un geste, elle incita Zacharias à poursuivre.

Zacharias raconta. David avait encore dit à Salomon : « Purifie notre lignage. Shimeï le Benjaminite a jeté des malédictions sur moi quand j'étais faible. Je lui ai pardonné pour la paix du peuple quand j'étais fort. Je lui ai promis de ne pas lui trancher la gorge. J'ai tenu ma promesse. Une promesse qui s'éteint avec moi, tandis que sa malédiction glisse sur ta tête. Tu seras sage en ne la laissant pas demeurer. »

– Voilà, s'exclama Zacharias, à peine désigné, Salomon se trouvait face à un rude clan d'ennemis. Ceux-là ne connaissaient qu'un désir : le jeter dans la poussière, faire couler son sang et pousser Adoniyyahou sur le trône de Jérusalem !

– Jérusalem ? grommela Makéda.

A'hia dodelina de la tête, marmonna :

– Jérusalem est la cité bénie des Hébreux pour l'éternité. C'était la forteresse des Jébuséens, mais David l'a faite sienne. Il y a construit son palais près de la source Guihôn. Et Salomon y élève aujourd'hui le plus grand des temples.

– Ah ! scribe, ne peux-tu t'expliquer sans ajouter des noms aux noms ? Je ne veux entendre que l'histoire de Salomon !

Alors Zacharias poursuivit. Il raconta comment Joab, Shimeï et Adoniyyahou allièrent leur méchanceté pour chasser Salomon du palais de David. Mais avant que leur complot prenne forme, Salomon, mis au courant par sa mère Bethsabée, monta sur la mule blanche. Sans tarder il alla recevoir une seconde fois l'oint royal de la main du grand prêtre Sadoq et devant le peuple, ainsi que le veut la tradition.

– Ce fut fait comme l'éclair, mais en grande pompe, s'enthousiasma Zacharias. Il n'y avait plus de doute, Salomon était le roi de Juda et Israël. Les trompes sonnaient, l'huile du tabernacle brillait sur le front royal, le peuple acclamait, les filles soufflaient de la flûte et les jours de fêtes enchantaient la ville.

– Le tabernacle ? soupira Makéda à l'adresse d'Élihoreph.

– Ce serait long à expliquer, ma reine, soupira en retour le vieux scribe. Mais c'est le plus précieux du précieux pour notre peuple.

– Bon. Qu'il continue.

Alors Zacharias poursuivit. Ah, la stupeur des mauvais en découvrant Salomon devant la tente du sanctuaire ! Mais l'arrogance aveuglait leur discernement. Ils se montrèrent d'abord sûrs d'eux et méprisants envers le jeune roi. Lui réclamant d'être bien traités et jamais menacés, prenant à témoin le Tout-Puissant, cherchant le pardon quoique les preuves de leurs trahisons fussent notoires…

– Et Salomon l'a accordé, ce pardon ? s'impatienta Makéda. Sans suivre l'avis de son père ?

– Oui, à tous les trois. À Adonias, il dit : « Conduis-toi en parfait honnête homme et pas un de tes cheveux ne tombera. Sinon, tu mourras. » À Shimeï, il dit : « Va dans ta maison et n'en sors plus jamais. Tu y vivras autant que l'Éternel le voudra. Mais si tu en sors, c'est moi qui déciderai du jour de ta mort. Ton sang est sur ta tête. » À Joab, il dit : « Tu as été le grand général de mon père. Sois le mien et aide-moi à devenir grand. »

– Ah… Il me déçoit. Sagesse n'est pas faiblesse !

– C'est ce que pensèrent les trois mauvais, répliqua Zacharias en prenant soin de ne pas glisser trop d'ironie dans son ton.

Et il raconta comment ce pardon n'était qu'un piège. Pendant un temps, les fourbes se tinrent tranquilles. Ils se soumirent à la volonté de leur roi. Mais ce n'était qu'une manière de s'assurer qu'il tenait sa parole. Lorsqu'ils en furent certains, leur arrogance reprit le dessus. Ils se persuadèrent que ce jeune roi n'était qu'un faible. Qu'il n'osait pas châtier. Que la vue du sang l'incommodait et que les dures décisions l'effrayaient. Une opinion qu'ils ne gardèrent pas pour eux mais qu'ils répandirent malignement dans tout Juda et Israël. Dans l'espoir que le peuple se chargerait de détester Salomon et réclamerait un autre roi. Ils firent courir des mensonges sur la renommée d'Adoniyyahou.

Des lunes passèrent en traîtrises. Rien ne leur arrivait, le bras de Salomon ne frappait pas. Shimeï oublia tout à fait les conditions qui le maintenaient en vie. Il s'enhardit. Il voulut voler la dernière concubine de son père David. La plus jeune et la plus belle, celle que l'on appelait la Sunamite mais dont le nom véritable était Abisag, osa préciser Zacharias avant d'expliquer, vivement, qu'une demande pareille était une insulte, une vraie provocation pour Salomon.

Alors le roi avait sévi.

Il convoqua Benayahu, son homme de confiance. Le soir, le corps et la tête d'Adonias reposaient côte à côte. Le peuple connut l'insulte et approuva la punition.

Il n'avait pas fallu longtemps pour que Joab se précipite dans la tente du sanctuaire, qui fut celle de Moïse, pour réclamer un nouveau pardon et assurer avec des mensonges plein la bouche qu'il n'était pour rien dans le complot et les mauvaises paroles. Un vrai serpent à la langue fourchue. Plus il respirait, plus il mentait.

Salomon lui envoya Benayahu, et Joab ne respira plus. Le peuple attendait cette justice.

Shimeï, le plus rusé, se tint coi quelque temps encore. Puis un jour, il quitta sa maison de Jérusalem au prétexte que ses esclaves s'en étaient enfuis.

Sur le chemin qui le menait chez les philistins, lui aussi reçut la visite de Benayahu, et son voyage prit la direction du shéol. Le peuple applaudit Salomon. Il avait un roi qui savait quand pardonner et quand frapper.

– Oui, soupira Makéda avec satisfaction, c'est bien.

Zacharias, Élihoreph et A'hia opinèrent d'un même mouvement.

Makéda leur sourit.

– Votre roi n'est peut-être pas aussi sage que vous le prétendez, mais au moins, il sait punir les traîtres.

Elle se tut, sans remarquer l'épuisement des hommes devant elle. Le son d'une trompe, dehors sous la terrasse, les fit tous les trois sursauter. Ils s'aperçurent que le lait du jour commençait à blanchir la nuit.

Makéda courut jusqu'à la balustrade. La mer Pourpre se teintait d'argent. Devant le port, éparpillées, comme à l'abandon, des dizaines de barques de pêche à peine en état de flotter se dandinaient sur la houle ainsi que des épaves.

Et là-bas, se découpant dans les reflets de la mer, à cinq ou six cents coudées, à peine plus, se tenait la flotte des traîtres. De puissantes birèmes aux éperons de proue en bronze, roux et lustrés par le demi-jour. Les voiles étaient carguées au tiers, les rames levées comme les babines d'un fauve grondant avant l'attaque. En haut des mâts, les fanions de Maryab flottaient avec insolence.

Quatre birèmes en ligne dans l'axe du port. Et, une centaine de coudées plus à gauche, dans l'axe de la crique du nord, les barcasses ventrues des guerriers, regroupées tel un troupeau derrière la cinquième birème, qui arborait une voile rouge sang. En haut de leurs mâts, les fanions des mukaribs de Kamna et Kharibat.

Makéda entendit des bruits de pas derrière elle, les reconnut. Sans se retourner elle lança :

– Ils se présentent ainsi que nous nous y attendions. Sans plus d'imagination.

– Ils ont la sottise de ne rien inventer tant ils sont sûrs d'eux, approuva Tan'Amar.

– L'arrogance est la faiblesse des traîtres, ici comme dans Juda et Israël, sourit Makéda. L'arrogance rend stupide celui qui aime trop la force.

– Tu n'as pas pris de repos, dit Tan'Amar avec reproche.

– J'ai fait mieux que me reposer. J'ai engrangé des forces en écoutant l'histoire du roi Salomon.

Il y eut de l'agitation dans la pièce derrière eux. Himyam arrivait en tenant haut levé son bâton. Il demanda avant même d'atteindre la rambarde :

– Ils sont là ?

Ils n'eurent pas à lui répondre, un coup d'œil lui suffit. En bas, sur la plage et dans le port, chacun courait prendre sa place, armé d'une pique de bois ou d'une masse. Les trompes sonnaient à nouveau. Mais, étrangement, on ne voyait ni les birèmes nouvellement construites ni les guerriers de Saba. Le port semblait terriblement vulnérable et encore sous l'effet ravageur de la tempête.

Himyam découvrit ses gencives en une grimace sardonique. Sa barbe s'agita d'un frémissement amusé.

– C'est bien, c'est bien. Ces sots doivent sauter de joie dans leurs bateaux. Dès qu'il y fera assez clair, on les entendra brailler.

– Ils ne vont pas attendre beaucoup, dit Tan'Amar avec impatience. De nous voir si faibles les excitera et leur ôtera toute prudence. Il faut se presser d'aller prendre nos places.

Himyam dressa son bâton pour retenir Makéda.

– Change d'avis. Pourquoi vouloir aller sur le bateau ? Ta place est ici.

– À sa première bataille, la reine de Saba ne va pas demeurer sur sa terrasse.

– De l'orgueil inutile. Une femme est une femme. Tu n'as pas à tenir l'épée ou l'arc. Que se passera-t-il si la birème prend un mauvais coup ?

Makéda repoussa sèchement le bâton du vieux sage.

– Pourquoi crois-tu que je t'ai voulu ici, sage de mon père ? C'est toi qui restes sur la terrasse. Et c'est toi qui sauras décider, si la reine de Saba ne le peut plus.

Vivement, Makéda entraîna Tan'Amar vers les escaliers. Traversant la pièce où elle avait passé la nuit, elle fut saisie par l'odeur puissante et enivrante qui y demeurait.

Les Hébreux s'y tenaient debout, ahuris, battant des paupières, la mine grise. Elle donna l'ordre qu'on les nourrisse et leur offre bonne couche.

– Qu'ils se reposent. Ils me seront précieux après la bataille.

Puis elle plongea la main dans le coffre qui contenait les dagues forgées au royaume de Juda et Israël. Elle en offrit une à Tan'Amar et glissa l'autre dans sa ceinture.

– Les dagues de Salomon, dit-elle, celui qui sait vaincre les fourbes à la langue de serpent.

9

Sabas

Longtemps, au royaume de Saba, on se raconta la première bataille de Makéda, fille d'Akébo et de Bilqîs.

Comme l'avait prévu Tan'Amar, les birèmes ennemies n'attendirent pas que l'aube soit pleine pour porter leur attaque. Ce qu'ils virent sortir du port de Sabas déchaîna leurs moqueries, nourrit leur certitude de vaincre et entraîna leur perte.

Avec lenteur, sans ponton de guerrier ni mât, une birème inachevée apparut, seulement poussée contre la houle par une rangée de huit paires de rames. Trop léger sur l'eau, le bateau se manœuvrait mal. L'éperon de bronze était trop haut pour être menaçant. Sur un côté, une cloison de bois plus élevée que la taille d'un homme déséquilibrait la coque. L'embarcation gîtait bizarrement. Sa lenteur était exaspérante et grotesque.

De loin, on eût cru un animal malade qui se traînait vers son terrier et certainement pas un navire de combat.

L'étrange équipage avança ainsi de guingois vers les dizaines d'épaves de barques qui jonchaient la mer, entre la rive et les navires de Maryab, comme autant de débris inutiles.

Les rires et les quolibets fusèrent depuis les birèmes magnifiques des traîtres. Voilà toute la flotte que le défunt Akébo et sa fille étaient parvenus à construire ! Leurs charpentiers et leurs architectes ne savaient bâtir que des maisons de cinq étages, des digues et des canaux, et voilà qu'ils avaient voulu les faire flotter !

Une immense et provocante clameur, soutenue par les tambours et les trompes, résonna sur l'eau. Elle parvint à la côte où se pressait la population de Sabas. On devinait les insolences et les insultes, et chacun demeurait coi. Ce vacarme féroce suffit, sembla-t-il, à immobiliser cette nave comique, inutile et si solitaire, à quoi se résumait la flotte de guerre de Saba.

Avec difficulté, à grands coups de rames, le bateau se mit de travers. Il tangua sur la crête des vagues comme si, conscient de sa ridicule faiblesse, il cherchait à se protéger derrière l'amas des dizaines d'épaves qui le séparaient des birèmes aux rames encore dressées.

Le jour, maintenant, se levait de plus en plus vite. Déçus de n'avoir pas à combattre sérieusement, pleins de mépris, les capitaines ennemis cessèrent de rire. Ils donnèrent les ordres. D'un bateau à l'autre, les trompes sonnèrent l'attaque.

D'un même élan, sur les quatre navires, les voiles furent carguées plus serrées. Les doubles bancs de rames plongèrent dans l'eau. Les frappements des tambours de nage battirent sur la mer comme un seul cœur bondissant.

L'échine des gens de Sabas frémit. Sur la plage et le port, personne ne disait mot. Ils virent les birèmes prendre de la vitesse. Leurs rostres de bronze brisaient l'écume. Les proues tranchaient la houle dans un crissement de lame. Et, en face, ce n'étaient que désastre et désolation !

Les birèmes franchirent cinquante coudées. Puis cent, en un rien de temps.

On eût cru une meute d'hyènes fonçant sur une bête malade. Énormes, puissantes, avec la souplesse des fauves elles épousaient la houle, soulevant des gerbes d'eau argentée. Les épaves sautillant sur les vagues étaient de plus en plus proches. Elles ne semblaient, en comparaison, que des fétus. Sur la rive, on les imaginait déjà se brisant, s'émiettant sous le choc des éperons de bronze.

C'est alors que du flanc surélevé de la birème inachevée de Saba basculèrent des panneaux. Derrière se trouvaient Tamrin et vingt des meilleurs archers de Saba formés par Akébo.

Sur l'ordre de Tamrin, sans crier gare, une pluie de flèches enflammées monta soudain dans le ciel pâle.

Les capitaines des bateaux de Maryab ne comprirent pas. Ils sourirent à nouveau. Voilà toute l'astuce ! Et quelle maladresse ! Leurs birèmes étaient encore trop loin pour être atteintes par ces flèches désespérées ! Elles allaient retomber dans l'eau et s'éteindre, inutiles.

Mais, avec une précision qui aurait enchanté Akébo le Grand, les traits enflammés plongèrent sur les dizaines d'épaves à l'abandon. Ce que les traîtres de Maryab ignoraient, c'était que toutes étaient chargées de paille, de branchages, de vieille laine, de tout ce qui pouvait s'enflammer aisément. Et surtout de grosses jarres d'huile de camphre mêlée de bitume !

Aussitôt atteintes par les flèches, les barques s'enflammèrent avec de petits éclats scintillants.

Sur la rive on demeura bouche bée, les yeux écarquillés. Sur les birèmes, les capitaines ennemis froncèrent les sourcils.

Quelle était cette nouvelle mascarade ? Était-ce avec des barques enflammées qu'on voulait les retenir? Dans un instant, ils allaient les pulvériser, et l'eau ferait son office...

Mais au même moment les vigies de poupe se mirent à hurler : « Voiles ! Voiles ! »

Deux au nord, une au sud, sortant de l'abri des criques, apparurent enfin les trois birèmes splendides construites en secret dans les ateliers de Sabas durant l'hiver. Puissantes, les voiles bleues serrées pour prendre le vent de travers, les doubles rangées de rames faisant jaillir les embruns au rythme des tambours, deux d'entre elles fonçaient sur la flotte ennemie par le travers. La troisième filait vers les barcasses transportant les guerriers des mukaribs de Kamna et Kharibat qui se tenaient encore loin.

On hurla sur le port et la plage. Les capitaines ennemis hésitèrent. La surprise passée, ils firent la moue. Ce n'étaient que deux birèmes contre quatre. Leurs propres navires fonçaient si vite qu'ils allaient traverser l'éparpillement des épaves en flammes. Quelques-unes d'entre elles déjà éclataient, répandant l'huile en feu sur les flots. Ils manœuvreraient ensuite, devant le port investi...

Mais tout se passa si vite qu'ils n'eurent plus le choix des manœuvres.

Quand la première birème glissa entre les barques incendiées par les archers de Tamrin, la vigie de proue comprit. Elle hurla à son tour, trop tard.

L'éperon de bronze s'empêtra dans de solides cordes de chanvre, invisibles sous l'eau. En un réseau interrompu, ces liens reliaient les barques les unes aux autres, traçant un maillage infranchissable.

Sur sa lancée, la birème de Maryab tendit le cordage avec un bruit sourd. Emportée par ce formidable élan, une première épave enflammée vint se fracasser contre sa coque et ses rames, y répandant son huile crépitante. Une deuxième épave, puis trois autres unirent leur feu contre ses flancs. Les jarres d'huile explosèrent avec des craquements secs. Les flammes jaillirent au travers des volets de nage. L'huile incandescente nappa les rameurs du banc inférieur. Le feu s'agrippa aux rames tel un démon.

À vingt ou trente coudées sur la droite et la gauche, les autres birèmes prenaient feu elles aussi. Elles entraînaient d'autres épaves contre elles, s'entravaient dans les cordages et s'y immobilisaient, impuissantes.

Du port de Sabas on contempla ce spectacle inouï des birèmes ennemies, l'une après l'autre saisies par des mains de feu qui se refermaient sur elles, incapables de manœuvrer et de dégager. Les explosions pareilles à des jets dorés claquaient sans cesse. Des hurlements d'épouvante couraient sur les flots. On imaginait les hommes pris dans le crépitement sauvage du feu qui se dispersait désormais sur l'eau aussi bien que dans une savane.

On devina les marins qui sautaient par-dessus bord, d'un brasier dans un autre brasier. On vit les guerriers cuirassés gesticuler inutilement dans les tourbillons de fumée brune. On vit les voiles devenir flammes, les mâts devenir d'immenses torches où disparaissaient les fanions volés à Maryab.

Les birèmes de Saba cessèrent leur nage, retenant leur mouvement avant d'entrer dans la mer de feu où le combat était inutile. Sur l'une d'elles flottait le pavillon de la reine Makéda.

Une trompe y sonna. Le bateau fit demi-tour, fonça vers la pleine mer, sur l'ultime birème ennemie encore intacte et qui escortait les barcasses des troupes.

Mais il n'y eut pas de combat. Abasourdi par ce qu'il venait de voir, le capitaine fit affaler les fanions des mukaribs de Kamna et Kharibat juste avant l'abordage. Un gigantesque cri de victoire roula sur la ville, et les birèmes de Sabas escortèrent leurs prisonniers jusqu'au port.

*
* *

La fumée et l'odeur du combat recouvrirent Sabas en liesse jusqu'au soir. Ce n'étaient que vivats, danses, chants et libations.

Le courageux Tamrin et ses habiles archers avaient été acclamés à leur retour. Les rires se déchaînaient quand on racontait encore et encore l'astuce. Mais chacun savait à qui on la devait.

Et quand Makéda reprit pied sur le sol, l'acclamation fut si longue, le peuple si pressant que Tan'Amar dut ordonner aux gardes de former une haie de lances afin que la reine puisse atteindre le palais.

Il y eut les prières de remerciement à Almaqah et abondance de bière. Il y eut aussi une déception.

Makéda avait espéré trouver Shobwa à la tête des guerriers faits prisonniers sur les barcasses. Après une longue inspection, Tan'Amar revint en secouant la tête.

– Tous les officiers répètent la même chose : Shobwa est malade sur la mer. Il n'est pas monté sur les bateaux mais est resté de l'autre côté.

– Ce n'est pas une ruse de lâche ? Il ferait tout pour se dissimuler.

Tan'Amar hocha à nouveau la tête.

– Je saurais le reconnaître. Je l'ai assez vu et assez haï pour que sa face de crapaud me reste gravée dans les yeux.

– Alors nous irons le chercher là où il se trouve, gronda Makéda. Demain ou après-demain, il saura ce qu'il s'est passé ici. On le prendra comme un lièvre tremblant.

Tandis que les clameurs de joie se poursuivaient à travers la ville, le festin de victoire commença sur la terrasse. Quand Tamrin se présenta devant elle, tout souriant de son exploit, Makéda lui dit :

– J'ai une récompense pour toi. Tu vas aller porter mon salut à Salomon, roi de Juda et Israël. Tu iras avec le jeune scribe, A'hia, qui parle la langue des Hébreux, et ce Zacharias, qui aime tant son maître. Les autres naufragés vous accompagneront aussi. Tu lui porteras des présents qui prouvent notre richesse et tu lui apprendras qui est la reine de Saba, qui était mon père et comment j'ai vaincu aujourd'hui. Vous irez avec l'une des birèmes des seigneurs de Kamna et Kharibat que nous avons capturées aujourd'hui, ainsi qu'avec une barcasse d'or et d'encens. Demain, je dicterai une lettre. Les scribes la traduiront et tu la remettras dans la main même de Salomon. Puis tu reviendras me dire ce qu'il en pense.

Quatrième partie

1

Makka'h

Elle avait écrit sur le papyrus :

Moi, Makéda, fille d'Akébo le Grand, fille de Bil-qîs, reine de Saba sous la paume d'Almaqah, je te salue, Salomon, fils de David, fils de Bethsabée, roi de Juda et Israël.

Voilà deux lunes qu'une tempête a détruit tes bateaux qui naviguaient sur la mer Pourpre à la recherche du pays de Pount. Mes marins n'ont pu sauver qu'une poignée d'hommes et rien de ta fortune. Ton serviteur Zacharias ben Noun, fils d'Eliah, fils de Josué, m'a conté tes louanges. Il y excelle. En sage seigneur, tu sauras récompenser l'agilité de sa langue.

Permets à Makéda, reine de Saba, de corriger ton savoir et celui de tes marins. Le pays de Pount n'existe pas. Le royaume de l'or, des encens et de la myrrhe se nomme royaume de Saba. Il va des déserts de l'aube, où surgit le sang du soleil si précieux à Pharaon, jusqu'à la jungle du crépuscule, où il s'éteint. La mer Pourpre miroite en son cœur telle une lame mortelle séparant les amants sur la couche nuptiale, ou, selon l'humeur de notre dieu Almaqah, les unissant de sa houle accomplie.

Ton serviteur Zacharias affirme que tu cherches le commerce de l'or et des parfums de sacrifice pour satisfaire ta puissance et celle de tes prêtres. Ce commerce, tu le trouveras ici, chez moi, selon l'abondance de tes désirs.

En gage de vérité, je t'envoie, avec tes marins et ton serviteur Zacharias, un Hébreu qui vit dans notre royaume depuis le temps des pères de ses pères. Il connaît notre langue et nos coutumes. S'il te plaît de l'interroger, il te dira qui nous sommes. Je t'envoie aussi mon serviteur Tamrin. Il possède courage et jeunesse. Lui saura te dire qui je suis, si tu en es curieux. Tu verras sur son visage que la peau de notre peuple est noire. Cependant les dieux ont voulu que, sous l'obscurité de notre apparence, notre sagesse possède la lumière du bien et du juste. Elle sait rendre droit ce qui a été tordu.

Le souffle des fils de l'homme,
qui saura quand il s'élève jusqu'au bleu du ciel ?
Le souffle des bêtes,
qui peut être certain de le voir
dans la poussière ?

Ô roi Salomon, puissant seigneur du royaume de Juda et Israël, moi, Makéda, reine de Saba, je te salue et te souhaite une vie de mille ans.

Makéda revoyait sans peine le sérieux avec lequel Tamrin avait serré le rouleau de cuir contenant la lettre sous sa tunique. Par prudence, A'hia et Zacharias en conservaient chacun une copie en hébreu.

Tamrin s'était incliné, avait assuré avec enthousiasme qu'il accomplirait sa mission. Il possédait aussi, dans l'intensité de son regard, une brûlure que Makéda identifiait maintenant sans peine chez les hommes. Elle ne doutait pas que si Salomon l'interrogeait, le beau et jeune Tamrin saurait trouver les mots qui rendraient le roi de Juda et Israël curieux d'elle.

Un peu plus tard, les voiles de la birème et de la barcasse conquises aux traîtres de Maryab s'étaient dissoutes dans l'horizon du nord avec une étonnante rapidité.

Désormais cela était loin. Beaucoup de choses s'étaient accomplies depuis. Elle n'était plus à Sabas mais à Makka'h, ce port ennemi d'où étaient partis les bateaux des traîtres de Maryab pour aller s'enflammer dans le piège qu'elle avait tendu. La saison des pluies était arrivée.

Pour la première fois de l'année, la foudre zébrait le ciel, lourd de nuages de ténèbres qui recouvraient en entier la mer Pourpre. Les rideaux gris de la pluie ondoyaient sur l'eau, ainsi que sur les montagnes dressées derrière la cité. Si les rues du port étaient encore sèches, la brise du large y soulevait la poussière en tourbillons furieux et portait la fraîcheur moite et salée annonciatrice du déluge.

Debout sur la minuscule terrasse de ce qui n'était pas un palais mais une simple maison de marchand, Makéda laissait vibrer chaque coup de tonnerre contre sa poitrine. Le pli de ses lèvres esquissait un sourire. Ce déchaînement du ciel lui plaisait. On eût cru qu'Almaqah ordonnait aux cieux d'épouser cette fureur vengeresse, si voisine d'une allégresse pleine d'élan, qui ne l'avait plus quittée depuis la bataille marine.

Sitôt après le départ de Tamrin, elle avait ordonné qu'on prépare les autres bateaux pour traverser la mer Pourpre.

– Il ne faut pas attendre. Nous allons sur l'autre rive affronter Shobwa, avait-elle annoncé à Tan'Amar et à Himyam.

Tan'Amar avait approuvé avec joie. Il souhaitait s'illustrer dans un combat sur terre pour briller aux yeux de sa reine tant aimée, et plus admirée que jamais. La victoire sur les navires des mukaribs de Kamna et Kharibat n'était pas sienne.

– Il est plus que temps que je coupe la langue fourchue de ce serpent !

Himyam ne fut pas de cet avis.

– Vous courez la gazelle et la hyène en laissant votre maison sans défense ! Almaqah seul sait ce que je trouverai à Axoum à mon retour. Ton oncle n'est pas le plus sage des gouvernants. Voilà ce que va être le royaume de ton père Akébo : un pays gouverné par un vieillard et un gourmand.

– Ma maison ne connaîtra jamais la paix tant que le serpent pourra glisser sa langue fourchue entre ses murs. Je veux anéantir Shobwa avant l'année nouvelle, afin que le printemps voie le royaume de Saba réuni en grand, de l'est à l'ouest. Sinon, j'aurais menti au roi Salomon. Le seigneur Yahyyr'an m'attend à Maryab. Il est plein d'impatience de tuer le taureau dans l'enceinte du temple de ma mère Bilqîs. Dès qu'il saura que nous affrontons Shobwa, il saisira la ville.

Himyam secoua sa vieille tête, grinça et marmonna en frappant les dalles du sol de son bâton.

– Le seigneur Yahyyr'an te veut dans sa couche. C'est une impatience qui peut encore attendre. Il est juste un nouveau serpent qui préfère la voie des épousailles à celle des batailles.

– Ne t'inquiète pas, sage de ma reine. Je ne lui laisserai jamais pousser une langue fourchue, grinça Tan'Amar.

Makéda avait laissé dire. Mais Himyam avait si bien protesté, et sans doute avec un peu de raison, qu'elle avait dû se contraindre à suivre son opinion.

Tan'Amar avait raccompagné le vieux sage à Axoum, où il avait mis en place une forte garnison et des officiers de confiance pour garder la cité.

Et comme cela diminuait leurs forces pour l'affrontement à venir, Makéda s'était adressée aux guerriers de Kamna et Kharibat faits prisonniers sur les barcasses. Elle leur avait offert le choix : ils pouvaient demeurer de vaillants guerriers, combattre sous le fanion d'Axoum et de Saba, gagnant gloire et or. Ils pouvaient rester fidèles à leurs anciens maîtres. En ce cas, ils perdraient armes et cuirasses, garderaient la vie sauve dans les geôles de Sabas jusqu'à la fin de la guerre contre Shobwa.

Dans un cas comme dans l'autre, ils ne devaient pas songer à la traîtrise. Le châtiment des fourbes était désormais abondamment connu dans tout le royaume.

On en conta moins de vingt, las des combats, que le repos des chiourmes attirait plus que la gloire du sang. Pour les autres, ce fut un soulagement de chérir le fanion de la reine de Saba. L'effroi de la bataille navale, le grésillement de la mer en flammes hantaient encore leurs nuits. Dans la voix, sur le visage tantôt si beau, tantôt si terrible, de Makéda, fille d'Akébo le Grand, il leur semblait deviner la présence intransigeante et invincible de ces dieux qui bâtissent le monde.

Ainsi, après un délai d'une demi-saison, Makéda et Tan'Amar avaient débarqué sans même un combat dans le port de Makka'h.

La réputation guerrière de la reine de Saba faisait trembler les vieux depuis des lunes. Chacun crut, en entendant les bateaux se déverser sur les rives et les digues, que la ville allait brûler avant le soir. On les accueillit dans la terreur. Volets clos, rues désertées, femmes et filles enfermées dans les caves.

Après un jour et une nuit, Makéda fit forcer les portes et contraignit les riches et les puissants marchands à s'incliner devant elle sur le port. Elle portait sa tenue de guerre ; une tunique simple et blanche aux manches brodées d'or, une cuirasse de cuir serrée sur son buste et qui révélait sa poitrine mieux que des tissus. Un anneau d'or brillait sur son front, ceignant l'aura de sa chevelure et soulignant la délicatesse de ses paupières. Elle laissa éclater sa colère.

– Votre peur m'insulte ! Moi, fille d'Akébo le Grand, je ne verse que le sang des traîtres. Ma dague ne transperce que les fourbes. Mon feu n'incendie que les serpents. Vous qui avez les cheveux couleur du temps, souvenez-vous. Mon père vous a-t-il porté tort une seule fois avant que les seigneurs de Kamna et Kharibat ainsi que Shobwa complotent contre lui ? N'étiez-vous pas heureux lorsqu'il régnait sur le royaume de Saba depuis les terrasses de Maryab ?

« Moi, Makéda, fille de Bilqîs, je suis venue sur ce sol pour rétablir le juste au-dessus de l'injuste. Je suis venue pour que la richesse de Saba profite à tous. Je suis venue pour que la paume d'Almaqah s'étende sur vous, vos femmes et vos filles. Celui qui pense que mon désir est de détruire m'insulte. La reine de Saba est la source de son royaume. Elle ne lance pas la grêle sur son peuple. Que chacun se souvienne :

La sagesse est plus forte que la lame,
la faute tue plus sûrement que la dague.
La mouche des enfers
ruine l'huile de la myrrhe.
Le sot est léger comme une plume.
Il pèsera plus lourd dans la balance du mal
que sagesse et gloire !

Avant le crépuscule, les portes et les volets s'ouvrirent. Les tables se garnirent de victuailles et les nuques s'inclinèrent pour masquer les balbutiements honteux qui bourdonnaient sur les bouches.

Un marchand prospère offrit sa maison et ses serviteurs afin que la reine de Saba dorme et gouverne sous un toit digne d'elle tant qu'elle demeurerait dans Makka'h.

Deux jours plus tard, les langues se déliaient pour de bon. Shobwa n'avait pas laissé de bons souvenirs derrière lui. Il s'était imposé par la crainte et la force. Sa colère s'était déchaînée en apprenant la défaite des navires des seigneurs de Kamna et Kharibat devant Sabas. Il s'en était pris aux vieillards et aux femmes, usant des plus jeunes pour son plaisir et semant l'humiliation dans les familles.

Bien vite, Tan'Amar apprit que Shobwa avait conçu un piège. Il avait disposé ses guerriers dans les gorges du wâdi Asha'îl, l'unique passage dans la montagne conduisant à Maryab. À mille coudées à l'est de Makka'h, la piste empruntait une faille entre des falaises rêches et rouges. Shobwa y avait préparé le terrain. Il avait posté ses archers au sommet des falaises, se donnant l'avantage sans avoir à livrer un véritable combat en face à face.

– Si nous avançons dans le défilé, les flèches et les pierres pleuvront sur nous sans que nous puissions combattre, expliqua Tan'Amar. Et nos guerriers ne pourront gravir en masse les falaises : les archers de Shobwa les tireraient comme des brebis. Le piège aurait pu fonctionner s'il n'avait laissé à Makka'h tant de gens qui le détestent.

– N'y a-t-il pas d'autres voies ? questionna Makéda.

– Il y en a certainement, mais qu'importe ? Nous ne voulons pas seulement arriver à Maryab. Tu veux en finir avec Shobwa, et ce serpent le sait.

Tan'Amar avait alors demandé à Makéda de lui accorder un peu de temps.

– Il faut de la patience. Laissons-le griller sur les falaises. Le plateau y est nu, les buissons n'abritent que les serpents. Il y sera en famille. L'ombre y est aussi rare que l'eau. Je vais y faire monter des guetteurs qui se relaieront pour observer ses mouvements. Tous les jours, nous irons nous montrer à quelques coudées de son traquenard. Trop loin de ses flèches, mais assez près de sa vue pour qu'il veuille demeurer à nous y attendre jusqu'à l'épuisement de ses réserves. Il croit nous prendre au piège de notre impatience à atteindre Maryab. C'est tout le contraire qui va se passer. Il se trouvera prisonnier du ciel et de la soif avant longtemps. Il n'aura pas d'autre solution que de redescendre jusqu'au wâdi.

Tan'Amar était convaincant. Malgré son impatience, Makéda avait accordé ce nouveau délai. Mais l'attente lui pesait. Elle comblait son désœuvrement en apprenant assidûment la langue des Hébreux auprès d'Élihoreph.

L'idée lui en était venue après le départ de Tamrin, alors que, déjà, elle attendait le retour d'Axoum de Tan'Amar. Élihoreph, désorienté par l'absence de son fils, errait dans le palais telle une ombre. Elle l'avait fait venir devant elle.

– Serais-tu capable de m'apprendre ta langue ? Et de m'enseigner l'écriture des Hébreux ?

Sidéré par la question, Élihoreph avait battu des paupières. Puis son visage s'était illuminé d'un sourire radieux. Le premier que Makéda lui eût jamais vu.

– Bien sûr, ma reine ! Bien sûr que tu saurais. Rien ne pourrait être difficile pour toi qui écris déjà tant et tant !

Depuis, il n'était guère de jour sans qu'ils se posent côte à côte, lisant, écrivant, ânonnant, répétant dix fois les mêmes mots, traçant et retraçant ces lettres au dessin fluide et souple comme de fines plantes toujours en mouvement sous la brise.

Et cela s'était poursuivi ici, à Makka'h, puisqu'il fallait de nouveau patienter, afin que Shobwa s'épuise sous le soleil. Mais les leçons d'Élihoreph s'étaient enrichies de belles histoires.

Le vieux scribe possédait un rouleau d'écriture qu'il ne quittait jamais, serré contre sa maigre poitrine même pendant la nuit. Selon lui, c'était là l'ouvrage des pères de ses pères, une écriture remontant au moins à quatre ou cinq générations.

– Ils y racontent toute l'histoire de notre peuple depuis le jour où l'Éternel a appelé Abraham pour lui commander de marcher jusqu'au jardin de miel de Canaan.

– Un jardin de miel ? avait souri Makéda. En voilà un rêve !

Élihoreph avait grommelé une protestation timide, baissant le front.

– Pas un rêve, ma reine, pas un rêve. Abraham l'a trouvé… Il y a planté ses tentes. Il y a même fait un enfant à son épouse Sarah. Isaac, le premier des Hébreux. Abraham avait cent dix ans et Sarah presque cent !

– Élihoreph ! Les pères de tes pères se sont raconté des contes pour endormir les enfants !

La face si livide d'Élihoreph avait rougi comme une prune d'Axoum. Il protestait sans trop oser, enroulant avec embarras ses doigts noueux dans sa barbe longue comme un fleuve.

– Rien n'est plus vrai, ma reine ! Rien n'est plus vrai. Et même, c'est ainsi que Salomon est devenu roi.

Le sourire toujours aux lèvres, Makéda avait levé un sourcil.

– Eh bien, lis-moi ce rouleau. Que je comprenne. Tout est toujours si compliqué avec vous !

Ainsi, elle avait écouté comment Abraham avait aimé Sarah et soudain entendu, pour la toute première fois, la parole du dieu invisible : *Abraham ! Abraham, je suis ton dieu, le seul et l'unique. Ne cherche pas mon corps ni mon visage. Ne cherche pas mon odeur et n'essaie surtout pas de faire de moi une apparence. Je ne suis rien de ce qui se voit et se sent. Mais tu m'entendras. Je suis une voix et des paroles.*

Élihoreph n'était pas le Zacharias de Salomon. Loin s'en fallait ! Il ne possédait rien de sa fougue, de son exubérance. Il lisait mal et butait souvent sur les mots écrits trop serrés. Sa voix était morne et besogneuse. Il se fatiguait vite, il fallait tendre l'oreille. Mais Makéda avait été subjuguée par ce qu'elle entendait.

Elle écoutait comment Abraham brisait les idoles des dieux de la pluie ou du vent, les génisses que modelait son père, et elle ne voyait plus le temps passer. Elle entendait la voix d'Abraham dans la voix d'Élihoreph, et elle comprenait ce qu'était le jardin de miel de Canaan, et elle oubliait, pour un temps, Shobwa, sa fureur vengeresse et son désir de voir l'enceinte de Maryab.

Ainsi s'était écoulée une demi-lune de plus. Assez pour que les nuées noircissent peu à peu le ciel et que tonnent enfin les orages de la saison des pluies. À la grande joie de Tan'Amar.

– Qu'il pleuve ! Qu'il pleuve vite ! Après avoir grillé, Shobwa n'y tiendra plus ! Nous l'aurons bientôt devant nos dagues.

*
* *

Coup sur coup, deux éclairs strièrent le ciel. Un énorme craquement déchira l'air. Makéda sursauta.

Le roulement du tonnerre parut s'enfoncer dans les abîmes de la mer. La houle blanchissait sur l'eau verte. La lumière diminuait comme si la nuit voulait régner en plein jour.

Dans un frappement sourd, les premières gouttes s'écrasèrent sur la terrasse. Les servantes crièrent. La pluie s'affala d'un coup. Si serrée, si bruyante et si jaillissante qu'on ne voyait ni n'entendait plus rien.

Makéda eut à peine le temps de se retirer à l'abri de la pièce. Elle devina une présence dans son dos. Élihoreph était là, dans une longue tunique grise où se perdait sa barbe.

— Ah, dit-elle, j'avais oublié que c'était notre heure.

Le visage tourmenté, les yeux rivés sur la mer noyée par l'orage, il ne parut pas l'entendre.

— Aurais-tu peur de l'orage, scribe ?

Élihoreph ne répondit pas. Ses lèvres frémissaient dans une grimace douloureuse. Makéda saisit ses frêles épaules.

— Que t'arrive-t-il ?

— Mon fils est sur la mer…

— Ton fils ?

Makéda ne put retenir un grand éclat de rire.

— Oh, que non, vieux scribe, ton fils n'est plus sur la mer ! Ni lui ni les autres. Ils sont arrivés depuis bien longtemps. As-tu perdu le sens du temps ? Imagine plutôt ton fils dans cette Jérusalem dont tu m'as tant parlé, près de Salomon…

Elle s'interrompit, encore saisie par le rire. Dehors la pluie ne cessait pas, déchaînée.

— Élihoreph ! Crois-tu que l'orage qui tonne ici gronde aussi, en ce moment même, sur la tête de ton fils ? Allons ! Toi qui ne jures que par la sagesse de tes prophètes ? Tu n'as pas plus de cervelle qu'un enfant.

Le vieil homme la considéra, désorienté. Ses doigts maigres tremblèrent, serrés devant sa bouche. Il secoua la tête, passa une paume livide sur ses yeux comme s'il reprenait conscience.

– Excuse-moi, ma reine. Bien sûr, tu as raison… La vieillesse conduit à la mer des stupidités aussi bien qu'au shéol. Que le Tout-Puissant me pardonne. Je ne m'accoutume pas à l'absence d'A'hia. Jamais nous n'avons été séparés si longtemps. Ah, quand tu l'as désigné pour aller s'incliner devant Salomon, j'étais heureux ! Quelle chance, quel bonheur ! Mon fils allait enfin fouler le sol des pères de nos pères. Bénie sois-tu, ma reine, pendant mille et mille ans. Mais dès le lendemain, la peur m'est descendue dans les reins. Depuis, je crains pour lui jour et nuit. Chaque fois que j'entends des pas, qu'une voile pénètre dans le port ou qu'une caravane s'annonce, j'espère qu'un messager va paraître et nous donner des nouvelles de Juda et Israël. Mais tu as raison. Même un enfant ne serait pas si fou. Ah ! il est dit dans nos rouleaux de sagesse :

Le fou va sur les routes,
Sa tête ne tient plus à ses épaules.
Tous rient,
Le fou est fou !

La sincérité du vieillard émut Makéda. Elle voulut le réconforter, montrant qu'elle avait retenu sa leçon de l'histoire des Hébreux.

– Élihoreph, ne m'as-tu pas appris que votre Éternel veillait sur le destin de chacun des Hébreux comme il avait veillé sur le chemin d'Abraham et de Moïse ? N'a-t-il pas scellé avec eux une alliance pour protéger votre peuple du mal ? Pourquoi t'inquiéter ?

Un petit rire sans joie secoua les épaules d'Élihoreph.

– Oui, oui. Tu as raison. Yahvé a fait alliance avec Abraham et Moïse pour conduire mon peuple. Mais pour ce qui est de nous, un à un, c'est une autre affaire. Tous les Juifs ne sont pas Abraham et Moïse, puissante reine. Tant s'en faut. L'Éternel demeure miséricordieux. Il sauve et soupire. Même à Jéricho, et même pour Loth. Mais il faut sentir sa faute. Yahvé ne tend sa paume sur nous qu'à Yom ha-Din, le jour du Jugement. Certains l'appellent Yom Kippour, le jour du Pardon. C'est dire qu'ils préfèrent le résultat à l'épreuve… Et on en est encore loin. Yom ha-Din est à l'autre bout de l'année. D'ici là, nul ne connaît son destin. Et moi, j'attends le messager de Jérusalem. Ce qu'il s'est passé sur la mer quand ils sont partis, qui le sait ? Ce qu'il se passe devant Salomon, qui le sait ?

Sans plus de moquerie, Makéda approuva. Songeuse, elle murmura :

– Tu as raison. Nul ne connaît son destin, ni pour le jour qui passe ni pour celui qui vient. Moi aussi, j'attends une réponse de Jérusalem.

La pluie faiblissait. Les servantes avaient dressé des demi-volets aux ouvertures de la terrasse. Ils protégeaient des éclaboussures sans obturer la pièce, déjà sombre.

Makéda montra la table, encombrée de calames, de bandes de papyrus et d'encre de poulpe mêlée d'huile.

– Ce n'est pas un jour pour l'écriture. Parle-moi encore de la Kouchite, l'épouse de Moïse à la peau noire. Cela te fera oublier ton fils, et moi, je veux connaître son histoire en entier.

Ils n'en eurent pas le temps. À peine Élihoreph avait-il commencé à raconter comment Tsippora endurait les méchancetés de Myriam, la sœur jalouse de Moïse, que Tan'Amar apparut. À grands gestes,

ruisselant, il bouscula les servantes, le sourire illumi-
nant son large visage.

– Ça y est, Shobwa est dans la boue !

*
* *

Juste avant l'aube, les guetteurs l'avaient réveillé.
Depuis le milieu de la nuit, l'orage avait frappé le
plateau où se tenaient le traître et ses guerriers.

– Les éclairs tombaient tout autour d'eux. La
foudre tranchait l'air comme si Almaqah pointait le
doigt sur eux. Les archers de Shobwa ont pris peur.
Les chameaux s'énervaient et menaçaient de fuir au
risque de se rompre le cou dans les sentiers de la
falaise. Mes guetteurs les ont vus se débander et
sont venus aussitôt me prévenir. Il faisait à peine
jour. J'ai pris trente de mes meilleurs combattants,
ainsi que des chameaux accoutumés au vacarme. Je
voulais être dans la gorge du wâdi Asha'îl quand
cette pourriture de Shobwa l'atteindrait !

Et c'était ce qui était arrivé. Éreinté par son
attente sur les falaises, entouré d'une maigre garde
de fidèles, leurs montures affolées, Shobwa achevait
la périlleuse descente au fond de la gorge alors que
Tan'Amar remontait la berge du wâdi Asha'îl, déjà
gonflé par les pluies.

Le serpent de Maryab n'était pas plus en état de
fuir que de combattre. Au cours de la descente, plusieurs de ses hommes s'étaient brisé les reins dans
des chutes vertigineuses. Les flots jaunes de la crue
emportaient leurs corps sans vie, jetant les chameaux sur les pierres des rives.

Les survivants ne songeaient qu'à filer sans
même tenter de tendre leur arc.

– Shobwa a essayé de se dissimuler parmi eux,
comme le couard qu'il est. Mais je l'ai reconnu à

228

travers la pluie. Croiras-tu qu'il porte toujours la même cuirasse que lorsqu'il était capitaine de la garde sous la main d'Akébo ?

Se séparant de ses hommes qui poursuivaient les fuyards, Tan'Amar était parvenu à lui couper la route et à le forcer au combat. Dans son poing, le traître avait vu luire le fer de la dague de Salomon. La peur avait brillé plus fort dans ses yeux. Six guerriers de sa garde s'étaient pressés autour de lui pour le sauver, fidèles et courageux, poussant leurs chameaux dans une course folle en amont du wâdi.

– Leurs bêtes étaient à bout. Ils ne pouvaient tenir ce train longtemps. Je ne l'ai pas lâché de plus de dix coudées.

Le wâdi, submergé par la crue, débordait de ses rives. La piste n'était plus que boue. Les pierres des gués devenaient invisibles, les passages sur les roches si glissants que les bêtes risquaient de s'y rompre les membres. Sur le haut des falaises, la foudre frappait encore. Elle pulvérisait des roches qui rebondissaient en éclats mortels jusqu'au fond de la gorge.

– Et soudain, devant nous, la faille faisait une courbe serrée. L'eau du wâdi y était rouge sang. Elle bouillonnait dans un fracas à rendre sourd. Un pont de rondins demeurait encore au-dessus des flots et conduisait sur l'autre rive. Un passage sûr par temps de sécheresse, mais de la folie sous l'orage. Mes hommes m'avaient rejoint. Shobwa a su qu'il n'allait pas nous échapper. Il a frappé sa monture à grands coups pour qu'elle s'avance sur les rondins. Sa garde a voulu le retenir… Il n'est pas même parvenu au milieu !

– Ne me dis pas qu'il s'est noyé ! s'écria Makéda. Il me le faut vivant. Vivant entre mes mains !

Tan'Amar rit.

– Ah, ma reine ! Je le sais. J'ai fait pour toi la chose la plus incroyable : je lui ai sauvé la vie !

Les guerriers de Tan'Amar avaient jeté des cordes. Au risque de se faire emporter lui aussi par la crue, Tan'Amar était allé arracher Shobwa aux flots, le tirant sur la rive par les cheveux.

Il plongea son regard dans celui de Makéda.

– Considère que c'est le plus grand cadeau que je puisse t'offrir, Makéda, ma reine. Shobwa n'aura pas d'autre chance avec moi.

Makéda devina son émotion. Elle s'approcha et se serra contre la poitrine puissante de son plus fidèle ami.

– Tu es mon roi, lui chuchota-t-elle à l'oreille. Je n'aurais jamais assez de mercis pour toi.

Elle s'écarta avec douceur, demanda :

– Où est-il ?

Stupéfait, transi par l'humidité qui collait tunique et cuirasse à sa peau, la gorge saisie par l'émotion, Tan'Amar demeura sans voix. Il passa ses puissantes mains dans ses cheveux trempés avant de trouver la fermeté de ton qui convenait pour répondre :

– Il t'attend là-bas, dans une belle cuvette de boue. Les lances et les épées sont pointées sur lui. Il a une jambe brisée, il ne peut plus fuir !

Makéda jeta un coup d'œil vers la terrasse. Il pleuvait encore, mais l'orage s'éloignait sur la mer.

– Que chacun soit prêt d'ici peu. Nous quittons Makka'h. Il est temps de voir les murs de Maryab !

Élihoreph, qui avait tout écouté bouche bée, ne put s'empêcher de gémir.

Makéda lui adressa un petit signe.

– Prends bien soin de ton rouleau de contes, scribe. Et ne crains rien. Ton Moïse a repoussé les eaux de la mer Pourpre. Almaqah m'ouvrira un passage sous la pluie jusqu'au temple de ma mère Bilqîs.

Tan'Amar avait raison.

Shobwa gisait dans la boue. Le temps ne semblait pas avoir laissé sa trace sur son visage. Il ressemblait trait pour trait à l'image conservée dans sa mémoire pendant les quinze années passées et qu'elle avait, chaque jour, haïe de toutes ses forces.

Dès qu'elle s'approcha, Makéda reconnut le caftan de cuir aux épaulettes d'acier finement incrustées d'or qui l'impressionnait tant quand elle était petite fille. Parfois, elle s'imaginait que la richesse de Shobwa était plus importante que celle de son père.

Malgré la souffrance et la fatigue, son visage demeurait juvénile et d'une grande beauté. Le bleu de ses iris rappelait la transparence d'une eau de source. Sa peau mate n'était ni pâle ni noire et paraissait d'une douceur plus propre aux femmes qu'aux guerriers. Sa chevelure et ses joues maculées de boue et de sang ne faisaient que souligner cette grâce trompeuse de serpent.

Enfoncé jusqu'à mi-corps dans un bassin formé par des roches qui retenaient le ruissellement boueux des pentes, il en avait la posture venimeuse. Il redressait la nuque, tâchant encore de sourire pour affronter les regards avec arrogance.

Il la reconnut dans l'instant, lui aussi. Sa bouche eut ce rictus d'insolence qu'elle s'était tant de fois remémoré quand l'insulte de la fuite de Maryab et la douleur de l'humiliation infligée à son père repoussaient le sommeil de ses nuits.

– Tu as grandi, fille d'Akébo, coassa-t-il. Tu es comme je me l'imaginais. Sais-tu que j'ai beaucoup pensé à toi, toutes ces années ? J'ai eu de jolis rêves grâce à toi. Ah ! si tu étais moins obstinée, tu ferais une bonne épouse…

Il eut un rire rauque. Tan'Amar et ses hommes pointaient déjà leurs armes sur lui. Makéda les retint d'un geste.

Elle s'avança. Elle portait de courtes bottes de cuir. D'un coup violent de la pointe de la semelle, elle frappa si fort la joue de Shobwa qu'on entendit un craquement. Il gémit, le sang sur les lèvres.

– Tais-toi, dit-elle calmement. Je ne veux plus jamais t'entendre.

De la ceinture qui serrait sa tunique de combat, elle tira une courte bande de cuir et la dague à lame de fer forgée au royaume de Salomon. Elle s'accroupit.

Shobwa n'était déjà plus si beau. Le coup de pied lui avait brisé la mâchoire, y laissant une marque sombre. La transparence de ses iris se teintait de rouge. Il regardait la lame avec horreur.

Makéda sourit.

– N'aie crainte, tu vas vivre encore longtemps.

Elle ordonna :

– Général Tan'Amar, tiens la tête du serpent.

Tan'Amar eut un grognement de plaisir. Il se laissa tomber à genoux sur les reins de Shobwa, emprisonna sa tête dans ses larges mains.

Tout autour, les guerriers de Saba observaient avec attention. Ils savaient que s'accomplissait enfin la vengeance d'Akébo le Grand et de sa fille Makéda, et qu'ils pourraient bientôt, partout où les conduiraient les victoires de la reine de Saba, la raconter.

Se protégeant les doigts de la bande de cuir comme si Shobwa était venimeux, Makéda lui tira vivement la langue hors de la bouche. On ne vit que l'éclair de la lame. Le sang jaillit en même temps que le grondement de Shobwa. Tan'Amar durcit sa prise. De brune la boue devint écarlate.

Makéda dressa la main, montrant à tous le bout de langue tranchée. D'une voix ferme, elle lança :

– C'en est fini de la langue fourchue de Maryab !
Nous n'entendrons plus de mensonges !

Elle jeta le bout de langue dans le bouillonnement du wâdi.

Alors qu'elle se retournait, sans crier gare et à la surprise de Tan'Amar, sa lame trancha dans la peau douce du visage de Shobwa. Du front au menton, la chair s'ouvrit. C'en était fini de la beauté du traître.

Il y eut un grondement de stupeur chez les guerriers.

Makéda était déjà debout.

Tan'Amar leva vers elle un regard étonné, brillant d'admiration et de tendresse. Il lâcha sa prise, abandonna Shobwa qui se roula dans la boue, gémissant, les mains pressées contre son visage torturé.

Makéda cria à l'adresse de Shobwa :

– Cela pour que ta face porte devant Almaqah le crachat de mon père Akébo le Grand ! N'espère pas mourir. Je veux que le peuple de Saba voit ton visage et sache ce qu'il cachait.

Aux jours de ténèbres
le vil creuse la fosse
de son enfer.
Aux jours de ténèbres,
le serpent pousse la pierre
qui l'écrasera.
Aux jours de ténèbres,
le juste est encore droit sous la paume
de son dieu,
et moi,
j'en ai fini de chanter
la vengeance.

Un silence lourd suivit le chant. On n'entendit plus que le vacarme du wâdi Asha'îl. Derrière les guerriers, indifférents à la pluie, serrés les uns contre les autres sur la rive étroite, servantes et serviteurs, toute la troupe de la reine de Saba contemplait la scène avec des yeux avides autant que craintifs.

Tan'Amar tira un tissu huilé de sa ceinture. Il le tendit à Makéda.

– Essuie ta lame, ma reine. Elle craint plus l'eau que le sang du serpent.

Tout autour les guerriers éclatèrent de rire. Le cri jaillit de leurs bouches en même temps et rebondit contre les falaises, en écho au tonnerre :

– Longue vie à Makéda, fille d'Akébo, reine de Saba par le sang et la justice !

2

Maryab, palais Salhîm

Il leur fallut une lune pour atteindre Maryab.

La pluie ne cessait de creuser les chemins. Ils passèrent par Ibn, Zaffa et Hinû-az. Chaque fois les trompes sonnaient dès leur approche. Le peuple des cités courait à leur rencontre, riant et criant de joie le long de leur caravane.

Transporté sur une civière de branchages traînée par une mule, se trouvait Shobwa. Il délirait de fièvre, le visage bandé d'un tissu ensanglanté, une jambe entre des attelles. Ses souffrances et ses tremblements ne retenaient pas les insultes et les quolibets. Tous se rappelaient la puissance qu'il avait imposée durant des années avec une poigne de fer.

Des gardes le protégeaient des coups et le soignaient.

– Laissez-le cuire dans sa douleur ! grondaient-ils sévèrement. Notre reine veut qu'il vive et souffre.

Lorsque Makéda franchissait les portes, on entendait, comme un refrain : « Longue vie à Makéda, fille d'Akébo, reine de Saba par le sang et la justice ! »

Les cadeaux et les festins abondaient. La caravane repartait au matin plus grosse qu'elle n'était arrivée.

Enfin, un matin aussi pluvieux et venteux que les autres, ils pénétrèrent dans le défilé du Jabal Balaq qui avait vu leur sinistre fuite.

Makéda et Tan'Amar y demeurèrent longuement silencieux. Ils donnaient l'impression d'entendre encore le galop de leur course sur les chameaux noirs.

Le lendemain soir, les falaises du Jabal Balaq s'écartèrent devant eux. Les toits vernissés, les murs à tourelles, les hautes terrasses plantées d'arbres de Maryab se dressèrent devant eux. Et toute la splendeur de la plaine des parfums. Les digues, les ouvrages hydrauliques, les hautes portes, les entrepôts, l'enceinte de Marham Bilqîs, le grand temple au sanctuaire de colonnades, tout était là.

Intact et aussi beau que dans leur souvenir.

Comme si le temps n'avait pas passé.

Makéda immobilisa sa monture. Troublée et moins heureuse qu'elle ne s'y attendait.

Était-ce cela, la victoire ? Suspendre le temps ?

Elle tressaillit. Depuis les murs de ronde, les trompes en cornes de bélier sonnaient à tue-tête. La haute porte s'ouvrait. Une troupe portant des fanions apparut devant des seigneurs en tenue d'apparat.

– Le seigneur Yahyyr'an et toute sa jolie cour, grinça Tan'Amar à côté de Makéda.

*
* *

De celui-ci, elle ne se souvenait pas. Mais elle reconnut dans Yahyyr'an les traits de son père, le seigneur Yahyyr.

Un homme petit, à la silhouette trapue, aux membres épais, au nez fort, le teint sombre, la bouche très ourlée. Mais si le père imposait une présence

236

forte et sévère, le fils avait le regard plus incertain et sa parole ne parut pas très vive.

La beauté de Makéda le laissa dans un saisissement que seuls le vacarme de la foule et les demandes de Tan'Amar, brutal et impatient de trouver des logements pour ses guerriers, parvinrent à rompre.

C'est cependant à son côté, et souriante, que Makéda franchit la porte de la ville en liesse. Comme à Ibn, Zaffa ou Hinû-az, les murs et les ruelles résonnèrent des cris de bienvenue.

C'est aussi le seigneur Yahyyr'an qui la conduisit jusqu'aux chambres de son enfance et qu'elle semblait avoir à peine quittées.

– Très puissante reine, c'est mon bonheur de te voir ici, soupirait Yahyyr'an. J'y ai pensé et pensé, et mille fois sacrifié à Almaqah ! Qu'il garde sa paume sur toi jusqu'à la fin des temps. Mais je savais que tu serais la plus forte. Tu peux questionner autour de toi, tous te le répéteront, je t'ai été fidèle du soir au matin.

Makéda et Tan'Amar passaient dans les chambres et sur les terrasses avec étonnement.

– Tu vois, ma reine, disait encore Yahyyr'an en trottant à leur côté, Shobwa a vécu ici, avec ses manières et ses outrances. Mais quand il est parti à Makka'h en apprenant la mort de ton père, j'ai su qu'il ne reviendrait pas. J'ai tout fait remettre en place, selon l'ordre qu'aimait Akébo le Grand.

Et c'était vrai. Makéda retrouvait l'emplacement des couches et des coussins. Les tapis et les tables, les tabourets et les braseros, tout était pareil au décor de ses souvenirs. Et quand ils parvinrent sur la grande terrasse où son père aimait prendre l'air dès son réveil, et qui était le signal pour les guetteurs de sonner les trompes, elle eut la surprise de découvrir la maquette de terre cuite du temple de sa mère.

Yahyyr'an se rengorgea.

– Shobwa voulait la détruire entièrement, mais mon père l'a sauvée…

Makéda eut un sourire de politesse. Elle détourna le regard avec un embarras que Tan'Amar perçut. Elle dit au seigneur Yahyyr'an :

– Fais-en sorte que Shobwa vive encore. Que les nourrices le soignent. Je ne veux pas qu'il meure tout de suite.

Yahyyr'an la considéra avec étonnement, sans oser répondre.

Ce n'est que plus tard, alors que le festin du retour animait le palais de tous ses feux, qu'il déclara :

– Je tiens ma promesse, ma reine. Il y a des taureaux de six ans dans les enclos. Tu peux en choisir un dès demain. J'irai dans l'enceinte du grand temple de Bilqîs le tuer pour l'offrir à Almaqah. Je veux mériter ton attention et ton affection, ainsi qu'il est convenu.

Makéda s'attendait à ces paroles depuis longtemps. Elle devina les yeux de Tan'Amar qui pesaient sur elle, guettant sa réponse.

Elle soutint le regard de Yahyyr'an, y lut sans peine l'impatience et la timidité du désir. Elle approuva d'un signe. Tira de sa manche le petit taureau de bronze avec lequel elle avait, enfant, inventé la cérémonie de Bilqîs pour son père.

Entre ses doigts graciles, elle le fit danser devant Yahyyr'an.

– Je n'ai rien oublié, puissant seigneur. Ce taureau est demeuré avec moi durant toutes ces années. Il entrera dans l'enceinte, comme promis. Mais, comme tu le sais, la cérémonie ne peut avoir lieu avant la fin des pluies. Tel était le souhait de mon père. Demain, j'enverrai un messager à Axoum. Himyam et mon oncle Myangabo doivent

238

apprendre mon bonheur d'être ici pour l'annoncer partout dans Saba. Et aussi, je veux que Kirisha, qui fut comme l'épouse seconde d'Akébo, qui est née fille de la plaine de Maryab, me rejoigne. Nous ne pouvons sacrifier sans elle.

La déception défit le visage de Yahyyr'an.

– Tu n'iras pas dans le temple avant la fin des pluies ?

– J'irais chanter pour ma mère Bilqîs dans le sanctuaire, seigneur Yahyyr'an. Mais cela s'accomplit sans les hommes.

De tout le reste du festin, Yahyyr'an demeura silencieux et sans joie, tandis que les autres seigneurs, entraînés par Tan'Amar, buvaient et braillaient la gloire de leur reine jusqu'à l'ivresse.

Réfugiée dans la chambre qui avait été celle de son père, Makéda les entendait rire. Quand ils se calmaient, le frappement de la pluie sur le sol de la terrasse traversait la nuit jusqu'à elle. Dans la chiche lumière d'une seule mèche de lampe, c'était un murmure qu'elle reconnaissait, lui aussi.

La déception étrange qu'elle avait éprouvée en redécouvrant Maryab la saisissait à nouveau. S'y ajoutait le malaise de savoir que Shobwa avait vécu dans ces pièces. Yahyyr'an avait tenté de leur redonner leur ancienne apparence, elles n'en demeuraient pas moins souillées.

Cependant, Makéda devina que sa mélancolie venait d'une autre pensée, plus forte et plus troublante.

La haine qui l'avait fait patienter, apprendre et s'endurcir jour après jour pour que la vengeance s'accomplisse s'était évanouie avec le sang de Shobwa coulant dans la boue. Comme l'abcès ouvert libère son infection, la vue du corps torturé du serpent avait vidé son cœur de son obsession.

Et maintenant elle songeait que le destin de Makéda, reine de Saba, ne se réduisait pas à la vengeance. Maryab n'était plus qu'un palais de souvenirs. La sagesse et la grandeur ne s'enfermaient pas dans les souvenirs.

Enfouie dans ses pensées, elle frissonnait, saisie par l'humidité de la nuit. Elle regardait le fond de l'obscurité comme si une silhouette allait s'y former.

Elle chantonna doucement :

Ma vigne est devant moi,
Vas-tu réveiller
les murailles qui conduisent
aux mille ans du bonheur ?
J'ai lavé mes pieds,
j'ai fait couler la myrrhe sur mes cuisses,
j'ai posé l'encens des mots
sur mes lèvres,
pour partir à ta rencontre…

Elle s'interrompit avec un sourire, surprise. Tandis qu'elle murmurait son chant, une apparence ne venait-elle pas de se dessiner dans la nuit tendue de pluie ?

Impossible. Aucune ombre dans la nuit. Mais dans son esprit un nom, la chaleur d'une présence.

Salomon. Roi de Juda et Israël.

Allons ! Folie. Son chant se jouait d'elle. Le visage et la silhouette de Salomon, elle les ignorait absolument. Impossible de les inventer. Et pourquoi le faire ?

Elle rit. Elle voulut se moquer d'elle-même.
Je l'ai cherché, mais où le trouver ?
J'ai appelé,
j'attends la réponse !

Elle se tut à nouveau. Sérieuse, troublée, la poitrine lourde d'une émotion nouvelle qui la déconcertait. Les mots fredonnés qui venaient de passer ses lèvres appartenaient à la langue des Hébreux.

Ah, *Le fou va sur les routes, sa tête ne tient plus à ses épaules,* disait le rouleau de sagesse du vieil Élihoreph !

*
* *

Pendant des jours, une lune puis une autre, on ne vit plus la reine de Saba hors des chambres et des terrasses de son palais. Elle y passait un temps infini en étude avec Élihoreph. Sous l'effet de ce rapprochement si fréquent, le vieux scribe semblait reverdir, devenant plus savant qu'il ne l'avait lui-même soupçonné.

Les messagers étaient partis, aucun ne revenait. La saison des pluies s'effilochait dans une lumière morne. La chaleur s'imposait doucement et les verts de la plaine des parfums s'étoffaient.

Chaque soir, Tan'Amar passait un moment près de Makéda. Il lui transmettait les nouvelles de la ville et des cités fraîchement soumises. Il racontait en détail comment les mukaribs de Kamna et Kharibat envoyaient quantité de cadeaux et d'émissaires pour s'assurer qu'on n'allait pas leur couper la tête. Il lui certifiait que le royaume redevenait paisible et soulagé, ce qui était vrai.

Il prenait ses ordres, qui étaient rares.

Elle demandait si Shobwa se maintenait en vie. Il répondait que oui, bien trop en vie. Les nourrices et sages femmes avaient soigné ses blessures grâce à des herbes et des onguents, c'en était fini de la fièvre. Il était désormais dans une cage où les badauds venaient le voir et l'insulter. De temps à autre, il recouvrait assez de forces pour répliquer dans un borborygme ridicule. Et Tan'Amar demandait :

– On ne va pas pouvoir le garder ainsi longtemps.
Tu vas devoir en finir avec lui.

Elle approuvait d'un signe, elle ne répondait pas.

Il parlait avec prudence. Racontait l'impatience
du seigneur Yahyyr'an avec désinvolture, sans
jamais rien révéler des colères qu'il devait apaiser.

Il ne disait pas que, dans Maryab et au-delà, on
murmurait que le général Tan'Amar partageait la
couche de la reine Makéda. On se racontait en riant
que jamais le seigneur Yahyyr'an, qui avait bien cru
devenir roi en passant par cette couche, ne s'assoi-
rait sur le siège d'Akébo le Grand.

Tan'Amar ne disait pas qu'il laissait murmurer et
que cela lui procurait même une intense satisfaction.

Mais souvent l'un et l'autre se taisaient.
Tan'Amar se contentait de s'emplir les yeux de la
beauté de Makéda.

Une beauté qui irradiait et intimidait. Sa chevelure s'écoulait maintenant en tresses fines où
tintaient des éclats d'or. La courbe de sa nuque,
quand elle inclinait le visage, semblait un écho fragile de ses reins. Quand elle passait à la lumière, la
tunique ne pouvait rien masquer de sa poitrine et de
ses cuisses tendues. Dans le sourire, ses lèvres
paraissaient suspendre un baiser. La lumière grise
des jours posait un velours de soie sur ses pommettes.

Quand ils parlaient ensemble, elle se tenait près
de lui à le toucher. Tan'Amar s'enivrait de son parfum. Son corps, devenu plus lourd et un peu plus
lent avec l'âge, frémissait. Son cœur battait durement dans sa poitrine de combattant.

Mais il lisait dans ses prunelles une intelligence et
un savoir qui l'obligeaient à incliner le front. Elle
possédait le pouvoir d'être reine, mais aussi une
autre puissance qui lui était inconnue. Il ne recon-

naissait plus celle qu'il avait vue, impassible dans la violence, balafrer le visage du serpent Shobwa. Elle devenait une femme de douceur et de lumière dont le regard soudain le transperçait.

Dans leurs silences, il guettait un frôlement, un sourire. Parfois, elle posait encore sa main sur son poignet, comme elle le faisait au temps de Sabas. Mais ce temps était révolu, il le pressentait. Comme était dépassé le rêve qui lui dévorait les reins et ne le quittait plus. Pas même quand il allait retrouver une servante ou l'épouse d'un seigneur au cœur de la nuit.

Il ne doutait pas, cependant, qu'elle savait ce qu'il endurait. Par tendresse pour lui, elle n'en laissait rien paraître. Comme il comprenait, lui aussi, d'où venait son éprouvante beauté. Elle aussi avait un rêve qui la dévorait.

Peut-être n'en avait-elle pas encore conscience. Mais lui, Tan'Amar, en devinait déjà la source et savait que jamais il ne pourrait l'en détourner.

Sur cela, comme elle, il préférait se taire.

Une épreuve plus difficile que d'affronter une haie d'épées au combat. Quand la colère et la tristesse le faisaient bouillir de rage, il s'en prenait au seigneur Yahyyr'an qui s'obstinait à vouloir réclamer le dû d'une promesse qu'on ne lui avait jamais accordée.

*
* *

Enfin, un jour où la pluie n'était que bruine, où les nuages laissaient filtrer un soleil blanc, on annonça une petite caravane venant du nord. Elle allait sans mules, sans chameaux de charge, seulement avec des montures de rechange pour dix hommes. Tan'Amar songea sur-le-champ qu'il s'agissait de messagers. Il se posta devant les murailles de Maryab pour les accueillir.

Quand les caravaniers firent plier les genoux de leurs bêtes, il ne fut pas surpris de les entendre demander si la reine de Saba était encore dans les murs. Ils étaient envoyés par Salomon, roi de Juda et Israël, et porteurs d'un message écrit.

Il prit le rouleau de cuir contenant la lettre et le porta jusqu'à Makéda. Il surveilla son émotion, bien qu'elle fît un effort magnifique pour ne rien laisser paraître. Cependant elle ne put empêcher ses lèvres de se suspendre à son souffle telles deux ailes d'hirondelle. Ses paupières se baissèrent et sa poitrine battait contre le tissu de sa tunique.

Elle tendit l'étui de cuir à Élihoreph. Elle évita de parler.

Le vieux scribe sortit le papyrus de son étui. Il reconnut l'écriture ample et vigoureuse. Son corps chenu vacilla. Il gémit, incrédule :

– Salomon, ma reine ! C'est Salomon qui t'écrit !

Elle ne dit rien. Ne donna pas d'ordre, ne montra pas d'impatience. Élihoreph comprit de lui-même qu'il devait s'empresser de lire.

De moi, Salomon, fils de David, roi de Juda et Israël, à toi, Makéda, fille d'Akébo, reine de Saba.

Puissante reine, je t'ai lue.

J'ai appris que Pount n'était pas Pount mais Saba. J'ai appris tes bienfaits pour moi et j'ai su que la sagesse de Salomon ne va pas au-delà de la mer des Roseaux.

Zacharias mon serviteur m'a parlé. Tamrin ton serviteur m'a parlé. L'un comme l'autre, avec une langue déliée, m'ont dit qui tu es et ce que tu accomplis.

Les écoutant, la magnificence de tes présents, l'or, l'encens et la myrrhe, qui ont éclairé et parfumé mon palais, sont soudain devenus à mes yeux aussi pâles qu'une lune derrière la brume.

Puissante reine, ton pays est riche. Non pas de ce que tu crois, mais seulement parce que ton peuple peut, chaque jour, poser les yeux sur toi. Ce sont leurs yeux que j'envie, plus que l'or et les parfums, qui se payent et s'engloutissent dans nos palais pour soutenir nos gloires éphémères.

La sagesse dit :

Il n'y a qu'un souffle pour l'homme,
mais la beauté
est la respiration éternelle.
Celui qui la voit et l'emporte
dans son cœur
connaît la paix du temps.

Puissante reine, tu l'écris : le commerce entre nous peut fleurir par l'abondance de nos désirs.

Il n'est pas de cadeau que je puisse t'envoyer pour répondre avec dignité à tes présents. Je m'incline devant toi, humblement, et t'offre en retour de venir à Jérusalem, en mon royaume, béni soit-il par l'Éternel notre Dieu. Ici, tu pourras désigner, prendre et jouir de tout ce qu'il te plaira.

On dit que moi, Salomon, fils de David, fils de Jessé, je suis ici le maître des hommes et des oiseaux, des fleurs et des sources, du juste et de l'injuste. En ta présence, je n'y serai que ton serviteur. La gloire de mes jours sera d'accomplir ta paix et ton bonheur.

Les vents ne sont pas à la navigation vers le sud. J'envoie vers toi, à l'est et à l'ouest, des messagers certains de t'atteindre.

Puissante reine, Makéda fille d'Akébo, Salomon, roi de Juda et Israël, guette ta venue aux portes de Jérusalem.

Que Yahvé, le Tout-Puissant, te bénisse pour mille ans.

Elle aurait pu lire la lettre de Salomon sans l'aide d'Élihoreph. Elle connaissait à présent assez d'hébreu pour la retenir par cœur. Mais si elle prenait le rouleau dans ses mains, ses doigts trembleraient.

Elle ne savait que penser de la fougue qu'elle y devinait.

Était-ce là la lettre d'un roi qui veut faire du commerce ? ou celle d'un puissant seigneur, plein de fougue et empli d'une assurance juvénile sur son pouvoir de plaire ?

Pourtant n'était-ce pas aussi le ton qu'elle avait espéré ?

N'était-ce pas ainsi qu'elle avait deviné follement une présence dans la nuit, le soir de son retour à Maryab ?

Et maintenant, avec ces mots d'encre sur le papyrus, il lui semblait pouvoir imaginer la silhouette de Salomon bien qu'elle ne l'ait jamais vu ni n'ait demandé à Zacharias de le décrire.

Folle qui n'a plus la tête sur le corps, qui rêve et imagine ! Qui fait danser l'illusion dans un battement de paupières et les coups trop violents du cœur !

À nouveau, elle voulait se moquer d'elle-même.

Cependant les mots de Salomon tournaient et creusaient leur sillon dans son esprit. Y semaient un trouble qui ne trouvait pas d'apaisement.

Pour s'en protéger, elle pensait : « Tamrin et Zacharias sont des idiots. Ils n'ont su lui parler que de mon apparence et pas de ce que je pense ! Pas un mot dans sa lettre sur ma sagesse. Ou est-ce son orgueil qui l'étouffe et l'empêche de songer ainsi à une femme, lui qui accumule les épouses et les concubines dans sa couche ? Oui, vraiment, que lui importe la cervelle d'une femme ! Et toi, que t'importe d'être séduite ? »

Elle se disait : Il n'y aura pas de réponse pour Salomon. Elle était Makéda et non une fleur, une source ou un oiseau, et même un jardin tout entier dont il était maître dans son palais de Jérusalem !

Elle se disait : Oublie et occupe-toi de ton royaume. Elle allait du haut en bas de son palais, sur les terrasses et les chemins de ronde voir si la pluie ne voulait pas cesser et, quand elle cessait, trouvait le soleil pâle et bien trop froid. Elle houspillait les servantes sans raison.

Elle se divertit à consoler Élihoreph qui n'avait retenu, de la lettre de Salomon, que l'absence du nom de son fils.

– Il est arrivé quelque chose à mon A'hia, gémissait-il.

– Et comment Salomon aurait-il compris ce que lui disait Tamrin, si ton fils n'était pas sa bouche ? se moquait Makéda.

Elle se divertit en faisant passer un message au seigneur Yahyyr'an pour lui signifier qu'elle était souffrante et ne pouvait, contre son cœur, le recevoir, lui qui demandait, pour la centième fois peut-être, à la saluer.

Elle en rit un peu avec Tan'Amar. Mais elle évitait aussi de s'asseoir à côté de lui. Elle ne pouvait ouvrir ses pensées et son cœur à personne.

Elle cessa de se divertir, s'aperçut à peine que la saison des pluies cédait devant le soleil. À nouveau, les verts de la plaine des parfums, devant Maryab, resplendissaient.

Si bien que ce fut Tan'Amar qui remarqua :

– Les messagers de Salomon s'impatientent. On leur a demandé de rentrer avec une réponse. Au moins un oui ou un non.

Avec une froideur qui mentait mal, elle répondit :

– J'attends la venue de Kirisha. Puis je déciderai.

– Ce n'est pas Kirisha qui décidera avec qui tu commerces, ma reine.

– Pourquoi aller si loin ? Juda et Israël, c'est une demi-année de voyage par la mer. Ne peut-on passer un pacte sans se voir, ce Salomon et moi ?

Tan'Amar hésita. Il se raidit avant de sourire et de répondre avec calme :

– S'il suffisait d'un pacte, il serait déjà entre tes mains. Tu iras chez Salomon parce qu'il le veut, et tu y songes depuis le départ de Tamrin.

Ils se dévisagèrent, pétrifiés l'un autant que l'autre par la vérité qui venait d'être énoncée.

Makéda fut au bord de la colère. Puis elle comprit ce que voulait dire Tan'Amar. Elle posa sa main sur la paume qu'il tenait ouverte sur son genou. Il la serra à la broyer, murmura :

– Je serai ici à ton retour, aussi fidèle qu'à ton départ.

Elle ferma les paupières et se détourna, sans un mot pour lui quand il s'éloigna.

Ce soir-là, on la vit solitaire dans le sanctuaire de sa mère Bilqîs. Elle y chanta et fit des sacrifices.

Le seigneur Yahyyr'an se précipita pour l'annoncer à Tan'Amar, plein d'espoir :

– La reine chante pour sa mère. La saison des pluies est achevée. Elle s'est décidée, comme convenu. Tu t'es trompé du tout au tout, général Tan'Amar ! Tu as manigancé pour m'écarter, mais tu me verras bientôt tuer le taureau dans l'enceinte de Bilqîs !

Le rire de Tan'Amar lui fit l'effet d'une gifle.

Quatre jours plus tard, alors que le soleil rayonnait, un guetteur annonça enfin la caravane de Kirisha.

Elle aussi avait changé. Son visage portait la grâce de son ancienne beauté, mais les rides y racontaient la mort d'Akébo. Sa taille s'était arrondie. Sa silhouette montrait cette lassitude tendre et apaisée que le souvenir de la jeunesse dépose tel un don du temps sur les plus belles femmes.

Elle embrassa longuement Makéda, lui raconta les mille nouvelles d'Axoum et comment, en traversant le royaume, elle avait entendu tout au long du chemin conter et chanter ses exploits avec ferveur.

Kirisha retrouva avec autant d'enchantement que de larmes la chambre qui avait été celle de ses premières amours avec Akébo. Elle voulut aller chanter avec Makéda pour Bilqîs dans le sanctuaire d'Almaqah, afin d'honorer d'un sacrifice la première et unique épouse de celui qu'elle avait aimé sans jamais de jalousie.

Ses sœurs arrivèrent de Kharibat. Il y eut de nouvelles embrassades, des rires, une longue fête sur la terrasse royale, sans autres hommes que les gardes sur le chemin de ronde.

Makéda eut la patience d'attendre. Quand enfin le calme revint, elle prit la main de Kirisha, lui dit :

– Allons prendre un bain.

Elles se retrouvèrent dans le bassin des thermes où les servantes faisaient brûler des encens et des feuilles de sauge. Ce même bassin où Makéda avait pour la première fois chanté et avoué à Kirisha : « C'est pour toi que j'invente ces chansons. Tu es la plus belle et celle que j'aime. »

Cette fois, elle dit :

– Salomon, le roi de Juda et Israël m'a écrit.

Et elle raconta à Kirisha tout ce qu'elle savait et pensait de Salomon.

Kirisha écouta.

Elle réclama aux servantes le savon noir, composé d'huile et de bergamote pilée. Tandis que Makéda racontait, elle lui savonna doucement le dos, les épaules, tout ce corps d'une beauté de merveille avec laquelle elle ne se comparait plus.

Quand Makéda se tut, elle déclara :

– Il n'est pas un homme sur terre, pas un roi ou un pharaon, qui n'hésiterait à guerroyer pour avoir le privilège de faire ce que je viens de faire. Et cela les rendrait encore plus fous qu'ils ne le sont déjà !

Elles rirent de bon cœur. Puis Kirisha ajouta :

– Tu iras voir ce Salomon de Jérusalem, sinon, tu en mourrais de regret avant le prochain printemps.

Makéda la contempla de ce regard qui faisait baisser les paupières de Tan'Amar. Mais Kirisha ne détourna pas la tête. Au contraire.

– S'il est un homme sur terre dont tu veux connaître le cœur, c'est lui.

– Il ne veut pas connaître le mien. Il veut connaître mon visage et mon corps.

– Ainsi sont les hommes. C'est seulement une fois en nous qu'ils commencent à voir clair.

– Il est plein d'orgueil, d'arrogance, de mots de séduction !

– Le contraire, tu ne le supporterais pas.

– Il a plié trois et mille femmes sur sa couche, et même si ce n'est pas vrai, il s'en vante comme un enfant de son premier grillon.

– Tu as, toi, une beauté qui lui brûlera la mémoire.

– Ce n'est pas ma beauté qu'il doit voir.

– Qui d'autre que toi pourra savoir s'il est capable de cet exploit ?

Cette fois, Makéda se tut.

Kirisha l'attira contre sa poitrine. Elles se laissèrent bercer par l'eau parfumée. Kirisha murmura à l'oreille de Makéda :

– Et ce n'est que devant lui que tu sauras si cet amour que tu portes déjà n'est qu'un songe.

*
* *

Au soir Makéda convoqua Tan'Amar. Elle lui annonça la nouvelle.

Il approuva d'un signe.

– Je savais que tu irais devant Salomon.

– Je ne resterai que le temps nécessaire. Tu seras mon roi ici. Je vais l'annoncer devant le seigneur Yahyyr'an. Il devra se trouver une épouse. Il pourra, s'il le veut, tuer un taureau dans l'enceinte de Bilqîs ma mère. Le passé est le passé. Il n'est nul besoin d'y revenir. La vengeance est accomplie. Les souvenirs n'annoncent plus les jours qui viennent. Le royaume de Makéda, fille d'Akébo, doit être neuf comme un enfant qui n'a pas encore menti.

– Que ferai-je de Shobwa ?

Makéda sourit.

– J'y ai bien réfléchi. À Makka'h, on le déposera dans une barque attachée à mon navire. Quand nous serons au milieu de la mer Pourpre, on le laissera voguer.

– Sans eau, sans nourriture ?

– Sans rien d'autre pour se nourrir et se désaltérer que sa mémoire de fourbe. Almaqah saura qu'en faire.

Tan'Amar éclata de rire.

Puis ils se turent, sérieux.

Les yeux de Tan'Amar avouaient ce que sa bouche ne pouvait prononcer. Makéda s'avança, noua ses mains si douces sur sa nuque, la ploya vers elle, lui offrit le baiser qui brûlait depuis bien longtemps la poitrine de son plus fidèle compagnon.

Cinquième partie

1

Jérusalem

C'était un matin d'automne, quelque temps après l'aube. La douceur revenait dans Jérusalem après les éprouvantes chaleurs de l'été. Dans l'enfilade des salles à peine achevées, le vestibule était baigné d'une lumière tendre et apaisante. Au-delà, on devinait l'immensité du jardin. Ses éclats de verts dorés, ses figuiers, ses cyprès, les arceaux de vignes et de cédrats qui ombraient les allées. L'eau des bassins et le charivari des oiseaux y tissaient une rumeur légère et obstinée.

Salomon se trouvait las, bien qu'il s'efforçât de ne pas le laisser paraître. La journée qui s'annonçait possédait déjà l'ennui des jours ordinaires, avec son pesant de tracas et trop peu d'agréments sortant de l'habitude.

C'était le moment pénible des audiences du matin. Une troupe réduite au nécessaire le suivait. Deux lévites notaient ce qu'il fallait au côté de Yotam, le nouveau et sage conseiller du palais. Benayayou, le grognon et plus si fidèle chef de la garde royale, venait aussi dans l'ombre du roi en compagnie de visages sans importance et de la cohorte des jeunes servantes.

Ce matin, ils allaient tous derrière Adoniram, l'architecte phénicien, un bonnet de velours sur sa toison bouclée de vieux pâtre, qui faisait admirer avec beaucoup de manières son œuvre achevée. Les murs du vestibule avaient pris une apparence de forêt. Les poutres de cèdre huilé alternaient avec des plaques de marbre aux veines chatoyantes, du pourpre au bleu pâle, pailletées, ici et là, de veinules argentées. Comme le vantait Adoniram, cela faisait songer aux éclairages changeants d'un sous-bois.

Plus étonnant encore était le sol, lui aussi composé de plaques de marbre judicieusement assemblées. Il formait au milieu du passage, et de manière inattendue, un bassin d'une eau très peu profonde et d'une transparence parfaite, immobile.

Adoniram, qui guettait chaque regard de Salomon, perçut avec bonheur son étonnement. Avec une modestie que démentait toute sa personne, il susurra :

– Ne te fie pas à tes yeux, tout-puissant seigneur. Ce n'est qu'une illusion.

– Qu'est-ce qui est illusion, architecte ? demanda Salomon. Ton ouvrage ou ton humilité ?

Adoniram gloussa, laissa filer un coup d'œil vers Yotam pour s'assurer que la boutade n'était pas une condamnation. Mais le premier des conseillers le laissa dans l'incertitude. Il possédait la même impassibilité narquoise que son maître. Derrière, la cohorte des petites servantes, en tuniques si courtes qu'on leur voyait les cuisses, se poussait pour admirer ses merveilles, mais elle ne lui était d'aucune aide. Quant à Benayayou, Adoniram préférait ne pas même croiser son regard. Il haussa le ton :

– L'eau, tout-puissant seigneur. L'eau est une illusion. Marche, et tu seras surpris.

Salomon n'était pas ennemi d'un divertissement. Il leva un sourcil, d'un pas circonspect posa sa sandale dans le bassin. Il ne perçut que le dur sous sa semelle. Aucune eau, aucune humidité.

Le Phénicien ne mentait pas. Le bassin n'était pas un bassin. Seulement une trompeuse apparence, comme bien des événements de l'existence.

Salomon grogna, amusé pour la première fois depuis son lever.

– Excellent.

Adoniram roucoula, soulagé, s'empressa d'expliquer :

– Le marbre est spécialement choisi pour l'illusion, tout-puissant seigneur. Et il est recouvert d'une gemme cristalline sans une impureté. Traitée, bien sûr, selon les secrets de chez nous.

– Excellent, répéta Salomon qui déjà regardait au-delà du vestibule.

– La vraie rivière est là-bas, dans l'autre salle, tout-puissant seigneur, indiqua Adoniram, entraînant son monde d'admirateurs derrière lui.

Là, traversant une salle de repas en son centre, zigzaguant avec un hasard trompeur entre les murs des alcôves et des chambres, courait dans le sol de briques vernissées un ruisseau miniature. Il était assez vrai pour laisser percer son murmure et rouler ses galets dans de petits tourbillons. Ici, il était inutile de se mouiller le pied pour s'assurer que ses yeux ne s'illusionnaient pas.

Salomon plissa les paupières, amusé plus qu'admiratif. Ces folies d'architecte allaient une fois de plus déclencher tout un brouhaha de rumeurs, dès qu'elles seraient connues. Benayayou, il n'en doutait pas, allait se charger d'informer et déformer, comme il se plaisait beaucoup à s'y exercer depuis quelque temps.

À nouveau, l'architecte phénicien pérorait, donnait mille explications qu'on ne lui demandait pas. Salomon l'interrompit d'un mot :

– Excellent.

– Tout-puissant seigneur…

– J'en ai fini avec toi, architecte. Tu as bien travaillé.

Le Phénicien se plia jusqu'à la ceinture mais ne ferma pas son clapet pour autant, bien au contraire.

– Béni sois-tu pour mille ans, tout-puissant seigneur. Je suis ton serviteur à jamais et je ne souhaite pas t'importuner. Mais les artisans qui ont réalisé cette merveille veulent m'écharper. Je ne puis plus rentrer chez moi. Il me faut les payer et, moi, je n'ai pas la première pièce à leur tendre. Il est vrai qu'ils ont tous œuvré avec cœur et ardeur. Ainsi qu'ils le répètent, ils mangent comme les autres humains. Et puis, le cèdre, le marbre, le cristal, tout cela coûte beaucoup, néanmoins peu ont été payés. Et comme tu le sais, pour l'immense ouvrage du Temple, il en reste beaucoup qui n'ont pas touché leur salaire. On murmure. Je crie que la sagesse de Salomon est plus importante que son or et que chacun sera traité avec justice. Mais on murmure tout de même. On s'en prend à moi qui te défends. Pardonne, tout-puissant seigneur, pour moi, tu le sais, je ne demande rien. Travailler à ton bonheur, c'est travailler à l'accomplissement de ta volonté comme à celle du Tout-Puissant, Dieu de Juda et Israël. Cela me suffit…

Salomon devina le sourire qui se dessinait sur la face naturellement terne de Benayayou. Un sourire qui annonçait quelque chose de désagréable d'ici peu.

– Arrange-toi avec Yotam, grogna Salomon en se détournant.

Il n'avait nul besoin de voir le jeu des simagrées dans son dos. Yotam devait lancer un coup d'œil aux lévites, qui levaient les yeux au ciel, signifiant que les caisses, comme chacun le savait, étaient vides. Et Yotam, de sa voix sans timbre, déclarait à l'architecte :

– Demain ou après-demain, viens devant les scribes et on t'écoutera.

Il perçut le soupir du Phénicien. L'homme savait comprendre à demi-mot autant que roucouler. Il insistait. Yotam s'employa à élaborer une de ses réponses interminables avec lesquelles il s'ingéniait à épuiser les plus obstinés.

Salomon sortit sans attendre de la salle. Il descendit les degrés du jardin et s'avança sans qu'on l'importune jusqu'à l'immense volière. Seules les petites servantes le suivaient. Les autres voulaient savoir qui, de Yotam ou de l'architecte, gagnerait la bataille des mots. Ils en raconteraient les meilleurs morceaux aux abords du Temple avant le zénith.

Devant les grilles de jonc de la volière, Salomon tira un gousset de cuir de sa ceinture. Il y puisa des grains qu'il lança avec précision aux colombes de Damas. Les volatiles se jetèrent dessus avec des roucoulements féroces qui lui rappelèrent la voix de l'architecte. D'ordinaire, il goûtait leur impatience. Parfois, on disait de lui qu'il était autant le maître de la faune que des hommes et des terres de Juda et Israël. Une flatterie qui ne lui déplaisait pas.

Il entendit les pas derrière lui, les servantes qui s'écartaient. Il sut qu'il allait devoir écouter Benayayou.

Sans se détourner, il lança :

– Ne me dis pas tout ce que tu penses, Benayayou. L'architecte a déjà épuisé une large part de ma bonne humeur. Mais je t'écoute.

– Deux mauvaises nouvelles, tout-puissant seigneur.

– Bravo.

– Le nouveau pharaon, Sheshong, ne nous apprécie guère. Il se refuse à nous livrer les chevaux que tu attends si tu ne lui envoies pas l'or de l'échange.

– Il ne s'agit pas d'une nouvelle, Benayayou.

– Sheshong oublie que son oncle était ton beau-père et ton ami. Il dit qu'une épouse d'Égypte ne compte aujourd'hui pour rien parmi toutes tes épouses. Il dit que tu ne sais dans quelle couche tu dois la chercher parmi toutes les femmes dont tu honores l'attente. Que cela ne fait plus alliance entre vous. Il t'insulte, tout-puissant seigneur, avec un aplomb incroyable.

Un aplomb que Benayayou transmettait avec beaucoup de gourmandise. Voilà qui était une vraie nouveauté, et des plus désagréables.

– Ah, fit simplement Salomon, prenant soin de ne rien montrer.

Il eut un regard vers le palais, étonné de ne pas voir accourir Yotam et le reste de la cour du matin. L'architecte phénicien devait se révéler plus retors que prévu.

Un couple d'oiseaux verts aux ailes pointues achevées d'une tache écarlate vint chasser les colombes de Damas pour s'approprier les grains. Leurs becs étaient acérés et précis. Salomon sourit.

– Tu as vu leur manœuvre, Benayayou ? Ne trouves-tu pas que ces oiseaux ressemblent à Pharaon ? Verts comme ses marais du Nil et tachés de rouge par tout le sang qu'il aime verser pour régner ?

– Justement, tout-puissant seigneur, c'est bien ce sang qui m'inquiète. Sheshong est un pharaon venimeux. Il ne montre rien de la tranquillité des autres. Il déteste notre forteresse d'Ezion-Guézert. Nous avons là-bas tout ce qui lui déplaît : un port sur la mer des Roseaux qu'il considère comme un bassin dans ses jardins, des murs imprenables et des forges de fer d'où nous tirons de meilleures lames que les siennes.

– Il a raison. Nous avons bien œuvré à notre paix.

– Sheshong déteste aussi que nous possédions des chars de combat capables de l'affronter. Et par-dessus tout, il déteste...

Benayayou s'interrompit avant que sa bouche ne formule quelques propos irrémédiables. Son regard glissa sur les ombres du jardin, les colonnes trop splendides du palais.

Salomon vida d'un coup son gousset de grains dans sa paume et les jeta aux oiseaux verts avant d'achever la pensée de Benayayou :

– Moi, Salomon, le plus sage des rois de Juda et Israël et qui règne depuis des dizaines d'années sur la terre de l'Éternel, béni-soit-Il. Voilà ce qu'il déteste le plus, Sheshong. Benayayou ! Qu'est-ce qu'il t'arrive ? Nous savons tout cela depuis des lunes. Ne me crois-tu plus capable de faire face à mes ennemis... ou à mes anciens amis ?

– Tout-puissant seigneur, les prêtres n'apprécient plus ta manière d'être sage. Les caisses sont vides. Nos chars sont les plus beaux qu'on ait vus à ce jour, mais nous n'avons plus assez de chevaux pour les tirer. Pharaon le sait. Il joue avec cette idée. Et s'il nous sent faible ou pauvre, jamais il n'ouvrira ses écuries...

Benayayou s'interrompit. Les lévites et Yotam arrivaient d'un pas pressé en compagnie d'un messager.

– Tout-puissant seigneur !

Pour une fois, le visage de Yotam s'animait.

– Tout-puissant seigneur, la reine du Midi ! La reine de Saba, tout-puissant seigneur. Celle que vous avez invitée à Jérusalem...

Salomon leva un sourcil. Il se rappelait les deux lettres. Celle écrite par cette femme qui lui enseignait la géographie, qui possédait de l'or comme du grain pour les colombes et qui avait la peau noire comme la Kouchite de Moïse. Et de sa propre réponse, il se souvenait assez pour sourire de plaisir.

Une réponse qui n'avait cependant pas dû lui plaire, croyait-il. Ou n'était-elle déjà plus reine, qui pouvait savoir, en ces pays ? Puisqu'elle n'avait pas renvoyé les messagers. Il ne l'attendait plus et songeait à un autre moyen pour tirer l'or de là-bas.

– La reine de Saba, oui.

– Ses navires ont débarqué à Ezion-Guézert, tout-puissant seigneur.

– Ah ?

– Quatre navires de combat et autant de barcasses. Elle est déjà sur la route, dans le désert et en grand apparat. Une caravane de serviteurs avec des chameaux noirs et des chamelles blanches.

– Ah !

– Zacharias ben-Noun, celui qui a trouvé son pays, est dans le vestibule, tout-puissant seigneur. Il veut courir à sa rencontre, mais pas avant que tu lui en donnes le droit.

– Bien. Voilà enfin une nouvelle qui mérite d'être apprise.

Le sourire de Salomon était joyeux et sans retenue. Il se tourna vers Benayayou.

– Tu peux en finir avec tes tourments, Benayayou. Sheshong va devoir encore attendre un peu avant que nous soyons pauvres. Considère que tes chevaux d'Égypte sont payés. Il se pourrait même que le Temple soit payé dans son entier. Tu peux en colporter la nouvelle.

– Tout-puissant seigneur…

– Je sais, Benayayou. Épargne ton souffle. Regarde…

Dans une volée rageuse et roucoulante, les colombes de Damas s'abattaient en nombre sur le couple d'oiseaux verts. Elles les obligeaient à fuir, sans craindre les becs acérés ni les taches rouges des ailes, s'accaparant avec des gloussements hâtifs ce qui restait des grains.

Salomon frôla le bras de Benayayou.

– Ne raconte-t-on pas dans les rues de Jérusalem que je suis le maître des oiseaux et des fleurs ?

*
* *

Un peu plus tard, dans une petite pièce et en présence de Tsadok, le grand prêtre, et de Natan, le prophète, les seuls hommes de confiance qu'il pouvait compter autour de lui, Salomon annonça :

– C'est tout l'or du pays de Pount, de Kouch, ou d'Ophir, quel que soit le nom que l'on donnait à ce royaume de Saba, qui nous arrive !

– Une femme plus belle que belle, selon les messagers, ajouta Natan en grommelant.

– Il paraît. Nous verrons. Mais tant mieux.

– Ce que nous verrons, cela dépend de toi, Salomon, soupira Tsadok.

Salomon rit, les paupières à demi plissées. Un signe que connaissaient bien les deux autres.

– Bien sûr que cela dépend de moi. Avec les femmes, cela a toujours dépendu de moi.

– Précisément. Que l'or de Saba nous assure le calme ou engendre le grondement du peuple, ou même la révolte, voilà ce qui dépend de toi.

– Tsadok a raison, Salomon.

– Vous avez toujours raison tous les deux, lorsque l'on vous met dans la même pièce.

Ils se turent. Salomon s'agaça. Les deux autres l'observaient comme un enfant borné.

– J'ai donné des ordres. Il faut l'éblouir. Qu'elle voie ce qu'est le royaume de Salomon et comment son or peut briller ici.

– Avec le même éclat que s'il était enfoui sous le Sinaï.

– Cesse de grommeler, Tsadok. Elle apporte aussi les encens et la myrrhe pour le Temple. Il paraît qu'elle avance dans le désert avec toute une troupe. Chameaux noirs et chamelles blanches. Je vais aller à sa rencontre. Montrer de l'empressement. Faire ce qu'il faut.

– Salomon, tes épouses ne supporteront pas une nouvelle femme dans ta couche. Le peuple non plus.

– Tu te trompes, le peuple admire un roi qui renverse les femmes plutôt que les murs des royaumes voisins.

– Tu répètes cela depuis trop longtemps, Salomon. Le peuple de Juda et Israël aime la paix, mais il n'aime pas un roi qui se détourne de la sagesse qui l'a rendu grand.

La voix de Natan s'était faite coupante. Salomon le toisa, le feu dans les prunelles. Inutilement, il le savait. Ni le vieux Natan ni Tsadok, plus âgé encore, n'étaient prêts à céder devant lui. Ils diraient ce qu'ils avaient à dire. C'était pour cela qu'il les aimait.

– Bien. Calmons-nous. On ne sait pas si cette reine est aussi belle qu'on le prétend. Elle n'est pas encore dans ma couche. Mais ses richesses devront être dans mes caisses. Quant à mes épouses, si elles ne sont pas encore accoutumées à Salomon, tant pis.

– Tu t'aveugles, soupira Natan, opiniâtre et malheureux.

– Tu te perds, ajouta Tsadok avec dépit. Toi, le sage Salomon, tu as l'âge des pères des pères et tu te comportes en jeune sans cervelle. Nous t'avons vu construire ta sagesse et nous éblouir. Nous te voyons construire ta défaite et nous accabler.

– Tsadok dit ce qui est vrai. Continue, et nous ne pourrons plus rien pour toi.

– Ça suffit ! Vous ouvrez la bouche et je n'entends que des jérémiades. La vérité, c'est que vous êtes vieux, pas moi.

– Tu auras soixante ans dans deux saisons.

– Et alors ? Je suis Salomon, pas vous. Je suis le roi de Juda et Israël.

– Le royaume de Juda et Israël est celui de Yahvé, pas le tien.

– Et le jugement du Tout-Puissant n'est pas celui de Salomon.

– Si ces mots sortaient d'une autre bouche, Tsadok…

– Crie, ça n'y changera rien si tu ne changes pas !

Salomon baissa les paupières sur sa colère. Ils avaient raison. Il n'avait rien à craindre d'eux. Ils l'aimaient. Si grandes que fussent ses fautes, ils le défendraient jusqu'à la mort. La déception de le voir faible ou coupable les tuerait, mais ils lui demeureraient fidèles.

Cependant, ils ignoraient une chose. Lui, Salomon, se rappelait la surprise qui l'avait saisi à la lecture de la lettre de cette reine de Saba et du chant qu'il contenait.

Elle avait écrit :

Le souffle des fils de l'homme,
qui saura quand il s'élève jusqu'au bleu du ciel ?
Le souffle des bêtes,
qui peut être certain de le voir
dans la poussière ?

Des mots simples. Les mots les plus justes qu'il avait lus ou entendus depuis des années. Il en avait été profondément ému.

Existait-il, de par le monde, une femme capable de faire chanter ainsi les mots ? Autant que lui ? Mieux que lui ?

Une femme auprès de qui il serait possible de contempler de près la plus grande beauté voulue par l'Éternel ?

Qu'elle fût si belle que les messagers en avaient les yeux illuminés, il voulait bien le croire. La beauté de ses mots ne pouvait être solitaire.

En réponse à son chant, il lui avait écrit :

Il n'y a qu'un souffle pour l'homme,
mais la beauté
est la respiration éternelle.
Celui qui la voit et l'emporte
dans son cœur
connaît la paix du temps.

Des paroles sincères. Une pensée sincère, sans masque. Dure et crue. Ne pas posséder la paix du temps, il savait ce que cela signifiait. Lui, le grand et sage Salomon qui régnait sur tout, à l'exception du temps.

Ce que ne pouvaient comprendre ni même imaginer Tsadok et Natan, c'était cela. Cet effroi, cette terreur de ne plus pouvoir atteindre la beauté, de n'être plus jamais le feu, l'origine et le spectateur de la beauté. Une douleur qui pouvait lui tordre le cœur jusqu'aux larmes. Des larmes qu'il ne s'autorisait plus jamais à verser, lui, le grand Salomon, roi de Juda et Israël, prince de la sagesse, des fleurs, des oiseaux et des hommes courbés.

– Bien, dit-il calmement. Contez-moi ce que j'ignore.

Natan prit la parole le premier :

– Deux de tes épouses, la fille de Pharaon et la mère de Jéroboam, complotent dans ton dos. Elles ont trouvé l'appui de Benayayou. Il promet son aide. Il promet même de diriger ses chars contre toi. De plus, leur complot attise des jalousies. Il en est qui songent à profiter du désordre pour fomenter d'autres révoltes. La vérité, c'est que si tu n'y mets pas bon ordre, tu auras bientôt une meute de fauves dans ton trop grand palais.

– Pour Benayayou, j'avais compris, soupira Salomon.

– Et le Temple gronde aussi, ajouta Tsadok. Les murs tremblent chaque jour d'une nouvelle colère.

– Non ! Il est trop bien construit pour que ses murs tremblent sous les grognements des prêtres, s'emporta Salomon. Qui l'a voulu, ce temple ? Qui l'a construit et a usé ses jours pour qu'il s'achève ? Et sans or. Par sa seule volonté !

– Personne ne l'oublie. Mais ce Salomon dont tu parles, ils ne savent plus où le trouver, répliqua Tsadok sans se laisser impressionner. La sagesse de Salomon a construit le temple. Mais le Salomon qui plie dans sa couche mille épouses et, pour les remercier du service, leur offre tous les sanctuaires de l'univers où chanter leurs horreurs païennes pose la honte au front du peuple de Juda et Israël. On ne fait plus un pas dans Jérusalem sans être accablé par les criaillements et les gémissements des Moabites, Amanites, Phéniciens, Égyptiens. On a même vu des esclaves à cheveux blonds travailler pour les charpentiers de Tyr… Il n'est pas un faux dieu qui ne trouve refuge dans la ville de Yahvé ! Leurs sacrifices puants insultent jour et nuit notre alliance avec l'Éternel. Salomon ! Sais-tu ce que l'on dit dans les rues ? « Salomon ouvre les cuisses d'une étrangère, il en sort le cul d'un dieu. » Les prêtres disent : « Yahvé, bientôt, ne le supportera plus ! Yahvé frappera Juda et Israël ! » Ils ont raison. C'est ce qui arrivera si tu continues…

– Et tu veux répéter ton erreur avec cette reine du Midi, s'empressa d'ajouter Natan. Elle aussi a son dieu. Elle aussi ignore Yahvé ! Elle aussi, pour lui ouvrir les cuisses, tu lui offriras la terre de Canaan !

Salomon les considéra. Ils respiraient fort, leurs vieilles poitrines secouées de colère. Il opina doucement.

– Je veux savoir qui marche avec Benayayou. Dans le palais comme au temple. Les fils de mes épouses, les lévites…

Natan sortit un rouleau de papyrus et le lui tendit en silence.

Salomon s'en saisit et le glissa dans sa propre manche sans le dérouler.

– Bien. Salomon a entendu vos remontrances. Il n'est ni sourd ni aveugle. Cependant il considère que Juda et Israël a besoin de l'or de Saba. Pour le reste, on verra.

Natan et Tsadok le contemplèrent avec inquiétude. Salomon rit soudainement, charmeur, léger. Il les enlaça et les serra dans ses bras. Deux vieilles carcasses qui ne pesaient pas lourd entre ses bras puissants.

– Apaisez-vous, mes amis. Je vous aime, je ne vous couvrirai pas de honte.

Il les relâcha, rit à nouveau, l'œil gourmand, excité.

– Le fait est que je n'ai encore jamais connu de femme à la peau noire. Si le Tout-Puissant, bénit soit-Il, a la volonté d'en pousser une vers moi, qui est Salomon pour détourner les yeux ?

2

Bersabée

L'aube levait une brume poussiéreuse et bleutée sur le désert.

L'horizon était vide.

Makéda s'en détourna sans un mot, le visage secret.

La veille, alors qu'ils approchaient du crépuscule, elle avait fait venir les guides.

– Combien de temps devons-nous avancer encore avant la prochaine ville ?

– Avant la nuit, nous entrerons dans Bersabée.

Ce nom, elle le connaissait. Selon le rouleau de mémoire d'Élihoreph, Abraham, le père des Hébreux, y avait planté un arbre à la gloire de son dieu unique. Il y était demeuré de longs jours, impatientant sa troupe sous les tentes. Agar, tout à la fois sa concubine et la servante de son épouse Sarah, y donnait le sein à son fils. Depuis toujours, et malgré leur dieu unique, les Hébreux aimaient trop de femmes à la fois.

Elle avait annoncé aux guides :

– Arrêtons-nous ici. Dressons nos tentes et établissons notre camp. Je n'irai pas plus loin. Si Salomon veut me rejoindre, c'est ici qu'il me trouvera.

Salomon avait écrit dans sa lettre : « *Je guette ta venue aux portes de Jérusalem.* » Peut-être en allait-il ainsi, au mot près, dans la politesse de Juda et Israël. Mais Makéda, reine de Saba, n'était pas d'humeur à s'y plier.

Les yeux rouges à force de scruter la brillance du désert où n'apparaissait pas son fils, Élihoreph avait entendu son ordre et baissé la tête, sans oser protester. Lui aussi n'était que déception.

En vérité, dès que les birèmes et les barcasses de Saba eurent atteint le port d'Ezion-Guézert, Makéda avait douté de la sagesse de ce voyage.

Pour tout accueil à leur débarquement, ils n'avaient trouvé qu'une colonne de guerriers hébreux, maussades et impolis. Élihoreph s'était avancé vers eux avec impatience, balbutiant d'émotion. Un officier l'avait saisi sans douceur, l'accablant sous une avalanche de questions. Qui étaient-ils? D'où venaient-ils? dans quel but? Et pourquoi avaient-ils la peau si noire? Et que faisait-il lui-même, qui paraissait un véritable Hébreu, en cette compagnie ?

Élihoreph en bredouillait, honteux et impuissant. Les soldats s'alignaient sur la berge, surveillant les bateaux de Saba, suspicieux, les lances et les arcs pointés. Sur les ponts des birèmes, les gardes de Saba grondaient, bouclier levé, arc au poing. Les servantes gémissaient et les chameaux, que l'on avait commencé à débarquer des barcasses, tanguaient sur les planches en barétant de crainte.

Makéda s'était vue contrainte de se montrer, d'annoncer qui elle était dans un hébreu parfait. Avec le mépris qui convenait à cette humiliation, elle avait levé la lettre de Salomon, loin des yeux de l'officier, qui pourtant avait pu y distinguer le sceau du roi de Juda et Israël.

Après quoi, la rudesse avait fait place à un peu d'empressement. L'opulence des nouveaux-venus, ou peut-être bien la seule beauté de la reine de Saba, avait achevé de rendre l'officier de Salomon serviable. Sur-le-champ, des messagers avaient quitté le port pour filer à Jérusalem annoncer sa venue.

Makéda avait songé à ne plus bouger d'Ezion-Guézert. Cependant la cité n'était qu'un enfer de feux et de vacarme. Le bruit des forges et des masses ne s'apaisait pas même la nuit. L'architecture particulière des murs et des bâtiments permettait aux vents de s'engouffrer en permanence dans les foyers, y soulevant un feulement rauque qui laissait penser qu'étaient grandes ouvertes les portes des antres démoniaques. L'incandescence du fer dans les braises atteignait la couleur de l'or. Il éblouissait dans l'obscurité comme mille torches. Les mules, les charrois remplis de minerais ou de lames, de piques ou pointes cliquetantes, allaient et venaient sans le moindre repos. Les cris des ouvriers, des maîtres, des esclaves et des gardes emplissaient la nuit d'un monstrueux tapage et interdisaient le sommeil.

Dès l'aube, Makéda avait donné l'ordre du départ. L'officier de Salomon avait désigné deux guides pour conduire leur caravane.

Au premier jour, la reine de Saba s'était vêtue d'une tunique d'apparat, pour découvrir bientôt que seuls les lézards et les mangoustes d'un désert blanchâtre aveuglant pouvaient l'admirer.

Était-ce là le pays chanté par Zacharias? Ce Canaan de miel où le dieu unique avait poussé le peuple d'Abraham?

Elle s'était retenue d'en accabler Élihoreph. Frappé de stupeur lui-même, le vieux scribe n'en croyait pas ses yeux. Il fermait ses paupières fripées et répétait:

– Il faut aller plus loin. Moïse a tourné longtemps dans le désert de Juda avant de trouver la porte de Canaan.

– Ne m'as-tu pas raconté qu'il n'y était même jamais parvenu ? avait-elle tout de même grincé.

Et à présent, après avoir épuisé cinq longues journées d'ennui et d'inconfort, enveloppée dans un manteau de laine, elle scrutait l'horizon de poussière où se levait le soleil sans discerner une seule présence.

Makéda rentra sous sa tente, l'humeur mauvaise. Elle houspilla les servantes pour une boisson. Elle, la reine de Saba, se comportait comme ces filles les plus sottes qui ne savaient distinguer le rêve de la réalité et couraient derrière leurs illusions.

Salomon n'avait pas le moindre égard pour elle. Il n'avait pas placé un messager spécial pour l'attendre. Pas un homme de rang, pas un Zacharias pour satisfaire ses besoins, lui montrer cette prévenance que l'on a envers ceux que l'on accueille avec amitié. Tamrin lui-même ne l'attendait pas à Ezion-Guézert pour la saluer. Pourtant, n'avait-elle pas, à Maryab, renvoyé les messagers de Jérusalem avec toutes les indications possibles sur sa venue ?

Salomon se moquait d'elle.

Il était temps encore de retourner sur ses pas, d'effacer ce ridicule dans lequel elle se fourvoyait.

Les servantes, les yeux baissés et la main tremblante, lui tendaient le gobelet de lait aigre lorsque des cris franchirent l'épais tissage de la tente.

*
* *

A'hia, Zacharias et Tamrin étaient couverts de poussière. Leurs mules suantes tiraient la langue jusqu'à terre.

Tamrin et Zacharias se jetèrent aux pieds de Makéda. Elle lut sur leurs traits un plaisir de la revoir et un empressement qui la soulagèrent plus encore que leur apparition. A'hia voulut en faire autant. Il n'en eut pas le temps. Agrippé par son père en larmes, il se trouva enlacé avec tant d'effusions qu'il en perdait le souffle.

– Ma reine, pardonne-moi d'être à tes pieds si tard ! s'exclama Tamrin. Nous avons accouru dès que nous avons appris ton arrivée à Ezion-Guézert.

– Salomon m'envoie à ta rencontre, puissante reine, annonça en même temps Zacharias. Il te souhaite la bienvenue et te bénit, longue vie à toi, reine de Saba !

– Et pourquoi n'est-il pas ici lui-même ?

Elle avait posé la question en hébreu. Zacharias et Tamrin relevèrent la tête, béats. A'hia, entortillé dans la barbe de son père et tâchant de s'en dégager pour traduire les propos de Zacharias, marmonna, sidéré :

– Elle sait notre langue !

– Aussi bien que toi-même, répliqua platement Élihoreph. C'est moi qui la lui ai enseignée.

– Alors, s'impatienta Makéda, cachant sa fierté. Pourquoi n'y avait-il personne pour m'attendre ? Pourquoi suis-je ici dans le désert telle une maraudeuse poussant ses chèvres ? N'avez-vous pas de réponse ?

Mais si, Zacharias en avait une. Les messagers n'étaient jamais revenus de Maryab. Le roi Salomon avait été surpris d'apprendre qu'elle posait le pied à Ezion-Guézert. Immédiatement, il s'était empressé de donner des ordres pour l'accueillir avec la dignité qui convenait. Et plus encore, car il avait une hâte immense de la voir. Lui-même, Zacharias, ainsi que Tamrin, devenu son ami, avaient abondamment parlé d'elle au tout-puissant Salomon, excité sa curiosité, et pas seulement pour le commerce qu'il était possible de réaliser entre Saba et Juda et Israël.

Aussi, dans la nuit, à la lumière des torches, on avait dressé une tente à l'entrée de Bersabée pour la recevoir, elle, la reine de Saba. On y préparait un festin de réception, une fête magnifique, digne d'elle et du roi de Juda et Israël.

– Salomon t'y saluera, puissante reine. Il a ordonné que l'on prépare ses chars pour galoper sans relâche et s'y trouver avant toi. Il a déclaré : « Je n'ai pas de plus grand bonheur que de marcher vers la reine du Midi. » Il l'a fait clamer dans tout le palais de Jérusalem. Il a deviné que tu avancerais à travers le désert devant Bersabée et nous a envoyés à ta rencontre.

– De quelle reine du Midi s'agit-il ?

Tamrin, qui était resté à la dévorer du regard tandis que Zacharias parlait, sourit.

– C'est ainsi que l'on te nomme ici, ma reine.

– Ah ! soupira Makéda, me voilà déjà avec plusieurs noms, selon la manie des Hébreux !

Elle ronchonnait, montrait un visage acariâtre et rien du soulagement et même du plaisir qui chauffaient sa poitrine à les entendre et à les voir, si gourmands de sa beauté et de sa présence.

Et si Zacharias n'ajoutait pas trop d'inventions à la vérité, contrairement à ce qu'elle avait songé, Salomon ne la méprisait pas. Lui aussi montrait un peu d'impatience.

– Nous partirons pour Bersabée quand nous serons prêts, lança-t-elle à Zacharias. Tu peux prévenir ton maître. La reine de Saba s'annoncera devant sa tente.

*
* *

C'est ainsi que le peuple de Bersabée, juché sur les murs, pressé le long de la route, debout sur les planches des charrois et jusque sur le bât des mules, les vit se rencontrer.

Au milieu du jour et sous la dureté du soleil, Salomon avait fait disposer, autour d'une tente dressée tout devant l'enceinte de la ville, cent chars de combat sur deux rangées.

Face au sud, les attelages alternaient dans un ordre parfait chevaux blancs et chevaux noirs. Les coques des chars étaient décorées du sceau de Salomon, un chandelier à sept branches. La laque de ces coques de cèdre était si brillante qu'elle renvoyait les reflets du soleil sur les murs de la cité. Les moyeux des roues étaient prolongés de terribles lames de fer, si polies qu'elles semblaient d'argent. Les conducteurs arboraient un casque de cuir à plumet rouge, tandis que la cuirasse en écailles des archers était en partie recouverte d'un caftan de soie verte, comme le bonnet de lin doublé de laine qui les coiffait.

Derrière eux venaient les porteurs d'olifants et les tambours, en courtes tuniques bleues, les sandales lacées de cuir jusqu'aux genoux. Et, encore derrière, un cordon infranchissable de gardes s'alignait jusqu'à la porte de la ville, la lance pointée au ciel, le bouclier posé sur le sol, et affichant cent fois le sceau de Salomon.

Tous se tinrent immobiles aussi longtemps que la route du sud demeura déserte.

Puis soudain la poussière se leva. Une rumeur grave et rauque de trompes vibra dans l'air déjà calciné. On distingua une caravane, lente, progressant d'un pas mesuré.

Quand on vit mieux, les yeux s'en éblouirent.

Montés sur des chameaux aussi noirs que leurs visages, les gardes royaux de Saba, aux culottes bouffantes couleur de l'arc-en-ciel, aux cuirasses et aux casques de cuir lustré et clouté d'or, formaient deux haies entre lesquelles marchait une horde de chamelles blanches. Chacune était sanglée d'une selle assez large et confortable pour que deux servantes puissent y prendre place. Un tapis épais, à franges d'argent, recouvrait la bosse et le cou des bêtes, où reposaient les pieds nus des femmes.

Les servantes étaient vêtues d'une tunique simple, brodée au cou d'un cordon d'or, et couvertes d'un voile qui laissait admirer leurs visages sombres. Chacune des tuniques, chacun des voiles, possédait une couleur ou une nuance différente, si bien qu'à les contempler tous ensemble on croyait voir soudain l'infinité des couleurs de l'univers émerger du désert.

Entre elles, à intervalles réguliers, déambulait une chamelle sans autre charge sur son bât qu'un large brasero d'où s'échappaient les fumées puissantes des encens.

Lorsque la caravane fut à moins de six ou sept cents coudées, les olifants de Salomon sonnèrent. Les gardes devant la porte de Bersabée s'écartèrent.

Dans un galop foudroyant surgit le char du roi de Juda et Israël. Un double attelage, cheval blanc, cheval noir. Le conducteur, tout de cuir vêtu, faisait claquer son fouet immense au-dessus des chevaux aux oreilles harnachées de grelots d'or. On vit Salomon, en tunique de prince du Temple, les manches brodées de larges ourlets diaprés, les cheveux ceints de la couronne d'or plat piqué de gemmes pourpres que portait son père David. La main droite, baguée, refermée sur la lisse de bronze de la coque rutilante, la gauche posée sur sa poitrine, il tenait aussi aisément l'équilibre que si le char lancé telle une furie était immobile.

Quand il passa devant les rangs de chars qui attendaient, un seul et même salut sortit des gorges des archers. Dans un train magnifique, ils prirent la suite de Salomon, leur ligne formant une pointe de flèche parfaite et fondant sur la caravane de la reine de Saba comme si elle allait l'attaquer.

Cependant, pas un instant les montures de Saba ne ralentirent leur pas tranquille. Dans un gracieux mouvement tournant les chars se scindèrent en deux lignes et revinrent sur les flancs de la caravane, pour se ranger en colonnes et adopter le même rythme.

Salomon, parvenu à l'extrême fin de la caravane de la reine de Saba, pénétra en son cœur, se fraya un passage entre les chamelles blanches des servantes qui s'écartèrent une à une, jusqu'à ce qu'on découvre, comme au sein d'un écrin, la monture royale.

Un double bât soutenait un trône de cuir surmonté d'un dais en forme de lanterne sur la bosse de la chamelle, dont le cou et les flancs étaient recouverts de bandelettes scintillantes de pépites d'or brut. Des montants du dais flottait en cascade une superposition de voiles ocre, amarante et indigo. Une danse de couleurs qui interdisait encore de distinguer la reine de Saba.

Le char de Salomon parvint à sa hauteur. Le roi de Juda et Israël se tourna vers la reine invisible. Son front s'inclina. La couronne de David brilla. On crut que les voiles allaient s'écarter. Qu'au moins une main splendide allait les repousser, laissant paraître cette reine du Midi dont la rumeur du désert vantait déjà la beauté prodigieuse.

Mais non.

On vit seulement la chamelle royale presser le pas. Les trompes de la garde de Saba résonnèrent furieusement. Les chamelles des servantes s'écartèrent. Salomon fit claquer son fouet pour prendre les devants. Ses roues soulevèrent la poussière et gonflèrent sa tunique.

Il atteignit en un instant la tente dressée sous l'enceinte de Bersabée. La chamelle de Makéda, fille d'Akébo le Grand, s'agenouilla devant lui.

*
* *

Ce que nul n'avait pu constater, et dont jamais aucun des scribes bavards et vantards qui contèrent mille et mille fois la rencontre par la suite ne se douta, c'est la stupeur de Makéda lorsque le char de Salomon se rangea sous son dais.

Les voiles colorés dansaient devant ses yeux. Ils empêchaient de voir parfaitement. Mais elle ne pouvait s'y tromper.

Salomon était grand, des épaules larges tendaient sa tunique. Il se tenait avec la raideur aisée des tout-puissants. Le regard du pouvoir assuré depuis longtemps brillait entre ses longs cils. La main baguée qui serrait la lisse était belle, enveloppait sans peine la poignée de bronze.

Il avait le teint à la fois pâle et mat des Hébreux. Sous la couronne, sa chevelure d'un noir de nuit tombait en boucles lourdes sur ses épaules. Sa barbe ne masquait pas sa bouche large, un peu pâle et encore ferme.

Mais les paupières, le front, les tempes avouaient son âge.

L'âge d'un homme qui s'était détaché de la jeunesse depuis bien longtemps !

Salomon était vieux.

Pourquoi n'avait-elle jamais songé à cela ?

Un roi et un homme vieux !

Pourquoi s'était-elle imaginé qu'il puisse en être autrement ?

Mais que lui importait ?

Elle était venue pour le commerce de leurs royaumes et le commerce de la sagesse. Elle se l'était répété : était-il un homme au monde qui fût assez sage, qui possédât assez d'intelligence pour mériter son admiration ?

Elle avait dit à Kirisha : « Ce n'est pas ma beauté qu'il doit voir. » Elle ne venait pas pour plier sous lui, pour chanter le désir, mais pour entendre le mensonge ou la vérité de la sagesse.

Pourquoi se soucier de son âge ?

Pourquoi se soucier qu'il fût laid ou beau ?

Kirisha avait dit : « S'il est un homme sur terre dont tu veux connaître le cœur, c'est lui. »

Qu'en savait Kirisha, elle qui n'avait connu que le cœur d'un seul homme ?

Pourtant, elle avait beau se raisonner, quand elle fit plier les genoux de sa chamelle et écarta enfin les voiles qui la masquaient, sa main pesait. De ce poids absurde qui soudain lui lestait aussi la poitrine et instillait dans son sang le venin de la déception.

Elle le regarda bien en face et vit encore mieux les rides qui striaient ses tempes. Ce temps qui voûtait un peu ses épaules et laissait dans ses pupilles une profondeur qui absorbait l'éclat du jour sans le renvoyer tout à fait.

Mais elle constata sans peine la vivacité de sa surprise lorsqu'il la découvrit sur les coussins brodés de fil d'or. Puis se levant, apparaissant dans une simple tunique blanche dénuée de faste, sinon la silhouette facile à deviner de son corps et un immense collier de fines plaques d'or, chacune sculptée d'un signe de l'alphabet de Saba, sur sa poitrine.

Il posa une main sur son cœur. Une main aussi belle qu'elle l'avait entrevue, elle put s'en assurer, aux doigts longs et élégants, à peine mouchetée sur le dos par le signe de l'âge.

Et comme il fronçait déjà les sourcils, cherchant des yeux un scribe pour traduire ses mots, elle sut sourire et déclarer :

– Je te salue, Salomon, roi de Juda et Israël. J'ai reçu ta lettre et accepté ton invitation.

– Reine de Saba ! Tu parles la langue des Hébreux !

– Je parle ta langue et je connais l'histoire de tes pères.

Elle s'amusa à scruter sa stupéfaction. Il avait prévu des mots qui ne convenaient plus. Elle ajouta :

– Saba et Juda et Israël n'honorent pas le même dieu. Ton royaume et le mien se situent aux extrémités de la mer Pourpre. Nous possédons l'encens et l'or, tu as le fer et les chars de chevaux. Tu bâtis, nous aussi. Nous en hauteur, toi en largeur. Tu crains la sécheresse, nous craignons l'eau. Nous sommes différents. Mais les langues des peuples s'apprennent. C'est ainsi qu'ils peuvent acquérir la même sagesse et le même savoir. Et c'est pourquoi je suis venue, puisque l'on dit que tu es le plus sage.

Il lui sourit, s'efforçant de ne pas trop se montrer décontenancé par sa beauté et l'agilité de sa langue.

Un hébreu parfait. Un accent un peu âpre, une élocution un peu lente mais qui convenait à cette beauté qu'elle semblait vouloir, on ne savait pourquoi, rendre rugueuse.

Il songea à Natan et à Tsadok. En voilà deux qui se trouveraient encore plus sidérés que lui d'entendre cette reine de Saba.

Pour une fois une femme si peu semblable aux autres. Quel autre homme mieux que lui pourrait l'affirmer ?

De bien des femmes, sa mémoire avait perdu le souvenir. Ses mains, ses paumes, ses lèvres en avaient oublié une multitude. Il avait désiré mille fois, admiré souvent, il s'était enchanté et rassasié. Mais une certitude : jamais il n'avait éprouvé ce choc. Elle n'était pas seulement une femme belle.

Elle était la beauté. Cette beauté que le Tout-Puissant avait glissée dans le monde pour que les hommes s'initient à la reconnaître.

Les trompes, les olifants et les tambours menaient un vacarme insupportable. Elle attendait devant lui qu'il fît un signe. Raide et peut-être moins confiante qu'elle ne le paraissait.

Il murmura un compliment banal, lui assura l'honneur et la joie qu'il éprouvait de sa venue. Des mots qu'il disait en pagaille en toute occasion. Pour l'instant, il ne lui en venait pas d'autres. Il ajouta, y mettant plus de sincérité, l'émotion de l'entendre parler la langue de son peuple. Elle ne répondit pas, se contenta d'une lumière narquoise dans son regard noir. Il remarqua la courbe des cils, la finesse de la peau sous les yeux, sur le plat de la joue. Le soleil y posait une ombre dorée, retenue et délicate.

Une tendresse qu'il eût aimé effleurer de la pointe d'un doigt. Plus tard, peut-être.

Il sourit et l'invita sous sa tente.

Elle se glissa sous la portière tenue par les gardes. Elle le frôla. Il vit qu'elle prenait soin de garder ses distances. Son parfum le saisit à la gorge. Il le reconnut. Un champ de nard, rare et puissant.

Son collier aux signes étranges tintinnabulait sur sa poitrine. Il se garda d'admirer ses seins.

Quand ils eurent fait quelques pas dans la lumière plus tendre de la tente, il vit sa démarche que la simple tunique dévoilait sans pudeur. Les hanches d'une biche qui ignore le chasseur. Il songea : « Les tresses qui roulent sur ses reins, un dévalement de chèvres dans la pente de Galaad ! »

Et cependant demeurant sévère. Ne cédant en rien à l'étonnement. Découvrant les tables marquetées d'ivoire et recouvertes de nourriture, les tentures éblouissantes, les sièges de cèdre et les coussins de soie, les chandeliers d'or, les cruches, la vaisselle d'or et d'airain, sans un tressaillement de ses lèvres écarlates.

Pas un signe de surprise dans l'arc d'hirondelle de ses sourcils, à voir, au centre de la tente et couvert de guirlandes de fleurs, un vaste puits à la margelle sculptée par des milliers de mains et de cordes, usée par la mémoire.

Il dit :

– Ce puits, notre ancêtre Abraham l'a creusé. Abraham, le premier père de notre lignage.

Elle approuva d'un signe, sans lever les yeux vers lui.

– J'ai appris qui est Abraham.

– C'est ici qu'il a signé son pacte d'amitié avec Abimélek afin qu'ils laissent leurs troupeaux paître ensemble. C'est le puits de la paix.

À nouveau, elle acquiesça sans le regarder.

Cherchant à la faire réagir, il ajouta :

– Nous l'appelons le Puits du Serment, *Ber Sabée*. Abraham a été fidèle à son serment. Voici mon souhait : que vienne entre nous un serment de roi et de reine.

Cette fois elle lui dévoila son visage, ses yeux plus noirs encore que sa peau.

– Abraham a été fidèle à Abimélek. Mais c'est Agar, sa servante et la mère de son premier fils, qui a trouvé l'eau de Bersabée. C'est elle qui la première s'est penchée sur ce puits pour en tirer la vie. Elle errait dans le désert avec son nourrisson hurlant de soif. Lui, Abraham, l'avait prise puis ignorée et chassée de sa tente.

Elle montrait sa colère plus que son savoir.

Il dit avec douceur :

– Abraham fut le premier de nos pères, mais il ne fut pas parfait. Yahvé a voulu l'Alliance avec notre peuple car nous ne sommes pas parfaits. Il a voulu la circoncision pour nous le rappeler. Et puis, Sarah, l'épouse d'Abraham, était stérile.

Elle se détourna, ourlant ses lèvres, lui cachant son regard.

– Vous, les rois hébreux, vous voulez des femmes et des femmes. Et toi, Salomon le sage, on m'a dit que tu en voulais encore plus que les autres.

– Il faut des fils, reine de Saba. Les fils sont la richesse d'un homme, et plus encore d'un roi.

Elle ne répondit pas tout de suite. Il vit sa poitrine se gonfler sous le collier. Elle serrait sur son ventre ses mains aux doigts si fins qu'il ne pouvait s'empêcher de songer déjà à leurs caresses.

– Est-ce là la parole de Salomon que l'on vient entendre depuis l'est et l'ouest? La richesse des hommes n'est-elle pas d'abord les femmes? Sinon, comment auras-tu tes fils? N'est-ce pas cela, l'amour premier qu'il faut nourrir pour la vie? Que valent les fils des femmes forcées et rompues? Que vaut la richesse d'un homme, si elle est contenue dans le fer de ses armes et les arpents de ses terres? Il accumulera l'or que l'on trouve en fouillant la poussière et il restera ignorant de la vérité qui lui a donné la vie. Où peut-il mieux apprendre ce qu'il ignore, sinon dans l'amour d'une femme?

Cette fois, elle le regardait. Une femme belle et triste. Ou bien était-il impuissant à lire les expressions d'une Kouchite?

Et lui, il détournait la tête.

Elle pouvait croire qu'il fuyait cette joute de mots où elle désirait l'entraîner déjà, à peine arrivée devant lui.

Il se tut, ferma son visage, sentit son âge et de la mauvaise humeur. Allaient-ils se combattre ainsi? Est-ce ce qu'elle espérait? S'aveuglait-il à sa beauté? Venait-elle devant Salomon pour lui lancer ensuite qu'il était vieux et las ou que sa sagesse était usée comme la margelle du puits de Bersabée?

Il la convia à s'asseoir sur le siège de cèdre près de lui. Dans le mouvement qu'elle fit pour prendre place sur les coussins, sa tunique se tendit. Beauté des cuisses, beauté de la taille.

Et lui, n'était-il près d'elle que pour cela ? Lui qui avait dit : « Je n'ai jamais connu de femmes à peau noire. Si le Tout-Puissant, béni soit-Il, a la volonté d'en pousser une vers moi, qui est Salomon pour détourner les yeux ? »

Ce feu ancien mais qu'il savait encore et toujours attiser.

Peut-être Tsadok et Natan avaient-ils raison.

Il claqua dans les mains pour que s'ouvre la fête du festin, que les plats et l'abondance les occupent. Il la contempla de biais, respira à nouveau ce nard qui lui brûlait les tempes.

La tente s'emplissait de la maigre cour qui l'avait suivi dans sa cavalcade depuis Jérusalem. Les guerriers de la suite de Saba entraient, empruntés, les autres n'avaient d'yeux que pour elle.

Les servantes accoururent, s'agitèrent. Les danseurs lancèrent des bâtons, firent des jongleries. Le soleil s'inclina à travers la toile de la tente, posa un doigt de lumière sur la gorge de la reine de Saba, entre ses tresses. Il devina la tendresse du cou, la splendeur de la chair où il pourrait poser ses lèvres, oubliant qu'il était le roi de Juda et Israël. Il pourrait lui demander de chanter les paroles qu'elle avait écrites :

Le souffle des fils de l'homme,
qui saura quand il s'élève jusqu'au bleu du ciel ?

Et lui, sa bouche contre sa gorge noire, il sentirait la vibration des mots le pénétrer.

Il laissa les flûtes, les cymbales et les tambourins jouer.

L'un comme l'autre, ils mangeaient peu malgré l'abondance. Il vit la reine de Saba s'ennuyer lorsque les danseurs s'agitèrent devant eux en tenues de fleurs et d'oiseaux. Une idée qu'il avait eue en songeant qu'il lui raconterait comment, dans Jérusalem, on le disait maître des animaux autant que des hommes.

Une idée qu'il trouvait maintenant, et comme elle, d'un comique ridicule.

Le brouhaha, sous la tente, montait avec la ripaille et les rires. Il vit l'indifférence de la reine de Saba et une fois encore sa tristesse. Il songea à ce qu'il lui revenait d'accomplir dans les heures prochaines.

Salomon le sage, Salomon le rusé. Salomon sans pitié.

Un ouvrage véritablement qui n'était plus de son âge mais auquel il devait s'atteler sans tarder, quoi qu'il lui en coûtât.

Il s'inclina vers elle pour qu'elle soit la seule à l'entendre.

– La coutume chez nous est de danser pour honorer nos visiteurs. Mais je vois que la danse t'ennuie.

– Je t'ai dit pourquoi je suis venue.

Il trouva ses yeux et sourit.

– Toi, tu ne t'étonnes de rien, mais moi, je m'étonne de toi. Toi, tu me connais, et moi je te découvre comme un voyageur qui s'aventure très loin du pays de sa naissance.

Elle ne dit rien mais le noir de ses pupilles changea.

Gardant son regard sous le sien, il ajouta :

– Je suis venu te saluer sur ton chemin vers Jérusalem. Surtout, n'y vois aucune indifférence, mais déjà je dois courir à mes affaires, qui sont celles de ma vie comme celles du royaume de Juda et Israël. Prends patience jusqu'à demain. Je serai à l'aube devant ta tente et te conduirai aux portes de mon palais.

Pour la première fois, il vit l'étonnement lever ses sourcils. Il espéra qu'elle savait lire, elle aussi, ce que révélaient ses yeux.

– Permets que je te prenne la main pour te raccompagner sous le soleil.

*
* *

Elle l'avait laissé faire sans même songer à refuser. Il avait les iris d'un brun roux dans la pénombre de la tente. Au-dehors, sous le soleil, il y venait du gris. Il avait un regard attentif, un dos raide et un orgueil immense. Sa main était chaude, ne serrait pas ses doigts. Il la touchait comme on eût tenu un oiseau.

Le silence était tombé d'un coup lorsqu'ils s'étaient levés. Les regards étaient dardés sur eux et leurs mains rassemblées.

Elle aurait pu ne pas supporter qu'il garde sa main alors qu'ils passaient entre les danseurs ridicules et les musiciens, tous courbés jusqu'à terre. Dehors, il avait incliné le front et libéré ses doigts.

Elle ne doutait pas de lui avoir déplu. Salomon n'avait pas coutume d'entendre des vérités comme les prononçait Makéda, reine de Saba.

Pourtant, plutôt que de la colère, il avait montré de la douceur. Plutôt que de l'impatience, de l'étonnement. Il avait cherché son regard et il l'avait laissée le juger. Pourtant, ce pouvait n'être qu'un tour du roi aux mille épouses.

Elle était montée sur sa chamelle ; lui avait disparu dans la poussière soulevée par son char et les cent autres qui le suivaient. S'il la fuyait en courant à ses affaires, elle l'ignorait.

À cet instant-là, il avait perdu son âge. Sa silhouette était celle d'un homme puissant qui ne se retourne pas sur la trace qu'il vient d'incruster dans les esprits.

Il avait ordonné que sa garde aux boucliers portant le chandelier à sept branches de son sceau se tienne au large de sa tente, à quelques pas de la garde royale de Saba. Elle n'avait pas protesté. Maintenant, elle se demandait s'ils étaient là par respect ou pour la contraindre à l'immobilité. Comme elle ne savait pas s'il serait de retour ainsi qu'il l'avait assuré.

Lorsque le crépuscule arriva, elle avait songé plusieurs fois à son visage et à ses rides. À cette déception qu'elle avait ressentie en le découvrant. Elle n'aimait pas ce qu'elle pensait de lui. Elle n'aimait pas le trouble qu'il avait instillé en elle par sa seule présence. Elle ne tenait pas en place et se jugeait avec dureté. Cependant, plus le temps passait, plus elle songeait que ce soudain départ de Salomon était un prétexte. Demain, à l'aube, elle l'attendrait en vain.

Une sottise que le peuple hébreu ne tarderait pas à se raconter en riant : « La reine de Saba est venue à Bersabée. Salomon lui a pris la main, il s'est incliné dessus et il s'en est retourné à Jérusalem au grand galop ! »

La nuit était pleine, les torches allumées, quand elle se résolut à convoquer Zacharias devant elle. Elle lui dit :

– Ton maître est parti à ses affaires. Qu'y a-t-il de si urgent qui le contraigne à s'éloigner ainsi ?

Zacharias la contempla avec embarras.

– Puissante reine, je ne sais pas si je puis te le révéler.

– Que crains-tu ? Je t'ai écouté à Sabas quand tu couvrais ton roi d'éloges. À cause de toi, je suis venue jusque dans ce désert pour admirer ton maître. Je ne vais pas contre lui.

Zacharias baissa les paupières, approuva avec un soupir. Il murmura :

– Je n'oublie pas que, sans toi, je serais de la nourriture pour les poissons de la mer Pourpre.

– C'est vrai. Je t'écoute.

– Il en est aujourd'hui, dans Jérusalem et dans le palais, qui parlent contre Salomon.

– Que disent-ils ?

Zacharias l'affronta avec franchise.

– Puissante reine, quand je suis revenu à Jérusalem après mon voyage, j'ai trouvé le pays à l'opposé de ce qu'il était à mon départ. Ce qui était admiré hier est critiqué aujourd'hui. On raconte que Salomon est trop faible avec ses épouses étrangères, qu'elles envahissent Jérusalem avec leurs dieux et leurs prêtres et souillent la terre de Canaan. Elles ouvrent des sanctuaires, elles font des sacrifices païens, leurs prêtres accomplissent ces rites abominables que le Tout-Puissant a condamnés depuis son Alliance avec Abraham et Moïse, voilà ce qu'on murmure. Et aussi que le nouveau temple est trop grand, trop beau, qu'il a mené Salomon et le royaume de Juda et Israël à la ruine. On prétend que Salomon est faible et que Pharaon n'est plus son ami. On dit que la colère de Yahvé va s'abattre sur nous pour purifier le royaume de ses fautes. Hier, on disait : « Salomon est le plus grand des rois de Juda et Israël. » Aujourd'hui, on l'oublie. On trouve mille histoires, mille détails contre lui…

Elle le laissa parler. Maintenant qu'il avait commencé, Zacharias, comme à son habitude, ne savait plus se taire. Il raconta Benayayou et la fille de Pharaon. Il raconta les quolibets des rues de Jérusalem, les menaces dans le nouveau temple.

Cependant Zacharias n'avait plus ni la fougue ni l'orgueil qu'il avait montrés à Sabas. Ses histoires étaient tristes.

Quand il se tut, elle lui demanda encore :

– Tu crains pour lui ?

– J'aime Salomon, puissante reine. Moi, Zacharias ben Noun, ce que j'ai aimé hier, je l'aime encore aujourd'hui. Il a été le plus sage et le plus grand quand il était dans la force de sa jeunesse. Va-t-il cesser de l'être à l'âge où les autres hommes s'assagissent ?

L'expression de Zacharias était intense. Elle laissa glisser un silence avant de demander encore :

– Et que va-t-il faire cette nuit, selon toi ?

– Montrer qu'il est encore Salomon.

Cette fois, Zacharias souriait. Elle, elle fut surprise de sentir la crainte mordre ses reins.

Quand Zacharias eut quitté sa tente, elle réfléchit un moment. Puis elle demanda aux servantes de prendre les torches et de la suivre.

Dans la nuit, elle alla réveiller les prêtres venus avec elle. Elle leur ordonna d'éteindre sans attendre les feux des sacrifices qui, selon la coutume de Saba, avaient été allumés dans les coupes de bronze au centre du camp. D'abord ahuris, les prêtres protestèrent et tempêtèrent.

Elle les fit taire, pointa un doigt sur leur poitrine et déclara :

– Il se peut qu'Almaqah vous écoute, mais c'est moi qu'il connaît et c'est moi qui ordonne. Si ce n'est pas vous qui recouvrez les feux pour les éteindre selon la règle, ma garde renversera vos coupes de bronze dans la poussière.

Ils avaient menacé :

– Almaqah retirera sa paume, reine de Saba !

– Almaqah connaît sa puissance. Ici, nous sommes sur la terre de Salomon. Il n'étend sa paume sur aucun de nous.

Il avait à peine pris le temps de dormir, secoué sur les épais coussins de sa litière royale qui le ramenait aussi vite que possible vers Bersabée. Malgré la fatigue, les chaos et le bruit des roues le réveillaient. Autrefois, il parvenait à les ignorer.

Dès que la pointe du jour s'était glissée entre les pans de la bâche, il avait réclamé son char. C'était debout, la main sur la lisse de bronze, qu'il voulait paraître devant les tentes de la reine de Saba.

La veille, alors qu'il courait vers le combat, plus d'une fois la pensée de la reine du Midi lui était venue. Plus tard, durant la nuit de sang, il avait aussi songé à sa beauté noire.

Plusieurs fois, il s'était demandé si elle allait forcer le cordon de gardes qu'il avait disposé autour de son camp.

Mais maintenant, tandis que le char filait vers elle dans le désert, c'était de nouveau à Benayayou qu'il pensait. Il revoyait le dernier visage de celui qui avait été son général après Joab. Peut-être même son ami, parfois.

Benayayou à genoux, la terreur des lâches dans les yeux. Benayayou trop vieux pour comploter et affronter le châtiment des perdants. Benayayou suppliant : « Salomon ! Salomon, mon frère ! Salomon, combien de fois ai-je tué pour toi ? Mes mains dans le sang pour que tes paumes restent fraîches ! »

La tête de Benayayou roulant dans la poussière, cela aussi, il avait de la difficulté à se l'ôter de l'esprit.

Il était parvenu bien tard dans la vie pour faire ainsi couler le sang. Un écarlate qui adhérait plus lourdement à son esprit qu'autrefois.

Il avait évité de voir et d'entendre ce qu'il se passait dans les autres cours de la forteresse de Thamar où les conjurés avaient été réunis. À l'exception des épouses, bien sûr.

À quoi bon ces massacres pour affirmer une fois encore qu'il était Salomon? Parce que le peuple l'attendait comme il attend l'orage. Parce que s'il n'y a pas d'orage, il n'y a pas de puissance qui demeure effroyable et mystérieuse.

Et pour lui-même, dans le sang de Thamar, il avait pris le temps de réclamer l'indulgence de l'Éternel.

Dans quelques heures, Jérusalem se réveillerait avec la nouvelle. « Salomon est redevenu Salomon! » La rumeur sauterait de rue en rue plus vite qu'une sauterelle.

Ensuite courrait l'autre rumeur : « Salomon est de retour avec la reine du Midi! Salomon s'est trouvé une épouse couleur de nuit! »

Peut-être.

*
* *

Elle avait peu et mal dormi. Elle se réveillait et l'imaginait dans un combat. Trop lent, trop vieux. Elle se reprochait ces pensées, cherchait le sommeil. Découvrait que les servantes, autour d'elle, étaient éveillées.

Elle avait songé : « J'attendrai jusqu'au milieu du jour et, s'il n'est pas là, je repartirai pour le port d'Ezion-Guézert. Ou j'irai tout de même jusqu'à Jérusalem. J'irai vers les prêtres du temple et nous ferons un pacte d'or et de fer. N'est-ce pas pour cela que je suis venue? »

Elle doutait des raisons qui l'avaient poussée dans ce désert. La voix de Kirisha lui paraissait lointaine et effacée.

Elle imaginait les comploteurs qui affrontaient Salomon, seul. Elle songeait qu'avec Tan'Amar elle aurait pu lui porter aide.

Elle se trouvait ridicule et enfantine : « Tu songes à Salomon, venu jusqu'à toi accompagné de cent chars et reparti dans sa splendeur ! »

Elle se disait : « Je lui ai parlé durement. »

Puis elle changeait d'esprit, comme le peuple de Jérusalem, et songeait : « Qu'importent les paroles de la reine de Saba au roi aux mille épouses, imbu de lui-même et qui va, dans son âge tardif, sur le coussin de son ancienne sagesse tel un vieux pâtre sur son âne ? »

Elle l'avait seulement rendu curieux. Sa présence l'avait distrait un court moment. Grâce à elle, il avait diverti en même temps les comploteurs. Il les avait détournés de la prudence afin de régler ses affaires plus facilement. Il l'avait transformée, elle, la reine de Saba, en un piège.

Salomon avait été rusé avant d'être sage.

Elle ne sut pas comment elle comprit qu'il approchait. Elle quitta sa couche, appela les servantes pour se vêtir et se coiffer. Elle fut dehors en un instant, réclama sa chamelle, fit le tour du camp dans la toute première lueur de l'aube, feignant d'inspecter sa garde.

Les soldats de Salomon étaient toujours là, accroupis, abrutis par la veille et indifférents derrière leurs hauts boucliers dont le sceau se discernait à peine. Elle exigea la présence de Tamrin. Le regard de son jeune officier lui réchauffa la poitrine.

– Ne quitte pas l'entrée du camp. Regarde vers le nord. Viens me prévenir sous ma tente si tu vois approcher une troupe.

Elle n'eut pas longtemps à attendre.

Son char n'était pas parvenu à la double rangée des gardes endormis, les trompes sonnaient encore lorsqu'il la vit se précipiter hors de sa tente. Elle courut dans sa direction avant de se raviser. Il sourit de la voir se reprendre ainsi, comme si elle voulait effacer ce mouvement d'impatience.

Il donna un ordre, son char se mit au pas. Il voulait prendre le temps de l'approcher. Voir son visage de l'aube, maintenant que le soleil passait la ligne d'horizon.

Elle n'avait plus rien de cette raideur de la veille. Ses yeux ne l'évitaient pas, ne l'affrontaient pas non plus. Elle portait, recouvrant sa poitrine, le même collier d'or.

Plus près, il fut d'abord sidéré à nouveau par sa beauté avant de se rendre compte que le regard de la reine du Midi était d'une autre trempe, possédait autre chose.

Il n'avait pas de mot pour dénommer cette chose.

Mais il comprit que le Tout-Puissant l'exauçait. Voilà qu'il lui envoyait l'âme et le corps qui allaient le purifier. La fontaine qui allait le laver de cette nuit de sang, de haine, de pauvreté de la puissance des hommes.

Avant que le char s'immobilisât, avant de poser les pieds au sol, lui qui depuis si longtemps ne s'était plus plié au pouvoir des mots, en fut submergé.

Voilà ma source, voilà ma vigne !
Onde des jardins
cascade du Liban,
ta source est close,
pour moi
s'ouvre dans tes yeux

un jardin de miel et de lait
où le sang devient translucide.
Un torrent de baume qui sent le cinnamome.

Il fut sur le point de les prononcer à haute voix, mais se retint. Voilà qu'elle reprenait sa mine sérieuse alors qu'il se dressait devant elle. Il vit les cernes de l'attente qui avait gonflé la peau si fine et si tendre au-dessus de ses yeux.

Il se tint à distance, ce qui l'empêcha de respirer son parfum. Il songea que son arme la plus sûre serait la patience. Il sourit, déclara :

– Je tiens ma promesse, puissante reine. Ma litière va bientôt arriver derrière moi. Je vais te conduire dans mon palais de Jérusalem. Tu pourras y prendre tout le repos que ton voyage réclame.

Elle acquiesça simplement, d'un signe, ce qui le surprit. Elle appela pour que l'on serve au roi de Juda et Israël de quoi se rafraîchir. Les servantes apparurent aussitôt avec les boissons et la nourriture, car tout était prêt pour lui depuis longtemps.

Après quoi elle ordonna :

– Qu'on plie les tentes et prépare les montures.

3

Jérusalem

Ses manières l'avaient surprise plus qu'elle
n'avait envie de se l'avouer. Son apparence aussi.

Elle savait qu'elle s'était montrée soulagée de le
retrouver, qu'il y avait du plaisir sur ses traits, sa
voix et peut-être même son corps. Elle n'avait pu le
masquer en entier, elle était satisfaite de le voir en
vie, devant elle.

De retour devant elle.

L'homme qui revenait du combat n'avait plus
l'âge de celui qui l'avait accueilli. Les rides
n'avaient pas disparu, mais la fatigue ne laissait pas
de griffes supplémentaires sous ses yeux. Son regard
possédait une violence et une franchise qu'elle
n'avait distinguées ni lors de leur rencontre ni pendant le festin près du puits d'Abraham et d'Agar.

Sa voix elle-même possédait ce calme mesuré qui
n'appartenait qu'à la puissance accomplie et exer-
cée.

Elle avait vu aussi la tache de sang sur le bas de sa
cape.

Elle n'avait eu aucune question.

Salomon réglait ses affaires. Elle en connaissait le
prix. Elle était reine.

Pourtant, quand elle s'était installée dans la
litière, elle n'avait pu s'empêcher de craindre un

piège. La litière royale était somptueuse. Pour elle, qui n'en avait jamais vu, une véritable découverte. Pour lui, un miel avec lequel il avait coutume de prendre les guêpes ?

Elle avait fait venir Tamrin. Il s'était approché sur son chameau noir, bel homme de Saba, guerrier de la reine, dévoué à sa reine jusque dans le moindre de ses regards. Jaloux peut-être.

– Tiens-toi près de moi. Si je dors, que nul n'ouvre les rideaux, pas même le roi de Juda et Israël.

La route était longue, ils allaient vite. Trois fois, on avait changé les mules et les chevaux afin qu'ils atteignent Jérusalem à la nuit.

Elle avait dormi.

Lui aussi, sans doute. Elle ne savait comment. Quand elle avait tiré les rideaux, il se tenait droit dans son char. Le dos raide, la main tranquille sur le bronze. La chevelure libre, sans or sur le front, bousculée par le vent. De temps à autre, il passait une main dans sa barbe et plissait les paupières. Impossible de deviner ce qu'il pensait.

À l'entrée de Jérusalem, la nuit était là. Les murs de la ville se confondaient avec le ciel, les roches des collines, les gris des oliviers et les feuilles lourdes des figuiers.

Les porteurs de torches leur firent une haie de cris et de vivats. On acclamait Salomon. Elle vit son sourire quand il répondait. Une infinie fierté. Il était le grand Salomon, le sage qui savait quand devait être versé le prix du sang.

Elle songea qu'elle venait dans son cortège comme ces femmes que l'on ramène de la guerre ainsi que du bétail. Il se servait d'elle, une fois de plus.

Pourtant, lorsqu'ils furent devant le palais aux murs énormes entourant le nouveau temple, il fit arrêter la caravane.

Il vint devant la litière. Il fit savoir qu'il désirait entrer dans son palais au côté de la reine de Saba.

Tamrin transmit le message. Il semblait plus fatigué que le roi de Juda et Israël. Elle accepta.

Elle parut devant le peuple qui se massait sur l'énorme place, les visages jaunes et ocre sous les flamboiements des torches. Il y eut un grondement quand elle tira les rideaux de la litière et descendit les marches de l'escabeau qu'on avait apporté.

Quand elle fut à côté de lui, il désigna le collier des lettres de Saba qui couvrait sa poitrine. Les flammes s'y reflétaient et lui illuminaient le visage. Il déclara :

– Demain le peuple de Jérusalem racontera que la reine de Saba possède un corps d'or et que c'est la raison pour laquelle Salomon n'a d'yeux que pour elle. Le peuple ne connaît jamais qu'une part des pensées de son roi. Et c'est tant mieux. Ta beauté me ravit. Mais je sais qu'elle n'est qu'une écorce. Comme le Salomon du peuple n'est que l'écorce du vrai Salomon.

*

* *

Il avait été sincère en lui avouant cela.

La route depuis Bersabée n'avait pas effacé l'amertume et le dégoût qui lui revenaient encore dans les chaos du char. La tête de Benayayou à ses pieds pesait encore sur ses pensées.

Il savait qu'il en irait ainsi jusqu'à ce qu'il la tienne dans ses bras. Qu'il goûte la peau de la reine du Midi. Que ses baisers arpentent son corps noir en une nuit hors du temps où le désir consumerait le vieux Salomon. Qu'il s'offre à sa source.

Mais son désir devait s'engendrer dans la patience. Et le savoir.

Elle n'appartenait pas à celles qui plient sous un regard ou qui s'éblouissent d'être caressées par la paume du pouvoir. Elle était neuve pour lui comme pour la multitude des hommes. Qu'il fût roi ou qu'il ne fût rien.

Elle était une énigme que Yahvé envoyait à son côté. On la brisait ou on en découvrait la clef.

Quand ils furent dans le palais, il l'observa alors que la splendeur du cèdre, du marbre et des airains brillait dans le reflet des lampes autour d'elle. Ses servantes et toute sa suite s'exclamaient. Malgré l'obscurité, il lui fit traverser les patios, un peu du jardin où les oiseaux se tenaient cois. Elle regardait avec patience et politesse.

Il donna l'ordre qu'on les laisse seuls.

– Permets que je te conduise moi-même à tes appartements.

Elle écarta avec douceur le jeune et beau guerrier qui la couvait comme un lion. Ce Tamrin qui était venu lui apporter sa lettre quatre saisons plus tôt et qui, maintenant, avait décidé qu'il le tuerait, lui, Salomon, si jamais il conduisait la reine de Saba au malheur.

Comme il s'y attendait, Natan et Tsadok se tenaient dans le grand vestibule. Soulagés par la tête de Benayayou dans la poussière, terrifiés par la beauté aux seins dansant sous l'or qui approchait.

D'un coup d'œil, Salomon les contraignit à s'incliner. Mais elle les sidéra en ouvrant la bouche et en leur offrant un salut en hébreu :

– Je sais que vous craignez les femmes païennes sur le sol de vos pères. Mais j'ai lu et longuement appris votre langue sur un rouleau de mémoire que possède un scribe de Saba qui est de votre peuple. Il raconte le temps depuis que votre dieu unique a fait entendre sa voix à Abraham. On y parle de Moïse et de ses déceptions. On y blâme les épouses en un flot de mots. Soyez sans crainte. Je ne viens pas sur le sol de Canaan pour être épouse et j'ai demandé à mes prêtres d'éteindre nos feux. Et quand je saurai si votre roi, Salomon, mérite les louanges qu'on tresse pour lui, je repartirai. Ensuite, nous échangerons notre or et nos encens contre votre science du fer. Pharaon n'est pas notre ami, et je ne craindrai pas sa colère s'il vous trouve très puissants en face de lui.

Tsadok et Natan demeurèrent sans réponse. Ils s'inclinèrent, marmonnèrent une politesse. Ils la scrutèrent. Elle les laissa faire. Ils découvraient enfin sa beauté.

Quand le roi l'entraîna plus loin dans le vestibule, ils arrivèrent devant le faux bassin d'eau inventé par le Phénicien. Elle s'avança et s'y trompa.

Elle souleva sa tunique, s'apprêtant à poser le pied dans l'eau et ne trouvant que le sol de gemme cristalline. Il découvrit la finesse de sa cheville, la grâce de son mollet. Il rit pour masquer le désir qu'il avait de la toucher. Il expliqua :

– Ce n'est qu'une illusion. On raconte que certains de nos pères croyaient que la grande beauté ne pouvait être une vérité humaine. Que les démons se cachaient sous cette apparence. Ainsi, si tu étais un démon, je l'aurais vu en découvrant d'affreux sabots de bouc à la place de tes chevilles.

Elle rétorqua :

– Est-ce cela que tu crains ? Que tout ne soit qu'illusion ? Ne crois-tu pas aux paroles de ton dieu ?

Il en fut ébranlé autant que si elle avait enfoncé ses doigts fins et tendres dans sa poitrine. Il sentit le poids trop lourd de sa voix quand il lui proposa :

– J'ai entendu ce que tu viens de dire à Natan et à Tsadok. Tu as raison. Voici ce que je peux t'offrir. Demain, tu seras libre de questionner ma sagesse et d'en conclure ce que ta raison décidera. En retour, tu dois me promettre de ne rien prendre dans ce palais qui me deviendra irrémédiablement perdu. Sinon, tu devras m'accorder le baiser de ta bouche.

Elle répondit d'un sourire qu'il emporta jusque dans son sommeil.

*
* *

Elle avait passé une nuit douce dans le confort du palais, l'abondance des serviteurs. Elle était en paix pour la première fois depuis qu'elle avait posé le pied à Ezion-Guézert. Demain serait le jour que les dieux, quels qu'ils fussent, avaient pointé dans son destin.

Lorsque le soleil eut établi des ombres fermes dans les patios et les jardins, on vint la chercher. Dix gardes de Salomon portant des boucliers d'or, des casques leur couvrant les joues, et qui lui firent une haie d'honneur en tenant, de main en main, un long cordon de soie.

Il avait ordonné que son épreuve s'offre à la vue de tous, dans la plus vaste salle du palais que l'on appelait la Forêt du Liban, à l'écart dans les jardins.

D'ordinaire, on y dansait et on y festoyait pour les cérémonies d'importance. Soixante fûts de cèdre, chacun de vingt coudées de haut, s'alignaient en quatre rangs de colonnades. La vue s'y perdait comme dans une forêt véritable. Les feuillages sculptés qui recouvraient la voûte et en retenaient la lumière achevaient de parfaire l'illusion.

Elle ne feignit pas de s'en émerveiller. Pas plus que des trois cents boucliers d'or dressés contre les murs, des petits bassins, des volières, des tapis, de la vaisselle, des dessins du sol de marbre ou de la magnificence des sièges qui les attendaient, elle et lui. Tout était une merveille de savoir-faire et de matériaux précieux. Les serviteurs et les gardes, la foule de la cour, les jaloux, les envieux, une quantité de femmes jeunes, tous étaient en grand apparat.

Il voulait encore l'impressionner. Telle était sa manière. Il était Salomon, qui en avait impressionné tant avant elle.

Elle ne doutait pas non plus qu'il espérait voir la rumeur de sa présence dans la « Forêt de Liban » se colporter longtemps, s'écrire sur les rouleaux de mémoire afin que jamais l'oubli ne les recouvre, elle et lui.

Elle l'admettait.

N'était-ce pas reconnaître qu'elle était digne de l'épreuve ? Digne de le faire briller ? Elle, Makéda, fille de Bilqîs, reine de Saba.

Elle portait une tunique qui ne dévoilait rien de son corps. Le lin de la pièce qui couvrait son dos était aussi noir que sa peau. Sur le devant, au contraire, un tissage délicat de fils d'or et de pourpre chatoyait à chacun de ses mouvements. Sans ceinture, sans rien qui serrât la taille et soulignât les seins.

Lui, qui avait bâti un palais regorgeant d'illusions, allait devoir imaginer ce qui déjà lui brûlait les yeux.

Le lourd anneau d'or de Saba était sur son front, retenait les tresses qui battaient ses reins. Et, sous l'anneau, le regard de la reine de Saba subjuguait.

La salle se fit forêt silencieuse quand elle apparut. Œillades, chuchotements, commentaires s'apaisèrent.

Il se tenait déjà devant leurs sièges, sur une estrade de tapis et de coussins, sous un dais tendu entre les fûts de cèdre. Lui aussi était vêtu simplement : une tunique bleue aux manches très longues, la ceinture de cuir plus large qu'une main, un collier à doubles rangs de gemmes et de glands d'or sur la poitrine, la barbe et la chevelure enduites de baumes et de parfums.

Quand elle fut près de lui, il dit pour que l'on entende à travers la forêt :

– La reine de Saba est venue devant nous depuis l'autre côté de la mer Pourpre. Elle est arrivée avec cent talents d'or et autant d'encens pour la richesse de Juda et Israël. Avec cent jarres d'huile de myrrhe, avec le cinnamome et le nard. Moi, Salomon fils de David, je dis : Makéda, fille d'Akébo, fille de Bilqîs, se présente dans les jardins de mon palais comme un torrent d'abondance. Elle connaît la langue de nos pères. Elle sait leur histoire. Elle vient sur Jérusalem comme le vent du matin souffle sur nos ombres. Sa caravane est à nos portes. Mais avant de déposer ses présents, elle veut s'assurer que Salomon en est digne. Et moi, je dis que c'est justice. Je me plie à son jugement devant le peuple de Jérusalem.

Et, devant tous, il prit sa main. À elle, Makéda, la reine noire. Il la lui retourna, paume face au ciel de cèdre. Il s'inclina encore et la porta contre son front.

Sa main trembla. Elle éprouva le poids de sa tête comme si elle reposait entre ses seins. Elle trouva son front brûlant.

Le silence dès qu'ils s'assirent face à face.

Elle dit :

– Tout-puissant seigneur, on prétend que tu comprends ce qui est obscur et rends clair ce qui est contourné.

Il répondit avec un sourire :

– L'Éternel parfois me donne des réponses.

– On dit de toi que tu es le maître des oiseaux. Connais-tu cet oiseau qui n'a ni chair, ni sang, ni plumes, ni duvet ? Jamais on ne sait s'il est mort ou vif, car il demeure immobile dans sa couleur d'or et de lait.

Salomon fronça les sourcils. Le silence de la forêt se fit plus lourd. Puis son rire éclata et se propagea sous les feuillages sculptés.

– Reine du Midi, tu me parles d'un œuf !

La salle gronda et applaudit.

Elle admira son regard brillant, le plaisir de ses lèvres. Elle aimait ce qu'elle découvrait. Il lui offrait à nouveau les traits d'un autre homme. Comme si sa barbe masquait ses mues.

Elle lança :

– C'est le même : dans la paume, il est doux et chaud, il ne pèse pas plus qu'une plume, ou bien il est glacé et pèse plus que les roches du désert.

Il s'étonna, posa un doigt sur ses lèvres. Son expression s'adoucit et sa voix se fit plus grave :

– Tu me parles de ce nouveau-né que vous portez à la pointe de vos seins, vous, les femmes, ou bien dans la poussière, selon la volonté de Yahvé, qui décide de la vie et de la mort.

Elle aimait sa manière de répondre. Ce temps qu'il prenait sans se soucier des visages tournés vers lui. La fermeté soudaine de sa bouche et de son regard et, tout à coup, son index long, autoritaire, qui se dressait.

– Dis-moi ce qui frappe comme un marteau mais demeure invisible bien qu'il paraisse dans le souffle des mots, froid ou brûlant.

– Tu me parles du cœur, reine de Saba.

Un brouhaha se répandit dans la salle, qu'il calma d'un geste. Aussitôt après il chercha ses yeux. Il ne cherchait pas à voir son corps, seulement ses yeux.

– Ma mère m'a laissé deux trésors, dit-elle. L'un vient de la nuit de la terre. Elle l'a creusé d'un passage. L'autre vient des abîmes de la mer Pourpre, c'est moi qui l'ai percé d'un orifice.

– La pierre d'or que je vois à ton doigt est le premier don de ta mère. Le second est la perle qui pend à ton oreille, fille de Bilqîs.

Quand il répondait vite, que l'énigme était trop simple, il la contemplait avec tendresse. Ses yeux caressaient mais sa bouche se moquait. Elle devait faire un effort pour ne pas baisser les paupières.

Elle prit une voix plus lourde et plus rapide :

– Sept cessent, neuf commencent, deux offrent à boire, un seul a bu.

Il dut chercher, les narines pincées. C'était elle qui souriait, narquoise, heureuse de son embarras, du doute qui se devinait dans le silence de la forêt de cèdres.

Mais plus heureuse encore qu'il s'exclamât :

– Tu es femme, reine de Saba. La plus belle sur laquelle mes yeux se soient jamais posés ! Et lorsque cessent les sept jours de ton sang de femme, commencent les neuf mois de l'enfantement afin que tes deux seins, ô le bonheur du nouveau-né ! deviennent la fontaine de l'enfant, l'unique qui saura y boire.

Cette fois, elle inclina la tête avant de lancer l'énigme suivante.

Puis encore la suivante. Il répondait à chacune. Cela dura longtemps. Elle questionnait, il répondait. Sans relâche. L'un et l'autre riant des yeux jusqu'à ce qu'elle soit certaine qu'elle pourrait questionner sans fin et qu'il pourrait répondre tout autant.

– Connais-tu le tombeau qui va dans le monde sans jamais se séparer de ce qu'il contient et qui est un chant ?

– Tu me parles de la baleine qui emportait Jonas, celui qui chantait pour prévenir nos malheurs.

– Qu'est-ce qui est un souffle du nez, un sens dans le vent tournant et plus rouge que le soleil au crépuscule ?

– Le cœur de l'idiot dans la maison en joie, ô Makéda venue de la mer Pourpre.

L'ultime question, elle n'osa la lui offrir que dans un murmure. Il répondit de même.

– Quel est ce frôlement qui est le rien, ce rien de rien qui n'a pas même l'apparence d'une fumée et pourtant emplit jusqu'à éclater celui qui le perçoit ?

– Le désir du désir, belle du Midi, toi qui devant mes yeux es montée du désert en colonnes de fumée.

*
* *

Elle lui avait dit :

– Ils ne mentent pas, ceux qui vantent ta sagesse. Ils peuvent provoquer un vacarme effrayant, je ne me boucherais pas les oreilles.

La formule lui avait plu, il avait ri aux éclats. Il découvrait dans ses yeux un trouble qu'il ne lui connaissait pas encore. Il s'en chauffa les reins pendant tout le repas qui suivit les énigmes.

Ils avaient la gorge sèche, le cœur en feu. Trop pour parler encore.

La célébration tumultueuse de la gloire de Salomon, la cour ne s'en lassait pas, et lui laissait faire.

Devant elle dans la Forêt du Liban, il avait oublié la tête de Benayayou. Sa peau noire effaçait dans son esprit le sang écarlate dans la poussière de la forteresse de Thamar.

Il avait oublié les grondements du temple, la haine du temps qui se rue, l'ennui des épouses et de la charge pesant sur ses épaules. Pour cela seulement, il lui aurait baisé les lèvres infiniment. Il serait devenu un nouveau-né pendu à ses seins.

Il savait qu'il devait encore observer un peu de patience. Elle n'avait pas perdu l'épreuve à laquelle il l'avait soumise.

Elle prenait soin de ne rien montrer de son propre désir de lui. Mais cela était inutile. Il l'avait vaincue dans les énigmes et celle-ci, qui n'avait pas été prononcée, il en connaissait aussi la réponse.

Elle avait eu peur de son âge. Elle ignorait que Salomon n'avait pas d'âge. Il avait seulement appris à lire le désir. Un savoir qu'on ne trouvait dans aucun rouleau de mémoire. Une sagesse qui était sa grandeur et sa faute.

> *Lumière du sage,*
> *idiot de nuit,*
> *côte à côte.*
> *Ce qui vient à l'un, vient à l'autre,*
> *un seul cœur bat dans la bouche,*
> *un sang de pourpre dans le frôlement du désir.*

Il s'agaça de la longueur du repas, de la tunique qu'elle portait et sur laquelle se brisait son regard. Il ne se satisfaisait plus d'imaginer. C'en était fini de sa patience.

Son cœur bondit quand elle le regarda avec la même folie.

Les gardes leur firent une haie afin qu'ils quittent le banquet sans que quiconque les ralentisse.

Ils ne couraient pas. Les rois et les reines ne courent pas, sauf au combat. Et pourtant, si, le souffle de la course battait dans leur poitrine.

Quand ils entrèrent dans le vestibule, elle dit :

– Je sais ce que je peux te prendre d'irrémédiable et qui me condamne à recevoir ton baiser sur ma bouche.

Elle alla jusqu'à la rivière réelle que l'architecte phénicien avait fait serpenter à l'intérieur de la salle de réception. Elle s'y agenouilla, recueillit de l'eau dans sa paume. Elle la but. Trois fois.

Elle se redressa sans le quitter des yeux. Murmura :

— Les plats de ton festin m'ont donné une soif
que je n'arrive pas à étancher.

*
* *

Des baisers,
Ô des baisers de sa bouche !
Vin, ivresse, parfum !
Je suis le nard de Salomon !

Ils dansaient dans le désir. La nudité de leurs
peaux moins nue que leur désir.

Elle noire, lui blanc, tous deux comme les attelages des chars, comme les chameaux et chamelles des
champs d'encens de Saba.

Ils se trouvaient, s'étonnaient, de baiser en baiser.

La myrrhe coulait dans leurs doigts, la myrrhe
coulait dans leurs bouches, inondait la couche de
Salomon.

Il lui disait sa beauté, joues de grenade, seins de
faon, cuisses d'ébène, tes bouches écarlates, ô mon
amour, tu m'as pris d'un regard, d'un seul de tes
yeux. Tu m'as pris comme un miel de lys.

Elle disait : Je suis le lait de ta langue, j'ai enlevé
ma tunique sans retour, je suis ton jardin, oh ! quand
tu me touches, un torrent de Maryab quand la lune
est brûlante.

Rien ne les apaisait et, quand leurs corps étaient
épuisés, leurs mots encore les incendiaient.

*
* *

Trois nuits et deux jours, sans sortir de la chambre, sans sortir du palais.

Sans sortir du désir.

Parfois, la chair irritée, ils se tenaient à distance, d'un bord à l'autre de la couche. Ils écrivaient les mots de leur chant.

Amour tends ta main,
je suis l'ouverture,
dedans je tremble,
tes mots me mettent dehors,
je suis sans garde
je suis malade d'amour
viens me panser.

Amour éclatant et vermeil,
palme noire du temps,
la plus belle des femmes
ouvre-moi,
je vais sans bouclier
plus nu que nu sous tes gouttes de nuit.

Ils se chantaient leur chant. Il rampait jusqu'à elle qui ouvrait ses cuisses, il baisait la pointe de ses seins.

*
* *

Trois nuits et deux jours. Rien. Un éclair. Le temps de la foudre pour connaître leurs reins, la souplesse de leurs nuques, les fins détails de leurs paumes, de leurs voix, de leurs regards.

Elle savait qu'il n'en fallait pas plus.

Elle le savait depuis le premier baiser. Elle le dit :

– Cette nuit, je partirai. Je quitterai Jérusalem et ma caravane filera vers Ezion-Guézert. Mes bateaux fileront vers Saba. Le plus vite possible.

Il entra en fureur. Promit de l'en empêcher.

– Tu deviendras mon épouse. Juda et Israël seront à tes pieds.

– Je suis la reine de Saba, j'ai mon royaume. Je n'ai que faire du royaume de Salomon. Mais l'amour de Salomon, je le veux pour toujours.

– Alors reste.

– L'amour se vole et s'emporte. Il est gravé dans mon corps. Ce que tu fais durer, tu le fais pourrir. Ce qui est dans notre chant est éternel.

Il protesta et menaça.

– Tu l'as reconnu, le désir du désir n'est qu'un frôlement de rien. Le plus grand pouvoir de l'amour, tes pères te l'ont enseigné, c'est la mémoire.

Il se laissa convaincre.

Il savait que le temps ne jouait pas pour lui. Il savait qu'elle avait raison. Il mourait de penser qu'il ne la verrait plus, que l'aube ne se lèverait plus sur les courbes noires de ses fesses dans la blancheur des draps, qu'il ne s'endormirait plus dans l'encens de sa peau, qu'elle ne chuchoterait plus sur sa bouche alors qu'il s'envolait au-dedans d'elle.

Il pleura sans larmes.

Elle sourit, lui caressa les tempes, les lèvres. Elle s'offrit à ses baisers. Ses doigts tiraient de lui des merveilles qu'elle emportait là où il ne pouvait la suivre.

Il songea : « Pourquoi est-elle plus forte que moi ? »

Si elle le lui avait demandé dans la Forêt du Liban, c'était la seule énigme à laquelle il n'aurait su répondre.

À l'approche de son départ, elle lui annonça encore :

– Je veux que ton peuple sache que la reine de Saba n'est pas repartie sans éprouver la force de ton dieu unique. Je veux entrer dans ton temple avant de quitter Jérusalem. Je veux m'en retourner avec la paume de ton Éternel sur moi. Va chercher les prêtres. Tu le leur diras : « Voilà la puissance de Salomon. »

Il en resta sans voix pendant un long moment.

Il ferma les paupières. Un rideau qui effaçait pour toujours la beauté qu'il avait su approcher.

Puis, pour la première fois depuis leur premier baiser, il quitta la chambre pour prévenir Tsadok et Natan.

*
* *

Les servantes du palais la regardèrent plonger dans le bain rituel. Tsadok avait dit :

« Tu vas dans la Mikvé nue et entière. Yahvé ne doit pas voir une poussière sur ta peau. Tu fus païenne et idolâtre, Yahvé ne doit pas le sentir. Il ne doit plus en rester un reflet sur ta chair. Va dans le bain, au plus profond du bassin. »

Qu'elle fût païenne et idolâtre de Salomon, Tsadok ne l'avait pas murmuré, mais ses yeux le constataient.

Elle obéit. Au plus profond du bassin, l'eau était glacée.

Elle fut transie.

S'effacèrent les caresses, les baisers, les brûlures du désir, la sueur du plaisir. Plus rien de la chair d'amour de Salomon ne subsista sous la glace de la Mikvé.

Une vieille en haut des marches lui tendit une robe de lin. Elle s'y enveloppa. Elle grelottait. Son sexe était dur et serré. Son ventre, ses seins, durs et serrés. Fermés. Fermés à jamais, elle le savait déjà. Ouverts seulement trois nuits et deux jours à la bouche, aux paumes et au sexe de Salomon.

Dans le vestibule, deux prêtres l'attendaient, en tunique noire, la tête et les épaules couvertes d'un châle de prières. Elle sourit. La chair de la Makéda, reine de Saba, était sa tunique noire et pure.

Les prêtres se placèrent devant elle. Ils attendirent qu'elle prononce la phrase rituelle apprise avec Tsadok. Elle parla sans hésiter :

– Je prends sur moi le joug du ciel et des bonnes actions.

Les prêtres murmurèrent.

– *Mazal-tov*. Suis-nous.

Le vent de nuit soufflait, la flamme des torches vacillait. La chaleur du jour brûlait encore les murs. Malgré tout, la glace du bain la faisait claquer des dents.

Ils franchirent la porte haute du temple qui s'ouvrait dans le jardin du palais, derrière la volière. Les oiseaux se réveillèrent à leur passage et lancèrent leurs clameurs.

Ils pénétrèrent dans l'immense enceinte. Le silence y était si lourd que même les grillons n'osaient se faire entendre.

Elle se souvint de l'enceinte de Marham Bilqîs, du vent de la plaine de Maryab, du crissement de l'eau dans les digues.

Ici, les murs étaient assez hauts pour que s'y brisent tous les bruits de Jérusalem et du reste du monde.

Les étoiles posaient un éclat sourd sur la masse du sanctuaire. Une montagne de pierres, anguleuse et rigide, bordée de colonnes gigantesques.

La pensée de son père lui vint. Akébo le Grand serait resté sans mot devant pareille énormité.

Un troisième prêtre surgi d'on ne sait où se mit à marcher derrière elle, sans bruit. Elle se retourna pour le voir. Une ombre dans l'ombre, qui tenait deux colombes blanches dans ses paumes. Les oiseaux secouaient la tête, inquiets.

Ils traversèrent l'esplanade vide. Les dalles tièdes réchauffèrent ses cuisses. Elle songea au souffle de Salomon. Elle serra les lèvres.

Ô, tes caresses, mon cœur est pris par toi !
Tes caresses,
mon collier d'or fin.

Quand ils parvinrent à l'angle du sanctuaire, la lumière les fit cligner des yeux. Les flammes grondaient dans des vasques de bronze aussi profondes que des bains. Entre elles montaient les marches du portique. Deux colonnes plus larges et plus hautes que des cèdres de cent ans.

L'étoile d'Orient brillait telle une larme d'or au-dessus d'eux.

Dans son dos, l'ombre du prêtre s'éloigna. Rougis par les flammes, elle devina les contours de l'autel des holocaustes. Le prêtre s'y activa. Les colombes décrivirent une courbe blanche dans la nuit avant de s'abattre.

Devant elle, les prêtres murmurèrent en s'impatientant. Ils l'entraînèrent sous les colonnes qui annonçaient le vestibule. Leurs pas résonnaient.

Elle fut stupéfaite. Ici, tout était immense et vide. La lumière de dix candélabres à sept branches d'or éblouissait.

Les prêtres qui l'accompagnaient s'immobilisèrent. Devant l'autel des parfums en bois de cèdre revêtu d'or, se tenaient Tsadok, Natan et Salomon.

Elle sut ne pas regarder Salomon.

Tsadok vint vers elle. Il parla vite et bas.

– Makéda, fille d'Akébo, reine de Saba, tu approches le Saint des Saints et Yhwh notre Dieu Tout-Puissant. Tu t'es purifiée, écoute-moi. Tu respecteras le shabbat, tu feras des sacrifices au dieu d'Israël pour lui plaire. Ton nom pour les Hébreux sera

Ruth, la Moabite qui a suivi Noémie, sa belle-mère, à Bethléem en Judée, donna un fils nommé Oved à Booz le juge, qui fut le grand-père de David et l'arrière-grand-père de notre roi Salomon, que l'Éternel lui donne longue vie. Amen.

Des noms et des noms, selon la manie des Hébreux. Elle avait un sourire sur les lèvres et n'écoutait qu'à demi, songeant aux yeux de Salomon sur elle.

Tsadok parla encore, et beaucoup. Il cita les histoires qu'Élihoreph lui avait déjà racontées.

Elle n'avait plus froid. Le regard de Salomon, là-bas, la réchauffait.

Elle sut quand elle devait répondre avec les mots de celle qui s'appelait Ruth :

– Je t'entends, prêtre. Tu es la parole de mon dieu. N'insiste pas pour que je le quitte en retournant au loin. Ton peuple sera mon peuple et ton dieu sera mon dieu.

Elle comprit que Salomon avait fermé les yeux, qu'il se détournait d'elle. Tsadok parla encore. Elle perçut le pas de son amour qui s'éloignait hors du sanctuaire.

Épilogue

Axoum

Paroles de Makéda, fille d'Akébo, fille de Bilqîs, vingt et deux années reine de Saba d'est en ouest, des plaines de Maryab aux forêts d'Axoum, dans le temps de Salomon.

Mémoire de Makéda, main de Makéda sous la paume de Yahvé l'unique Éternel, Yahvé, Dieu des Hébreux mille fois béni.

Moi, Makéda, je suis revenue de Jérusalem le ventre plein.

Sans autre pensée que Salomon. Sans pensée pour Yahvé, son Dieu et désormais le mien.

Mon ventre, mon sang, mon esprit, ma bouche, rien de ce qui était moi n'était épargné par Salomon. Il m'avait prise en entier. Jusqu'à la fin des temps.

Tsadok son prêtre parlait. Il m'approchait du Tout-Puissant.

Comment écouter ?

Non, je n'écoutais rien. Le bruit de Salomon sous ma peau.

Le bruit de Salomon me brûlera et me caressera jusqu'au jour de ma mort. Ce jour dans le temple de Jérusalem, aujourd'hui à Axoum, demain dans mon corps de vieille. Même loin de lui. Même sans son odeur, même sans son souffle.

Dans le temple de Jérusalem, je me montrai obéissante et sage. Apparence. Dedans, je n'avais aucune pudeur. J'avais prononcé les mots me plaçant sous la paume de l'Éternel, je sentais mes cuisses chauffer du désir de Salomon.

La glace du bain de la Mikvé s'effaçait.

Mes pensées pendant les paroles de Tsadok le grand prêtre :

Ô le souffle de Salomon sur mes seins,
Ô la voix de Salomon chantant notre amour,
Salomon me baisant de ses mots :
Ô ma sœur ma fiancée,
ma multiple au goût de safran,
mon torrent du Liban !
Tes seins, des enfants de biches.
Allez, viens, toi
mon nard qui s'avance comme la lune.
Viens,
ton ventre brille contre le mien
comme les boucliers d'or
de la Forêt du Liban.

Salomon noyé dans la source de Makéda, voilà ma pensée dans le grand temple de Jérusalem. Temple construit par Salomon. Pour le temple, j'ai apporté tout mon or.

Salomon, je ne le verrai plus en chair, jamais, mais en esprit.

Mon choix et pas le sien. J'avais raison et le savais.

L'amour qui brûle sans pudeur ne dure pas.

La jeunesse de Salomon dans l'amour ne durerait pas. Je le savais.

Sagesse des femmes : prendre et emporter l'amour avant que le temps le réduise en poussière.

Sagesse des femmes : ne demeure pas dans l'éclair qui te brûle le ventre. Le beau deviendra aigre comme le lait des chamelles trop longtemps restées dans les prés gras.

Nous savons quand cela vient. Nous savons quand il faut emporter. J'ai su. Douleur de Salomon. Les larmes et les menaces de Salomon, je les entends encore.

J'ai dit : Je pars. Ton amour ne peut être plus plein en moi. Temps de partir.

Je savais qu'il serait l'unique, comme son dieu. Aucun autre amour, aucun autre homme ne viendrait dans la source de Makéda. Elle était comble pour le temps de la vie.

Je le savais, et c'était juste.

Aujourd'hui je suis fripée comme l'était Kirisha après la mort de mon père. Vingt années écoulées. Je ne suis plus la beauté qui faisait se lever les hommes d'un bout à l'autre des rives de la mer Pourpre.

Jamais je n'ai regretté.

J'ai souffert. Mon ventre a brûlé, mes cuisses ont mendié, mes reins ont incendié, mon esprit a mordu. Yahvé a ri de moi.

Je n'ai pas cédé.

Makéda, l'unique épouse de Salomon, voilà ce que je suis devenue. Makéda à Saba, Salomon à Jérusalem. Jusqu'à la mort. Sans un rouleau de papyrus entre nous. Des mots qui chantent dans la poitrine chaque jour. Les mots de notre amour. Les mots qu'il a construits avec mon collier d'or fondu aux signes de la langue de Saba.

Les mots d'or qui ont protégé ma poitrine sous la tente de notre rencontre.

Un collier que j'ai sacrifié à Yahvé, béni soit-Il, mon Dieu qui m'a soutenu. Le Tout-Puissant, avec sa paume au-dessus de moi, avec sa paume au-dessous de moi.

Yahvé, le Dieu des Hébreux, pour Makéda, reine de Saba, noire de chair, femme du peuple de Yahvé par amour pour Salomon, fils de David.

Dans le temple, je n'écoutais pas les mots de Tsa-dok mais ma volonté était pure. Mon choix était pur. Je venais me soumettre à la loi de Moïse avec pureté. Pas de mensonge. Pas de fausseté.

Le souffle du temple était froid. Moi, j'étais l'incendie qui cherchait la paix dans les braises.

Je me souviens.

Tsadok dit : Suis-moi, fille du peuple de Yahvé. Salomon a voulu que tu approches le Saint des saints. Salomon veut que tu approches le coffre d'acacia qui mit le feu au Sinaï.

Le Saint des saints : largeur des murs, hauteur des murs, les mêmes mesures. Un seul chandelier. Bois des murs et plaques d'or. Le vide, émotion du vide. Les encens et rien. Le coffre d'acacia sur une pierre, petit : deux coudées et demie de long, une coudée et demie de large, autant de haut.

Les flancs du coffre, deux barres d'or, des plaques d'or.

Le couvercle du coffre : la splendeur. De l'or épais, deux hommes aux ailes d'aigle, *kerubim*.

Tsadok dit : Yahvé va sans image mais avec la Parole. L'Arche contient la parole de Yahvé pour Moïse, la parole de Yahvé pour tout le peuple à la nuque raide. Moïse a reçu les lois sur le Sinaï. Il a ordonné : construisez un coffre d'acacia pour les pierres qui ont incendié le Sinaï. L'arche de Yahvé contient les lois qui font entrer les hommes dans l'alliance. Yahvé, le Tout-Puissant mille fois béni, sauve les hommes des ténèbres des hommes.

Tsadok dit : Si tu enfantes et qu'il te vienne un fils, tu le circoncis. Dans l'anneau de la chair de l'homme, passe l'Alliance avec l'Éternel.

J'ai un fils. Je suis partie de Jérusalem le ventre plein. Un fils de Salomon. Oh le bonheur.

Je l'ai nommé Ménélik, « Fils du roi », je l'ai cir-concis comme Tsippora a circoncis le fils de Moïse.

Longue vie au fils de Salomon, que l'Éternel le bénisse.

Au retour de Jérusalem, sur les bateaux, les hommes et les servantes étaient déconcertés. Les prêtres grondaient. Ils étaient inquiets et sourcilleux. La reine de Saba n'était plus sous la paume d'Almaqah. Ils craignaient pour le peuple de Maryab et d'Axoum.

J'ai dit : Rien de ce qui est dans les enceintes de Maryab et d'Axoum n'est changé. Les sanctuaires d'Almaqah, le dieu de mon père, sont les sanctuaires d'Almaqah. Vous ferez vos sacrifices. Vous serez prêtres et vous serez sous la paume de votre dieu.

J'ai dit : Makéda, reine de Saba, va sous la paume du dieu unique des Hébreux. Elle ne contraint personne à la suivre. Ni aujourd'hui ni demain.

Les prêtres ont dit : On verra.

J'ai tenu parole. Ils sont nombreux à m'avoir suivie par leur seule volonté.

Sur le bateau, loin en avant dans la mer Pourpre, j'ai annoncé : Je suis pleine, je vais enfanter. Un enfant de Salomon, fils de David, roi de Juda et Israël.

À nouveau, tous ont été inquiets, sans oser lever les yeux vers moi.

Tamrin, le plus beau guerrier de Saba, avait des pleurs. Après des jours, il est venu devant moi pour déclarer : Makéda, fille d'Akébo, tu es ma reine, sous la paume du dieu des Hébreux comme sous la paume d'Almaqah. Mon cœur est pour toi jusqu'à la mort. Mon cœur te souhaite mille ans de vie.

Sur le bateau, A'hia le scribe est le seul à être heureux avec moi. Élihoreph est resté à Jérusalem pour mourir sur la terre de ses pères. Il a dit à son fils : Suis la reine de Saba et tu seras grand sous le regard de Yahvé. Le temps viendra de ton retour à Jérusalem.

À Axoum, joie des retrouvailles puis consternation.

Je dis à tous ce que j'ai dit sur le bateau : Makéda ne contraint personne à la suivre sous la paume de l'Éternel.

Ils réfléchissent, ils s'apaisent.

Mon oncle Myangabo annonce à tous : Un nouveau pharaon règne sur le Nil. Il aime la guerre, la puissance et contraindre les peuples. Le commerce de l'or et des encens avec Juda et Israël, avec les peuples amis de Salomon, sera bénéfique pour nous. Posséder des armes de fer pour nous défendre, des chars et des chevaux, sera bénéfique pour nous. Pharaon se détournera de nous.

Depuis, Myangabo est mort en sacrifiant à Almaqah. Que l'Éternel le bénisse car il était fidèle en tout.

Himyam est encore près de moi. Himyam a dit : La sagesse parle plusieurs langues et va sous la paume de plusieurs dieux. Elle habite le corps des femmes comme le corps des hommes. La sagesse ne sépare pas, elle unit. Elle veut la paix et le ventre plein. Makéda fille d'Akébo le Grand sait combattre et régner sagement. Elle est reine de Saba par le sang et la justice. Rien n'est changé. L'alliance avec Salomon nous est bénéfique.

Kirisha est accourue pour caresser mon ventre rond. Elle a dit : Je savais. Quand on approche de l'amour, il n'y a pas de choix. Aimer, on n'a pas le choix. Le seul choix des épouses : ne pas laisser pourrir le fruit.

Kirisha est près de moi. Vieille femme et grande sagesse.

Tan'Amar a attendu que l'enfant naisse et qu'il soit un fils pour quitter Maryab et m'approcher.

Tan'Amar le plus grand guerrier après Akébo mon père. Tan'Amar, mon général. Il vient en pleurs. Il vient le cœur lourd. Il est sans voix et aussi sans reproche.

Je lui baise les lèvres, je lui dis : Pas de mensonge entre nous qui avons combattu le serpent. Je sais ce que tu sens. Je suis un démon dans tes entrailles. Tu peux partir et t'éloigner, m'oublier. Je te donnerai la richesse, je te donnerai le pouvoir sur Maryab, je te donnerai ce qu'il me reste d'amour.

Je lui dis : Tu peux rester et éduquer mon fils à devenir aussi grand et admirable que toi. Je te donnerai mon regard, ma présence, je te donnerai ce qu'il me reste de cœur. Je te donnerai le siège du pouvoir à côté de moi. Ce que je ne pourrai jamais te donner, c'est la source de Makéda, la chair de la reine de Saba. Salomon a tout emporté.

Il lui faut une lune et plus pour se décider.

Il vient vers moi, il ressemble au taureau dans l'enceinte de Bilqîs. Il dit : Je n'ai pas le choix. Tu es ma reine. J'ai goûté à cent femmes en cherchant le goût de Makéda. J'ai trouvé cent femmes amères, j'ai été injuste envers cent femmes. Je peux te fuir, tu seras là. Ton père a tiré ma vie d'un charnier. Je lui dois mon souffle. Ta beauté a tiré mon cœur hors de ma volonté dès que tu es devenue femme. Je te dois cette faiblesse qui fait de moi un homme juste. Si j'avais pu, j'aurais tué Salomon avant qu'il te connaisse. Mais son fils, j'en ferai un roi de Saba près de toi.

Ce qu'il a accompli en restant sous la paume d'Almaqah.

*
* *

Paroles de Makéda, fille d'Akébo, reine de Saba sous la paume de l'Éternel, béni soit-Il.

Il y a dix saisons arrive la nouvelle de Jérusalem : Salomon est malade. Salomon est seul. Le peuple et les prêtres ne l'aiment plus, ne veulent plus l'entendre. Parfois, le peuple ne le respecte plus. Salomon le sage s'avance vers le jugement de l'Éternel.

Ménélik son fils a dix et sept ans. Je dis à Ménélik : Va vers ton père. Fais-toi connaître de lui. Fais sa joie avant qu'il ne meure.

Ménélik va à Jérusalem. Il reste deux années loin d'Axoum. Il revient. Dans sa caravane, le coffre d'acacia. Dans la main de Ménélik, deux rouleaux d'écriture. Salomon est mort et il a donné l'un et l'autre à son fils Ménélik, fils de Makéda.

Salomon a dit à Ménélik : Il n'y a pas d'autre fils que j'aime plus que toi car tu es né de la source la plus grande. Un torrent du Liban qui ruisselle encore dans mon souvenir et embaume comme la myrrhe.

Salomon a dit à Ménélik : Ici, dans Jérusalem, je n'entends que le bruit du mensonge. Les fils de mes épouses vont dans le mensonge. Toi, Ménélik, fils de Makéda, tu es le fils de l'amour. Le sang qui coule dans tes veines est celui de la joie et de la beauté. Il coule vers Yahvé avec sincérité.

Salomon a dit à Ménélik : Après moi, je le sais, Juda et Israël seront rompus. Ils n'iront plus ensemble. J'ai élevé le temple de Jérusalem, j'ai construit le Saint des saints et voilà que le coffre d'acacia n'y a plus sa place. Bientôt, on fondra l'or de Jérusalem, on fondra l'or du Temple. La sagesse sera oubliée et on dira : Que la faute en retombe sur Salomon ! Emporte l'Arche de Yahvé chez ta mère, la reine de Saba. Elle saura quoi en faire. Yahvé tient sa paume sur elle et dessous elle.

Pour les rouleaux, il n'a rien dit. Il les a donnés, fermés avec la cire de son sceau.

Ménélik est revenu de Jérusalem avec la nouvelle. Mort de son père, Salomon, fils de David. Ménélik est revenu avec la confiance de son père.

J'ai dit à Ménélik : Sois digne de ton père, construis un Saint des saints en tout point semblable à celui de Jérusalem. Voici les dimensions. Voici les murs de bois, les murs d'or, les dalles du sol froid. Voici le vide et les odeurs d'encens. Voici la lumière de l'unique chandelier à sept branches qui est le sceau de Salomon. Tout est dans ma mémoire. Engage des architectes, transforme le temple de Râ de fond en comble. Ce n'était qu'un mensonge. La grande pierre de l'obélisque, tu peux la garder. Souvenir d'Akébo le Grand, bâtisseur d'Axoum. Pas d'apparence pour Yahvé notre Tout-Puissant. Il va avec la parole. Poncez l'obélisque, ne lui laissez plus aucune image, qu'il soit pur. Prenez les pierres, prenez les salles, prenez la splendeur. Que l'Arche de Yahvé retrouve sa place, que les pierres de la Loi retrouvent leur abri !

Ménélik m'a obéi.

Demain, l'arche de Yahvé entrera dans le Saint des saints d'Axoum au royaume de Saba.

Il sera temps que Makéda, reine de Saba, complète les rouleaux de Salomon. Il a écrit sa part du Chant des chants de l'amour.

Il a écrit :

Des baisers
oh des baisers de sa bouche
ivresse mille fois plus parfumée
que le vin.

Moi j'ai écrit :

Le roi m'a ouvert ses chambres
En mémoire, tes amours
Une ivresse pire que le vin.

Il a écrit :

Qui es-tu, toi qui te lèves
comme un nuage du désert,
comme un pommier dans la Forêt du Liban.

J'ai écrit :

Il passe la nuit entre mes seins
Filles de Jérusalem,
Je suis noire et magnifique.

Et ainsi de suite, un chant aussi long que nos amours, que nos trois nuits et deux jours, autant de mots que de baisers et de jouissance.

Avant que tout s'efface dans la vanité. Ainsi qu'il est écrit dans le second rouleau de Salomon, celui où il ne veut plus même porter le nom de Salomon. Le rouleau de l'amertume où il dit :

Je suis Qohélet fils de David,
hevel havalim, tout est vain.
Le vent souffle,
Le vent tourne,
il est un temps pour amonceler,
un temps pour étreindre,
un temps pour se séparer.

Et moi je dis : les mots font la mémoire. Yahvé l'Unique fait notre sagesse dans la mémoire.

Que nos chants noircissent nos papyrus.

Mémoire de Makéda, mémoire de Salomon. Amours.

Note de l'auteur

Pour les poèmes qui figurent dans ce livre, je me suis inspiré du Cantique des cantiques, des Proverbes et de l'Ecclésiaste (Qohélet)[1], trois livres de la Bible que l'on attribue au roi Salomon.

1. *La Bible*, Éditions Bayard, 2001.

Table

L'amour peut-il conduire à tous les péchés ?

Marek Halter

Bethsabée
ou
L'Éloge de l'adultère

roman

POCKET

(Pocket n° 13018)

David est roi d'Israël. Bethsabée est la femme de l'un de ses fidèles généraux. Il veut en faire sa maîtresse. Elle cède, fascinée par son désir. Leur amour adultère engendrera mensonge et meurtre, mais il triomphera de la colère de Dieu et de la désapprobation des hommes. L'enfant qui naîtra de cette union aura un destin hors du commun, laissant à jamais son nom gravé dans l'Histoire…

Qui était la mère du Christ ?

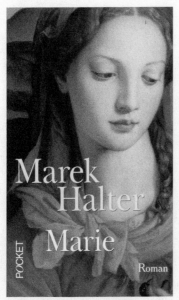

(Pocket n° 13408)

Dans les Évangiles, Marie demeure cachée dans l'ombre de Jésus. Sacrée, désincarnée, elle ne semble pas avoir d'existence propre. Pourtant, avant que la parole de son fils soit reconnue comme prophétique, elle fut une jeune fille juive de Nazareth. Qui était la jeune Miryem de Nazareth, celle que les Romains nommeront Marie ? Dans une Judée martyrisée par la tyrannie d'Hérode le Grand, nous suivons les pas de cette femme subtile et volontaire appelée à devenir la mère du Christ.

Il y a toujours un Pocket à découvrir

Deux mille ans d'histoire

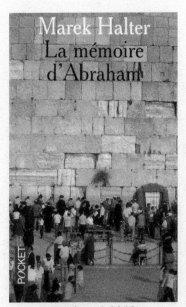

Marek Halter
La mémoire
d'Abraham

(Pocket n° 2308)

Deux mille ans d'histoire à travers celle d'une famille juive. De cette aube de l'an 70 où le scribe Abraham quitte Jérusalem en flammes, à ce jour de 1943 où l'imprimeur Abraham Halter meurt sous les ruines du ghetto de Varsovie, cent générations d'une même famille se transmettent, tel un précieux recueil sur l'exil, le « Livre familial ». Jusqu'à Marek Halter, le dernier scribe qui, aujourd'hui, reconstitue la lignée...

Il y a toujours un Pocket à découvrir